100%

2

やさぐれ執事Vtuberとネガティブポンコツ令嬢Vtuberの虚実混在な配信生活

犬童灰舎

Illust. 駒木日々

TOブックス

CONTENTS

イラスト 駒木日々　デザイン ムシカゴグラフィクス たにごめかぶと

CONT

Re:BIRTH UNION

☆0期生☆

ステラ・フリークス

誕生日：9月5日
ファンネーム：星屑
「Vtuber最初の七人」の一人であり、リバユニ創始者。

“君達には、私の歌の虜になってもらおうか”

☆1期生☆

“Hey yo!! MC Luna-Dora in da House Baby!!”

三日月龍真 a.k.a.Luna-Dora

誕生日：11月6日
ファンネーム：ヘッズ

“今日もちゃんと
Fコードの練習してるー？”

丑倉白羽

誕生日：12月16日
ファンネーム：オーディエンス

☆2期生☆

“ただいまの時刻は午後十時。
御主人候補の皆様、如何お過ごしでしょうか？”

正時廻叉

誕生日：6月10日
ファンネーム：御主人候補

“ざっぱーん！水の中からこんにちは！”

魚住キンメ

誕生日：7月20日
ファンネーム：小魚ちゃんたち

☆3期生☆

“今までの私に別れを告げました。
初めまして”

石楠花ユリア

誕生日：10月22日
ファンネーム：黒服さん

“ようこそ。現実と電脳の狭間へ”

小泉四谷

誕生日：3月8日
ファンネーム：人魂のみなさん

「生まれ変われ、自分！」

虚構と現実の狭間

Re:BIRTH《リバース》 UNION《ユニオン》所属 Vtuber 正時廻叉《しょうじかいさ》は地方在住だ。運営企業であるリザードテイル本社事務所に来る回数こそ少ないが、来る度に何かしら印象的な出来事が起きている気がしないでもない。

　そして、今回も何かは起きた。

「初めまして、『NEXT STREAM』所属ライターの玉露屋縁《ぎょくろやえにし》と申します。本日は急遽のお願いにも拘わらず、快諾いただき本当にありがとうございます」

「こちらこそ初めまして、Re:BIRTH UNION 二期生の正時廻叉です。そうですね、こちらへの移動中に佐伯マネージャーから連絡を受けておりました。玉露屋さんの記事は拝読させていただいておりますし、しかも NEXT STREAM さんでリバユニ特集を組まれるとの事ですよね。そういう事ならば是非協力したいと思いました」

「はい、私が連載している『Vtuber 今週の四方山話《よもやまばなし》』という記事の拡大版という事で、Re:BIRTH UNION さんを特集させていただきたいな、と。既に0期生＆一期生座談会の収録を終えていまして、つい先ほど二期生＆三期生インタビューという形で魚住キンメさんと小泉四谷さんにインタビューをさせていただいたところだったんです。そこに佐伯さんから正時廻叉さんが本日こちらに来られる、とお聞きしまして。ならば、この組み合わせでの二期＆三期インタビューも是非録りたいとなりまして。突発のオファーになってしまい本当に申し訳ありませんでした」

会議室には正時廻叉、そして玉露屋縁と名乗る緑色のフレームの眼鏡を掛けた青年が居た。青年は何度も申し訳なさそうに頭を下げるが、それを廻叉が制する。

「本当に構わないと思っています。それに、私の場合は変に用意した方が演技臭くなってしまうかもしれませんから。むしろ、巻き込んでしまった彼女の方に私から謝らねばいけません。私が明日以降にしてもらうなりすれば、彼女的にも心の準備が出来ていたと思いますから」

「そうですね……廻叉さんも東京には暫く滞在されるという事を知らなかったとはいえ、流石に性急過ぎました。本当に申し訳ありませんでした」

「私からも申し訳ありません。私一人の単独インタビューではないにも拘わらず、ほぼ私が独断で承諾してしまいました。ちゃんと意見を聞くべきでした……ユリアさん？」

石楠花《しゃくなげ》ユリアは、オフラインでは初対面となる正時廻叉と直接顔を合わせて数分後には、一緒にWebメディアのインタビューを受ける事になっていた。緊張と混乱で完全に言葉を失ったユリアはおろおろと視線を泳がせたあと、縋《すが》るように廻叉の方へと視線を向ける。

「……ああ、そういえば直接顔を合わせるのも初めてでしたね。改めまして、正時廻叉です。三期生デビューおめでとうございます、ユリアさん。……本当に仲間になれましたね。凄く嬉しいです」

その瞬間、ユリアは形容しがたい悲鳴を上げて事務所内の社員たちをザワつかせた。

※※※

「では、改めましてインタビューを行いたいと思います。お二人はRe:BIRTH UNIONという事務所に対してどういう第一印象を持ちましたか？」

玉露屋が持参したボイスレコーダーのスイッチを入れ、最初の質問を行う。パニックになっていたユリアもなんとか落ち着きを取り戻してはいたが、初のインタビューという事もあり緊張だけは解けない様子だった。それを察したのか廻叉から回答を始める。

「ストイックな事務所だな、という第一印象を持ちましたね。ステラ様を筆頭に、龍真さんも白羽さんもゲームや雑談などのいわゆる普通の生配信もする一方で、楽曲制作に関しては一切妥協しない姿勢をずっと見せてくださいました。歌唱や演奏のスキルを向上させる事への高いモチベーションには、いい意味で常に影響を受けていますね」

「えっと……私は、意思の強い人というか、皆さん自分の考えをしっかり持ってるのが凄いなあって思いました。私は、どちらかというと、まだしっかりとした考えとかを持ててないような気がして……」

廻叉は淡々と、一方ユリアが考えをまとめながらゆっくりと答える。玉露屋は小さく頷きつつ、手元のメモに何か記入していく。その姿を見て、自分がインタビューを本当に受けていて、それがいずれ記事になるという事を自覚したユリアの表情にまた緊張が浮かぶ。

「これは他のメンバーにも聞いた質問なんですが、お互いの第一印象もお願いします」

玉露屋の表情は穏やかな笑顔だ。特に含みは無いが、執事と令嬢という分かりやすい関係性の見える二人だからこそ、お互いがどう思っているかを知りたいというのは玉露屋を含めたファンの興味である。無論、極めて少数ではあるが執事という立場を利用してユリアに近付くな、というSNSでの攻撃もあったが廻叉は見つけ次第ミュートしているため、彼らは自分が虚空に向かって吠えている事を知らない。

「そうですね。最初はやはり……自分に自信を持てていない、という印象はありました。今も配信内で変なネガティブさを見せてコメント欄で諌められたり草を生やされたりしていますが、そういう自分とも向き合おうという姿勢には好感が持てますね」

「ふぇ、あああ⁉」

「ユリアさん……⁉」

「お気になさらず。何故かユリアさんは私が褒めると奇声を発するというプログラムが組まれているようでして」

「や、その、ちが、か、廻叉さん‼」

「第一印象と今の印象、それぞれを答えただけですよ」

突然の悲鳴と、先程までの不安そうな表情が一転して顔を真っ赤にするユリアの姿に玉露屋は目を白黒させるが、彼もまた海千山千のVtuber界隈を観測し続けた男であり、このような状態になっているVtuberを山ほど見てきた。

「えー、それではユリアさんの回答は限界化が落ち着いてからにしましょうか」

苦笑いを浮かべながらそう言うと、自分の状態にようやく気付いたユリアが力なくテーブルへと突っ伏した。

「もうしわけありませんでした……」

「いえいえ、こういう仕事をしていると皆さんいろんな反応されますから」

弱々しい謝罪にも穏やかに微笑みながら玉露屋はユリアが落ち着くのを待った。

ユリアはなんとか体を起こし、ユリアから見た廻叉の第一印象と今の印象を答える。

「廻叉さんは、凄く優しい方だというのが第一印象ですし、今も変わりません。その、喋り方が冷たい印象を持たれるかもしれないですけど、その、お悩み相談や記念配信での凸待ちを見てもらえれば分かると思います。誰に対しても真っ直ぐに向き合ってくれる人です。その……」

頷きながら聞く玉露屋に促されるように正時廻叉という人物の魅力を語る。自分の発言が記事になって世の目に触れるという事も考えていない。自分に道を示してくれた廻叉が素晴らしい人物だという事を伝えたい。ユリアはその一念で話していた。

「私が、一番尊敬していて、憧れている先輩です」

言い切ったと同時に、ふと気付く。そして凍り付いた。ギギギ、という擬音が出そうな音でユリアが横を向くと、口元に手を覆って俯く廻叉の姿が見えた。笑われたのだろうか、あるいは泣かせたのだろうか、どちらか分からない。どうしよう、という思いで玉露屋の方を向くと、彼は彼で眼鏡を外し天井を見つめていた。

「あ、あの……わ、私、その……」

狼狽しながら声を掛けると、口元に当てていた手を下ろして廻叉が小さく息を吐く。

「すいません、流石に照れます。いや、真っ直ぐな好意を直接聞かされるのがここまで威力があるとは……玉露屋さん、私が照れ散らかしてる部分は流石にオフレコでお願いできますか？」

「使います。いやぁ……てぇてぇ……」

「……正直、私が玉露屋さんの立場だとしたら、絶対に使いますから仕方ないですね……」

照れ笑いを浮かべている廻叉の姿を見て、ユリアは自分が相当熱を込めて親愛を語っていた事を自覚した。撤回する気は無いが、今更になって気恥ずかしさが湧き上がってくる。漫画かアニメならばアワアワという擬音が浮かびそうな程に狼狽するユリアを見て、玉露屋は「これを配信でやったらバズるのでは」と思ったが、少女漫画のようなその光景は今のVtuber界隈では炎上の火種になりかねない、と思い直した。

「気を取り直して、次の質問に行きましょうか。それでは――」

その後は、それぞれ平静を取り戻した廻叉とユリアを見て、玉露屋も変に茶化す事もなくインタビューは恙《つつが》なく進んだ。

※※※

「思った以上に話が盛り上がったので長くなってしまいましたね。それじゃあ、最後の質問なんですが――お二人は一年後、どのようなVtuberになっていると思いますか？　予想でも、目標でもどちらでも結構です」

その質問に二人は思わず考え込んだ。それぞれに目標は勿論あるが、一年という明確な期日を設けられると即座にこうだという返事が出来ずにいた。時間にして数秒程度ではあるが、重い沈黙が室内を包む。玉露屋が助け舟を出そうかと様子を窺ったタイミングで、今までは廻叉の発言を待ってから自分の発言をしていたユリアが先に答えた。

「あの、今のRe:BIRTH UNIONで3Dの体を持っているのは、ステラさんだけ、ですよね。……その、私も、一年後には3Dの体で、ファンの皆さんの前に立っているVtuberになっていたいです。皆さんの前で、私のピアノを弾いている姿を見せたいって、思っています。ステラさんや、龍真さん、キンメさんの歌の伴奏をしたり、白羽さんとセッションしたり、廻叉さんの演劇や四谷さんの怪談のBGMを弾いたりして、――Re:BIRTH UNIONの一員として、ピアノで皆さんのお手伝いをしたいです」

「自分自身のピアノソロライブ、みたいな形も考えてらっしゃいますか?」

「はい。私は……あまり自分の事が好きになれなくて、ずっと、今も、悩んでます。悩みながら、活動しています。でも、ピアノを弾いている時の自分は好きです。一番好きな自分の姿を見せる事が、ファンの皆さんに喜んでもらえる事なんじゃないかな、って。新人の私が言うのは、生意気かもしれないですけど、そう考えています」

まだ一か月未満のキャリアにも拘わらず、かなり明確な目標を語った事に玉露屋は驚きつつも石楠花ユリアというVtuberに確かな将来性をこの瞬間に感じ取った。同じ質問をぶつけた彼女の同期である小泉四谷もまた、『オカルト系Vtuber=自分という図式を一年で確立したい』というハッキリとした目標を掲げていたのを思い出し、Re:BIRTH UNION三期生がVtuber業界で大きく注目される未来を幻視するような感覚になった。

「結構色んなVtuberさんにこの質問するんですけど、デビューから一か月もしないでそこまで明確な目標設定を出来るのは素晴らしい事だと思います。廻叉さん、三期生凄いですよ」

「そうですね。私ももっとしっかりしなくては、先輩として情けない事になりかねません」

僅かに苦笑いを浮かべる廻叉だったが、その口調はどこか誇らしげでもある。そして、小さく深呼吸をすると玉露屋の目をしっかりと見据え、表情を不敵な笑みへと僅かに変化させながら自分自身のビジョンを語り始めた。

「私はこうなりたい、ではなく確信を持って『こうなっている』と言えます。私は執事であり、演劇役者でもあります」

芝居がかった口調、その言葉には感情が乗っていない。性能の良い機械音声アナウンスのように、その言葉は紡がれる。

「一年後、正時廻叉という存在に対する御主人候補の皆様、そしてVtuberを見ている皆様の認識を激変させている事でしょう」

玉露屋も、ユリアも口が挟めない。ただ、座ったまま淡々と語る廻叉から、目を離すことが出来ない。

「既に、私の『一人舞台』は――私がデビューしたその日から始まっているのですから」

配信で見せていた姿は、通話面接で応援してくれた姿は、今ここで一緒にインタビューを受けている姿は、どこまでが彼自身の言葉で、どこからが彼の舞台の脚本なのか。全てが嘘という事はないだろう、しかし全てが本当とも限らない。ユリアは、憧れであり恩人である青年が、突然得体の知れない何かに変わってしまったような感覚で、眩暈《めまい》を起こしそうになった。

それは、インタビュアーであり、あらゆるVtuberを見てきた玉露屋も同様だった。いわゆるロールプレイを徹底しているVtuberは星の数ほど居る。だが、彼はまた別種だ。こうして、生身の、現実の体で対面しているにも拘わらず、彼が2Dアバターの、仮面をつけた無表情な、どこかやさぐれているような態度の執事の姿に見えてくる。今の彼は素顔を晒し、執事服ではなく若者らしいファッションに身を包んでいるにも拘わらず、だ。Re:BIRTH UNIONではステラ・フリークスからも似たような印象を受けたが、正時廻叉の場合はそれ以上にバーチャルとリアルが混在しているように感じた。

「まぁ、それを表現するための準備に追われているので、本当に一年後にそうなっているかは進捗次第です」

しれっと現実的な事を口にして、今までの異様な雰囲気が雲散霧消する。ユリアはいつの間にか止めていた息を思い出したかのように吐き出し、玉露屋は今すぐに記事の執筆に取り掛かりたいという欲求が隠しきれていない表情を浮かべていた。

「ありがとうございました。……非常に、有意義なインタビューになりました。お二人のためにも、そしてVtuber業界のためにも、今回のインタビュー記事には全力で当たらせていただきます」

そう言って座ったまま一礼する玉露屋に、廻叉と、少し遅れてユリアも同様に一礼する。早速執筆を行うという事で玉露屋が足早に退室すると、ミーティング室には廻叉とユリアの二人が残された。

「……あ、あの、廻叉、さん」

「……お時間に余裕があれば少し、お話ししませんか？　正時廻叉ではない私……いや、俺と、になりますけど」

不安に満ちた目で呼びかけるユリアの姿に、廻叉――境《さかい》正辰《まさとし》は、申し訳なさそうに彼女へと提案した。ユリアが迷わず首を縦に振ったのを確認し、正辰は立ち上がった。そして、数分前までライターの玉露屋縁が座っていた対面の椅子に正辰が腰を下ろし、目の前の石楠花ユリアと視線を合わせる。

「こちらの名前を名乗るのは初めてだね。正時廻叉こと、境正辰です」

ごく自然体のままそう名乗った青年は、先程までの異様な雰囲気は既に纏っておらず、どこにでも居る好青年という印象だった。それでもどこか浮世離れした雰囲気を持っている事に、ユリアは違和感を覚える。その違和感の正体が掴めず、困惑したまま小さく頭を下げる。

「あ、あの、石楠花ユリアをやっています、三摺木弓奈《みするぎゆみな》です」

「うん、通話面接で名乗ってたから知ってる」

「あ……！」

苦笑いを浮かべる正辰を見て、弓奈は顔を赤くしながら俯く。こうした細々としたミスやポカがどうにも増えているのは、配信の時のコメント欄でも散々指摘された事だ。最近では何故か『ポンコツ』という二文字がコメントに増えてきて何のことかわからずリスナーに尋ねたら、大量の『ポンコツ』という文字が流れてショックを受けたのを弓奈は昨日の事のように思い出した。実際、昨日の配信の時の出来事だったのだが、そういう事にすら頭が回らない程度には弓奈は混乱していた。

「さっきのインタビュー中に、ちょっとショック受けたみたいな感じだったから……うん、俺が『デビューしてからの全てが一人舞台』って言ったから、だよね。悩み相談や、面接の時の事も、全部演技かもって、思わせちゃったんだろうな、って……ちょっと考えたら気付いた。無神経だった、申し訳ない」

椅子に腰を掛けたまま、テーブルに額をぶつけそうな勢いで正辰が頭を下げる。弓奈自身も彼が言った通りの疑いを持ったのは事実だ。しかし、むしろ謝罪するべきは自分ではないだろうか、という考えが過《よぎ》る。

「い、いえ、そんな、私こそごめんなさい！　廻叉さんの言う一人舞台がそういう意味じゃないって、考えればわかりそうなのに、その……境さんが言った通りの、誤解をしてしまって……」

「いや、いいんだ。あれは俺と廻叉の言い方が悪い。全部虚飾《きょしょく》だって解釈されても仕方ない言い方だった」

弓奈もおもわず頭を下げると、正辰から頭を上げてくれ、というジェスチャーと共にそんな言葉が返ってきた。その言葉の中に、明確に不自然な点があった。弓奈は顔を上げ、正辰の顔を見る。

「え、その、今……俺と、廻叉って……？」

目の前の境正辰という青年こそVtuber正時廻叉の、俗に言う『中の人』だというのは先程の自己紹介で知った。にも拘わらず、彼は境正辰と正時廻叉を切り離したような言い方をした。ともすれば、全くの別人として扱っているような言い方だった。

「ああ、うん。俺自身……境正辰としての考え方と、正時廻叉としての考え方がある、っていうイメージかな。例えばだけど、俺が『ゲーム実況は苦手だから配信でやりたくない』って思っても、廻叉が『御主人候補の皆様が求めている事に応えるべきだ』と考えたなら、俺はその意志を尊重してゲーム実況配信を行う、みたいな感じで」

それは多重人格と何が違うのか、と弓奈は内心で軽く引いたが、流石にそれを口にするのは憚られた。弓奈自身もある程度は石楠花ユリアらしさを意識した話し方や、振る舞いをしている。だが、目の前の彼は自分のそれとは比べ物にならないレベルだった。

「あの、境さんは、なんでそこまで……」

どう聞いていいかわからず、曖昧な質問になってしまった。一方の正辰は自分の説明不足に気付き、少し考え込むような表情を浮かべた後に、自身のスマートフォンを操作して、テーブルの上に置いた。そこにはホームページをスクリーンショットで取り込んだ画像が映っていた。

「え……これ、境さん、ですか？」

「うん。これが俺のいわゆる前世ってやつ。俺ね、劇団員だったんだ」

その画像はプロフィールページであり、そこには目の前の正辰の宣材写真があった。名前こそカタカナ表記で『サカイマサトキ』となっていたが、間違いなく本人であることは明らかだった。

「色々な理由で、その劇団は潰れちゃってね。役者になりたいって夢は叶ったけど、続ける事が出来なくなっちゃって。今はVtuberとしてその夢の続きを見てるんだよ」

「そうだったんですか……だから、廻叉さんは執事なのに演劇への強いこだわりがあったんですね」

「廻叉らしさと俺らしさの融合ってところかな。死ぬまで正時廻叉をやるつもりだから、良い意味で虚実入り混じった存在にしたかったたっていうのはある」

スマートフォンの画面を消しながらそんなふうに語る正辰が、自分よりもずっと遠くを見ている印象を弓奈は受けた。

「正直、私はそこまで考えられなくて、演劇にも詳しくなくて、ちゃんと理解できてないかもしれません……でも、一人舞台、っていうのは……全部脚本じゃない、って事はわかりました」

「うん。嘘じゃない。悩み相談に答えた時の事も、面接の時の事も。本心だよ。正時廻叉っていう役柄を通してはいたけど、本音だよ。俺と、廻叉の本音」

「はい……安心しました。正直、凄く怖かったです。廻叉さんが、その、普段は感情を全く表に出さなくて、今日も目の前に居るのに……目の前で見ているからこそ、何を考えているのか、わからなくて怖かったです」

三摺木弓奈という少女は弱い。彼女自身も自覚していたし、家族もその脆さを十分に理解していたからこそ、自主退学・自宅学習という選択肢をむしろ推奨したほどだった。そんな彼女にとって救いの手を差し伸べてくれた廻叉、そしてその演者である正辰に会う事は、楽しみでもあり恐ろしくもあった。幸い、正辰自身が人当たりの柔らかい青年だった事で、内心の恐怖心は大分薄れていた。だが、インタビューの際に、将来像を語る姿が、人間性が極限まで削ぎ落されたような彼の姿が、恐ろしかった。虚構と現実の境目が分からなくなり、恐怖と不安を覚えてしまった。

「でも、ちゃんと教えてくれたから、大丈夫です。私を励まして、背中を押してくれた廻叉さんはちゃんと居るんだって思えました。境さんも、廻叉さんと同じように考えてくれていたって事を、知れました……その、本当に、ありがとうございます」

「……うん、こちらこそ、ありがとう」

正辰は目の前の少女に、Vtuber石楠花ユリアとはまた別種の儚さを持つ三摺木弓奈という少女にどれほど不安を与えていたかを自覚し、後悔した。いっそ土下座するべきか、とまで考えた。だが、彼女は自分の抽象的な考えを、彼女なりに理解してくれた。その上で感謝の思いを改めて伝えてくれた。そこに謝罪を重ねるのは、彼女の思いを無下にするような気がして、自分でも予想しない程自然に、感謝の言葉が口に出た。

目の前の少女が右手を差し伸べているのを見た。彼女は微笑んだまま、こちらを真っ直ぐに見据えてこう言った。

「あの、握手、してくれますか？　これから、よろしくお願いします、って意味で、握手を……」

「……あ、うん。これから、よろしくね。変な先輩かもしれないけど」

思えば、役者時代を含めても握手を求められた経験が少ないと正辰は思い返しながら右手を伸ばし、彼女の手を取る。小さくて細いが、長くしなやかな指をしている、と感じる。これがピアニストの手なんだろうか、と照れ隠しの思考を走らせていると、不意に彼女が両手で自分の手を包むようにした。目を丸くして目の前を見ると、泣きそうな顔で微笑む弓奈の姿があった。

「……境さんが、正時廻叉さんで居てくれて、本当に良かった……」

彼女の背景は、正辰も少なからず知っている。だからこそ彼女の呟いた言葉の意味と、その重みが強く正辰を揺さぶった。これは良くない、と考えてしまった。

境正辰としても、正時廻叉としても――石楠花ユリアが、三摺木弓奈が、特別になってしまう。

彼女の顔が直視できず、視線を僅かに泳がせた。ミーティング室の扉近くの床へと目が向いた瞬間に、正辰は信じられないものを見た。半開きの扉から、倒れた誰かの手が伸びていた。それは、さながらサスペンスの一幕のようであった。正辰は思わず悲鳴を――上げる前に、扉全体を睨みつけた。そこには、トーテムポールよろしく頭を並べる三日月龍真と丑倉白羽、そしてステラ・フリークスと見た事のない金髪の青年……推定、小泉四谷の姿があった。となると、その倒れているのは同期のマママーメイドメイドだろう、と正辰は確信する。

弓奈へと小さく頷き、そっと手を放す。笑みを浮かべたまま扉の方へと向かい、トーテムポールの前に立つ。正時廻叉としての、人間性を感じさせない機械的な声色で最下段の三日月龍真へと冷たく声を掛けた。

「覗き見とは良い御身分ですね先輩方」

「主犯はステラ様だぞ」

「でしょうね。で、この打ち上げられた人魚はどうしました?」

「てぇてぇの過剰摂取が死因だね。見てよ、キンメちゃんの顔。超幸せそう」

「なるほど。ところで、こちらの金髪の方は?」

「ふふ、お察しの通り小泉四谷くんさ」

「お、俺は止めました!　初めまして小泉四谷です!」

「初めまして、正時廻叉です。でも、貴方も覗いてましたよね?」

「同じ罪を犯すことで同じ箱としての連帯感を、ってステラさんが……」

「ふふ、廻くん。君が私をそんな目で見る日が来るなんて思いもしなかったよ」

「私だってそんな日が来ない事を願っていましたよ。何やってんですか、ウチの稼ぎ頭が」

その流れるようなやり取りに弓奈が気付いて振り返ると、Re:BIRTH UNIONの面々の頭が縦に並んでいるという珍妙過ぎる光景があった。更に、満面の笑みで死んでいる（ように見える）魚住キンメの姿を見て、弓奈はついに悲鳴を上げた。

※※※

「シンプルに興味本位でした。本当に申し訳ありませんでした」

「二人のシリアスな会話が気になり過ぎて、魔が差しました」

「てぇてぇの波動を感じて我慢できませんでした」

「たとえ先輩たちが相手でも止めるべきだったし、見るべきじゃなかったです」

「ふふ、みんなもこうして反省しているのだから許してあげてほしいな」

以上、ミーティング室に正座で並ばせられたRe:BIRTH UNIONの面々による反省の弁であった。

ちなみに、上から龍真、白羽、キンメ、四谷、ステラの順である。

「分かりました。四谷さん以外は正座続行で」

椅子に深く腰を下ろし、わざと大仰に足を組んだ廻叉が無慈悲に言い放った。四谷が恐る恐る立ち上がって正座している先輩たちを見ると、恨みがましい視線ではなく『でしょうね！』という納得に満ちた表情をしていた。

「えーっと……三期生のお二人に言っておきます。Re:BIRTH UNIONは身内同士になると、緊張感とかシリアスという概念が消失する奇病に掛かっています。色々と戸惑うとは思いますが、そういうもんだとして理解してください」

自分の先輩達、しかも事務所全体のトップ、更に言えば『Vtuber最初の七人』と称される最古参の歌姫であるステラ・フリークスが並んで正座させられている姿に新人二人は混乱を隠せない。

「この光景は忘れろとは言いません。恐らく、またやらかすので忘れるだけ無駄です」

「ええ……」

「それでいいんですか……」

「まぁ正直に言えば、良くないのですが最低限配信でやらかす人たちじゃないので、身内同士のオフの時くらいはこれでいいかと。白羽さん、しれっと足を崩さない」

廻叉の指摘に白羽が渋々正座の形を戻す。溜息を吐いて、廻叉が再び新人二人に向き直って、どこか引き攣ったような笑みを浮かべた。

「ようこそ、Re:BIRTH UNIONへ。お二人は、こうはならない事を祈ります。ですが、たぶんこうなります」

あまりに不穏すぎる予言に、二人は正しく絶句するしかなかった。

オーバーズ男子とリバユニ執事

「学力テストの時間だー!!」
『うおおおおお！！！』
《うるせぇ!!》
《草》
《もう馬鹿しかいない件》
《開始一秒でレッドゾーンまでアクセル踏むな》

「という訳で、みなさん改めましてこんばんは！　オーバーズ所属、各務原《かがみはら》正蔵《しょうぞう》です。本日はオーバーズ男子学力テストと題しまして、馬鹿しか居ないと評判のウチの事務所から、ちゃんと頭がいい奴も居るという事と、本当に馬鹿なのはこいつだ、というのをハッキリさせる企画となっております！　ではテンポよく自己紹介いってみよう！」

「はい！　エントリーナンバー一番、オーバーズＦＰＳ部部長！　裁きの天秤、リブラです！　ＦＰＳは馬鹿には出来ないんだと証明します！」

《草》
《フィジカルだけで敵を撃ち抜く男がなんか言うとる》
《なんだこのノリはｗ》
「元気があってよろしい！　次！」
「うっす！　エントリーナンバー二番、秤京吾《はかりきょうご》だ！　フィリップよりは馬鹿じゃないと思う！」
《どっちもどっちなんだよなぁ》
《同点で同率馬鹿が理想》
《京吾がんばれー》
「目標が低い！　次！」
「エントリーナンバー三番。フィリップ・ヴァイスだ。京吾が最下位だから安心してテストを受けれた」
《草》
《同期同士がバチバチ過ぎで草》

《こないだ仲良くガムテープ脱毛してたのに》
「同期で最下位争いは俺が悲しくなるからやめよう！　次！」
「はーい、四番のパンドラ・ミミックでーす。とりあえず空白は全部埋めたよ」

《埋めれてえらい》
《ドラちゃん可愛い》
《ドラちゃんかしこい》
《お前ら男の娘《こ》に甘すぎない？》

「撮れ高的にも助かる！　次！」
「は、はい。エントリーナンバー五番、先月デビューしましたクロム・クリュサオルです！　初めての大規模コラボで緊張してます！」

《いきなりとんでもない所に放り込まれてるな新人君》
《1809 組の常識人枠だな、今のところ》
《頑張れクロム。1809 の方向性がお前に掛かっているぞ》

「初々しい！　みんなチャンネル登録よろしく！　次！」
「六番、春日野《かすがの》ユーマでーす。ぶっちゃっけマジで自信ないんでもう帰りたいっす」
《おいこらチャラ男》
《相変わらずローテンションだなw》
《これで成績良かったら逆に面白いまである》
「残念だがこの配信は長丁場だぞ！　次！　っていうかラスト！　ギリギリまで交渉してたシークレット枠！」
「エントリーナンバー七番、皆さんこんばんは。1801組のリーダーやってます、紅《くれない》スザクです。今日はみんなに先輩の威厳ってもんを見せに来ました」
《スザクー！！！》
《マジかよシークレット枠スザクニキかよ！》
《うおおおおお！！！》
《やっべぇテンション上がってきた》
《フィリップと京吾が露骨に狼狽えてて草》
《あいつらスザクでクソコラ作る配信してたからな……》

《なお無事バレた模様》
《おばかさん（確信）》
「スケジュール調整までしていただき本当にありがとうございます！　以上の七人で、事前に学力テストを受けてもらいました！　なお、公平を期すため別件で事務所に来た際にオフィスの一角でマジでテストを受けてもらいました。なので今回はスタジオに来れたメンバーだけになっています」
「本来の用事が十分で終わって、テストで三時間近く拘束されたからな」
《草》
《まぁ自宅で受けさせるとカンニングとかあるしな》
「今回、俺はスタジオで、他のメンバーはDirecTalkerでの通話になってますが、諸々画面表示をスタッフさんに手伝ってもらう都合上、こういう形になっています。そして！　ここでもう一人、俺とスタジオで一緒に進行などをお手伝いしてくれる方を、なんと外部からお招きしております！」
《正蔵おじがこの手の企画で外から呼ぶの珍しいな》
《あー、告知でアシスタントしてくれるって出てた人》
《ぶっちゃけ初見》

《俺も》
《リバユニはステラとお嬢様は知ってる》
「Re:BIRTH UNION所属、正時廻叉さんです！　どうぞ！」
「皆様、お初にお目に掛かります。Re:BIRTH UNION二期生、執事をしております。正時廻叉と申します。僭越ながら、司会進行のアシスタント及び問題・回答の読み上げを務めさせていただきます。本日は、どうぞよろしくお願いいたします」
《うわイケボ》
《オペラ座の怪人?!》
《声に感情が全くなくて草》
《オーバーズ男子より百倍くらい丁寧な挨拶で草》
《執事ー見に来たぞー初の外部お呼ばれ頑張れよー》
《どういう人なん？》
《演技がガチな人。朗読動画見てみ、度肝抜かれるぞ》
《そういえば凸待ちに正蔵おじ出てたから、その縁か》
「よろしくー！　ねぇねぇ、廻叉さん今度声劇やるから出て！」

「はーい、ドラちゃんオファーは後でお願いしますねー。というわけで、今回の進行は各務原&正時でお届けいたします」
「皆様の回答の読み上げもさせていただきます。パンドラさん、オファーは非常にありがたいのですが念のため弊社窓口までお願いいたします」

《ドラちゃんw》
《まぁあの子もボイスに力入れてる子だしなw》
《大人の対応で草》

※※※

「という訳でね、一位予想と最下位予想アンケート、事前に取ってあります。そして、今から表示するのは【一位予想の得票数から最下位予想の得票数を引いた数】でランキング付けしたもので、ある意味視聴者の声がガチで反映されたランキングになってるから覚悟しろよ？」
「それでは、ランキング画像をお願いします。どうぞ」

一位：紅スザク
二位：クロム・クリュサオル
三位：リブラ

四位：パンドラ・ミミック
五位：春日野ユーマ
六位：フィリップ・ヴァイス
七位：秤京吾

《知　っ　て　た》
《流石のワーストツートップで草を禁じえない》
《スザクは一位取ってほしいのわかる》
《新人クロムへの期待値の高さよ》
《むしろ先輩たちへの期待値が低いのではないだろうか》

「待てやぁ!!　なんで俺が最下位だよ!!」

「こちらに正確な得票数の資料がございますが、京吾さんとフィリップさんは非常に僅差でした」

「執事さん、俺に流れ弾当たってる！　ここは京吾だけを撃つべきところだ！」

「いやー、これは二人狙い撃ちっしょ」

「ユーマてめぇ！　お前も撃たれろ！」

《京吾落ち着け、これは俺らの総意だ》

《執事さん淡々と馬鹿兄弟にダメージ与えてて草》
《ユーマも煽りよる》

「一方で上位はスザクさんの上位予想が圧倒的でした。そんな中、新人でありながら二位にランクインしたクロムさんの期待値の高さが光っています」

「いやー、プレッシャー掛かるなぁ」

「僕、そんな出来ないんですけど……」

「見てよドラちゃん、これが上位の余裕ってやつだよ」

「これは引き摺り下ろしたいねー、リブちゃん」

《スザクは初期メンバーの良心だから馬鹿であってほしくないしな……》
《一位とまでは言わん、上位に入れスザク》
《クロムくん上位や！》
《ゲームとかも配信中に調べたりするし勉強家なイメージはある》
《リブドラが不穏だ……w》
《負けず嫌いだからなぁリブラ》
《ドラちゃんの言い方可愛いけど怖い。ゾクゾクする》

「まぁ実際の結果はこれから出る訳だけど、お楽しみの誤答イジリは全力でやるからな！　と、その前に――今回のテストは俺とスタッフの合作なんだけど、参加者と同じ条件でテストを受けてもらった人が二人居ます！」

《おおおおおおお》

《ある意味基準点か》

「これも一気にお見せしましょうか！　スタッフさん、お願いします！」

【正時廻叉　総合三百七十六点
（国：八十　数：七十五　理：七十一　社：八十五　英：六十五）】
【鈴城《すずしろ》音色《ねいろ》　総合二百五十点
（国：五十七　数：三十七　理：四十二　社：二十二　英：九十二）】

《【朗報】執事、有能》

《音色ちゃんｗｗｗｗｗｗ》

《社会二十二点は草しか生えない》

《英語一点特化で草》

《五百点満点でちょうど半分の二百五十点ってのが持ってるんだか持ってないんだかw》
《執事さんは満遍なく強いな……》
《★鈴城音色@オーバーズ1801：生きててごめんなさい》
《音色ちゃん落ち着け、英語九十二点はマジで誇っていい》
《おるやんけ》

「廻叉さん⁉　俺らのハードル上げないでよ！」

「申し訳ありません。Re:BIRTH UNION代表として受ける以上、妥協は出来ませんでした。後半の文章題は妥協を重ねて落としましたが」

「リブラっち、落ち着け。ハードルなら音色先輩が下げてくれてる」

「フィリップ、さっきコメントに鈴城さん居たの知ってて言ってるか？」

「でも同期から見ても社会二十二点は流石にどうかと思うんだ……」

《リブラの魂の叫び草》
《切実すぎるw》
《執事さん後半の点数が高い問題落としてるのか》
《フィリップ、背後には気を付けろよ……》
《京吾は気付いてたか……危機回避能力は高いよな、アホなのに》

《スザクが哀しみを背負っとる》
《★鈴城音色@オーバーズ1801：ごめんねスザク、後は任せた。各務原さん、フィリップは私に負けたら罰ゲームでお願いします》
《確かによりによって社会ってのがなぁ……》
《フィリップ、無事報いを受ける》

「えー、スタッフとの協議の結果、合計点が鈴城さんの点数、つまり二百五十点に届かなかったメンバー全員に罰ゲームがあるそうです。おや、こんなところに超絶苦いでお馴染みのセンブリ茶が」

「各務原ぁ！！！」

「同期を見殺しにして楽しいか貴様ぁ!!」

「クロムくん、こういうふうになっちゃだめだよ」

「は、ははは……」

「社会性皆無なお前にだけは言われたくないぞパンドラぁ!!」

「そもそも京吾とフィリップは自分が二百五十取れない前提で話してんのがもうおかしいっての」

「改めて追加ルールの発表です。五教科合計二百四十九点以下の方には漏れなくセンブリ茶が送られます。必ず配信で飲むように、と指示が出ておりますので皆様……祈りましょう」

「ああ、うん。もう試験は受けたからもう祈るしか出来ないか」

《地獄顕現》
《待て、Vtuberの、それもオーバーズ男子に二百五十は相当ハードルが高いのではないか》
《京吾とフィリップ、こういう時に息ピッタリなの草しか生えない》
《劣勢の時しか協力出来ない馬鹿兄弟》
《ドラちゃん他人事で草》
《新人のクロムもこれには苦笑い》
《確かにユーマの言う通り、もう二百五十割ってる前提のキレ芸だもんなぁw》
《執事さんwwwwwwww》
《いい性格してるわ、この執事w》
《淡々と言われると余計面白いw》
《京吾とフィリップのテンション芸の直後だけに落差が凄い》
《スザクだけが冷静なの本当に助かる。それでこそ俺達の紅スザクだ》
「さぁ、良い感じに場が盛り上がってきたところで――回答チェックの時間だぁぁ!!」
『うおおおおおおおおおおおおお!!!!』
《だから五月蠅ぇ!!!!》
《もはや団体芸で草》

《さぁ、本当の地獄はこれからだ》
「それでは、皆様お待ちかねの回答イジリのコーナーに移りますか」
「あ、正蔵さん一つ質問なんですけど」
「はい、スザクくん」
「なんで音色さんがテスト受けたんですか？」
「それはね、彼女が雑談配信でこの企画を宣伝してくれた際に『まぁ私なら余裕だけどね！』ってイキったのを俺とスタッフが見逃さなかったからだよ」
「把握しました。いつものですか、そうですか……」
《草》
《なぜ歌は謙遜するのに他のジャンルだとイキるのか》
《スザクの声が哀しみを背負っておる》
《★鈴城音色@オーバーズ 1801：ごめんて》

※※※

「最初の回答チェックは国語！　どんなテストも国語が出来なければお話にならない、という基本中の基本です。平均点は六十一・六点と極めて高くなっています。では、早速最初の問題はこちら！」

以下の漢字の読みを書きなさい。送り仮名も含めて書くこと。
一：雰囲気　二：倫理　三：猛々しい　四：隔たり　五：仙人掌

《割と簡単》
《執事さんマジでアナウンサーみたいだ》
《一番の間違え方に期待》
《何故か変換できない》
《ガヤがうるせぇんだw》

「では記念すべき最初のピックアップは――クロム・クリュサオル！」

「えええええ!?　い、いきなり僕ですか!?」

「新人が先陣を切るのは義務だぞ」

「京吾、圧を掛けるんじゃない。えー、クロムくんは二番と五番を間違えていました。廻叉さんお願いします」

二：倫理（ろんり）

「ぶはははは!!」

「高校の授業でやってるはずだよね、倫理……」

「正しくは、りんり、となります。人として守り行うべき道。善悪・正邪の判断において普遍的な規準となるものを意味しています。余談ですが五番は空欄になっていました」

「論理も大事だけどな」

「うわ、うわ……僕もう帰りたい……!」

《草》
《シンプルミスで草》
《ユーマがゲラっておる》
《クロムくんめっちゃ恥ずかしがってて草》
《それでフォローしたつもりかフィリップ》

「次いくぞー。はい、大笑いしているユーマ!」

「え!?　俺!?」

「誤答は三番と四番!　はい、ドン」

三：猛々しい（もうもうしい）　四：隔たり（かくたり）
「音読みィ！！！」
「えー⁉　なんでよー⁉　こうとしか読めねぇって、マジで！」
「典型的な間違え方するなぁ、おい」
「いやーこれは恥ずかしいなぁ」
「ねー。ちょっと安易だったよねぇ」
「正しくは、三番たけだけしい、四番へだたり、となります」
《音読みでゴリ押しｗｗｗｗ》
《俺らもよくやらかしたやーつ》
《京吾とリブラとドラちゃんが煽り散らかしてて草》
《執事さんの回答読みと正蔵おじのツッコミが息ピッタリで草しか生えない》

「笑ってられるのも今のうちだぞ、なぁ京吾。なぁリブラくん」

「……え？」

「嘘だろおい」

「この二人は全く同じミスをしました。コメント欄の皆さん、お待たせしました。例の文言の準備はいいか⁉　では廻叉さん、お願いします！」

一：雰囲気（ふいんき）

「なぜか変換できない！」

「正しくは勿論、ふんいき、となります」

「ふん、いき……⁈」

「ふいんきではなく……⁉」

「あ、これボケじゃなくてガチで間違ったやつだ」

《(↑なぜか変換できない)》
《なぜか変換できない》
《何故か変換できない》
《まじでへんかんできないさいきどうしてくる》
《草》
《本当に変換できなくなってる奴居て更に草》
「そしてもう一人、他人事だったパンドラ！」

「え、嘘⁉　ボク、かなり自信あったんだけど⁉」

「おいおいドラちゃんどうした ー？　ビビってる ー？」

「ここぞとばかりに煽るんじゃない京吾！　全問一気に見るぞ、廻叉さんどうぞ！」

一：雰囲気（ふんいき）　二：倫理（りんり）　三：猛々しい（たけだけしい）　四：隔たり（へだたり）　五：仙人掌（さぼてん）

「全問正解っ！　今回、唯一の全問正解でした！　パンドラくんやるじゃん！」
「……ま、まぁボクならこれくらいは当然だよね？」
「ドラちゃん声震えてるよ？」
《さすドラ》
《かわいくてかしこい》
《サボテン読めるのは流石だわ》

※※※

「次は文章作成系ですね。では廻叉さん、問題文の読み上げお願いします」

以下の慣用句を正しい意味で用いて、短文を作りなさい
一：肩身が狭い　二：油を売る　三：お茶を濁す　四：旗色が悪い

「これはもう、正解不正解問わず面白いのが多かったのでポンポン行きます！　まず京吾の答え！」

一：サイズを間違えて肩身が狭い服を買ってしまった
二：ガソリンスタンドは油を売る店
三：苦いのでミルクと砂糖を入れてお茶を濁す
四：旗色が悪いからここを青じゃなくて赤にしよう

「書いてあるまんまの解釈じゃねぇか！　慣用句だっつってんだろ！」
「うるせぇ！　俺は真っ直ぐ生きてるんだよ!!」

《草》
《シンプル馬鹿で草》
《油を売る店は流石に酷い》

「次！　正解パターンです！　クロム・クリュサオルの答え！」

一：先輩ばかりの大型企画で新人の身としては肩身が狭い
二：そんなところで油を売ってないで仕事に戻れ、と説教された
三：好きな女性ライバーを聞かれ「皆さん素敵だと思います」という答えでお茶を濁した
四：一回表から満塁ホームランを浴びて旗色が悪い展開になってしまった

「お見事ではあるけど、なんか苦労背負い込んでる感じがするんだよなぁ」
「あははは……」
《凄いけど苦労人気質で草》
《クロムこれは上位進出あるな》
《先輩の威厳、見せられなさそう》
「ちょっとマジでわからなかったのがフィリップの回答ですね。どうぞ」

一：肩身が狭いんだよなぁ、モモ身買えばよかった

「どういうことなん？」

「肩肉とかモモ肉みたいな話かなと思ってな」
《モモ身とは言わんだろｗ》
《なんで平然としてんだこの男ｗ》
《しれっというの草》
「最後に、紅スザク先輩の有難いお言葉で国語の回答を締めたいと思います。ではどうぞ！」

三：炎上した時はお茶を濁すような言い方はせず、誠実に対応しましょう

「素晴らしい！　それでこそ先輩！」

「幸いまだ炎上はしてないけどね」

「心に留めさせていただきます」

「おう、しっかり留めとくといいぜ」

「お前が言うな！」

「京吾のが百倍炎上しそうなんだよ！」

《スザクニキ流石っす》

《これは金言》

《執事さんも感銘を受けているな。無感情ボイスだが》

《京吾よぉ……w》

《お前が言うなっていうフィリップもブーメランやぞ》

「というわけで、次は数学なんですがぶっちゃけ撮れ高ないです！　なんせ空欄回答が多いのなんのってもう！」

「文章題が多かったため、仕方ない面はありますが若干巻き進行になります。ご了承ください」

《草》

《数学はしゃーない》

《シンプル計算ミスとか見てもなぁ》

《むしろ理科社会が撮れ高祭りになりそう》

《ここからが本当の地獄だな……》

《ぶっちゃけ最初から最後まで地獄だけどな》

「平均点は五十八・七点となっております。高いと思われたかもしれませんが、上位と下位の差が非常に大きかった結果です。ご安心ください」

「いや不安になるわ！」
《何を安心しろってんだｗ》
《数学は出来る人と出来ない人の差が激しいからなぁ》
「という訳で最初の問題はこちら！」

以下の計算式を解きなさい。
一：7×8
二：（―3）×12
三：9×（16―7）
四：108÷18＋71×14
五：0.4×0.22

「もう基礎中の基礎の計算問題です。むしろ算数です。だからこそ、忘れてる奴もいる、と……フィリップの答え！」
「ん？　ちゃんとやったはずだがな」

四：1078

「あー……フィリップ。どういう順番で計算した？」

「そりゃもう左から順番に」

「……掛け算と割り算は足し算引き算より先にやるって教わらなかったか？」

「……過去は振り返らない主義なんだ」

「うん、振り返らなくていいから思い出せ」

「正蔵さんの言う通り、掛け算と割り算から先に計算するのが正しい解き方になります。そのように計算すると、6+994となり、答えは1000となります」

《草》
《初歩的なミスだなぁ》
《キッカリ1000になる辺り、逆に不安になるやつだ》

※※※

「次は図形の問題というより、面積やらの公式の問題だな。まー……適当ブッこいてる人が結構居ます。まずは問題からいきますか。廻叉さん、お願いします」

以下の図形の面積及び体積の求め方の公式を書きなさい
一：三角形の面積
二：ひし形の面積
三：円の面積
四：直方体の体積
五：四角錐の体積

「問題文の横に図形の画像を張ったので、どれが何かわからないって人は居なかっただろうけどさあ……ユーマの答え」

「え？　俺？」

一：底辺×高さ÷2

「これは正解」

「あ、やっぱりあってるじゃん。なんで俺呼ばれたの？」

「うん、これを踏まえて二問目の答えをどうぞ」

二：底辺×高さ÷2×2

「なんで割ったのを戻した⁉」
「え？　ひし形見てたら三角を二つ重ねたっぽいからこれでいいなって」
「ユーマ、だったら底辺×高さだけで表記できるよね……？」
「まぁ平行四辺形の一種だからこれも正解は正解なんだけど、書き方にツッコミどころしかなくて採用しました」
「そんなふうにしなくても出来るだろうよ。ちゃんと勉強してきたかー？」
《ま、まぁ最終的に合ってたからいいだろ……》
《たぶんこれ思い付いた瞬間「俺天才」とか思っただろうなw》
《二度手間で草生える＞二で割って、二をもう一回掛ける》
《京吾がまた調子こいてるなw》
「おー、それなら京吾はひし形出来たんだろうな？」
「なら京吾の答えを見てみようか。はい、どん！」

二：対角線×対角線÷2

「正解！」

「見たかオラァ!!」

「マジか……」

「正蔵せんせー、俺も÷2のところ合ってるから二重正解って事で加点くれ」

「やれるかぁ!!」

《やるやんけ》
《これはドヤって良い》
《フィリップがショック受けてて草》
《ユーマ図々しいwww》

※※※

「という訳で理科です！」

「数学もう終わりなん!?」

「ガチの計算ミスとか白紙回答出してもアレだからしょうがないんだよ！　時間切れの白紙も多かったし！」

「平均点五十四・二点となっております。得意な箇所と不得意な箇所がハッキリ分かれたかたちになりました」

「それじゃ、最初は植物に関する問題。では、廻叉さんお願いします」

以下の文章の空欄を埋めて植物の光合成の説明文を完成させなさい。
植物は光合成によって（　一　）と（　二　）を作っている。
光合成を行うためには材料として（　三　）と（　四　）が必要となる。
光合成は植物の（　五　）という細胞で行われる

《中一のテストでやったやつだ》
《穴埋め問題は大喜利が始まる》

「んじゃ、最初は正解パターンから見て行こうか。敢えて誰の答えかは言わずにいってみよう。どうぞ！」

植物は光合成によって（　酸素　）と（　デンプン　）を作っている。
光合成を行うためには材料として（　水　）と（　二酸化炭素　）が必要となる。
光合成は植物の（　葉緑体　）という細胞で行われる

「完璧！　そしてこれを答えたのは……春日野ユーマ！」

「えええ?!　マジで!?」

「俺ね、理科だけは得意中の得意なんだよ」

「うわ、ドヤってやがる……！」

《おおおおお》
《やるやんユーマ！》
《理系でチャラ男……》
《リブラのガチ驚きで草》

「一方で、実にオーバーズな回答がありましたねぇ。パンドラ・ミミックの答え！」


植物は光合成によって（　楽曲　）と（　酸素　）を作っている。

光合成を行うためには材料として（　二酸化炭素　）と（　カラオケ耐久配信　）が必要となる。

光合成は植物の（　サリー・ウッドのお部屋　）という細胞で行われる

「お前はサリーさんを何だと思ってるんだ！」

「え？　樹」

「アバウト過ぎるわ!!　あと、片方だけ合ってるの中途半端！」

《草》
《同期イジりが酷いｗ》
《怒られろｗｗｗ》

※※※

「最後は天体関連ですね。大体一問一答形式にしていますが、物理やら化学式やらで計算問題を増やすと数学以上に撮れ高不足になりかねないのでご了承ください。では、問題文の読み上げをお願いします」

以下の天体・宇宙に関する問題に答えなさい。
一：地球が太陽の周りを一年に一周する運動の事を何と言うか？
二：太陽系の惑星で一番大きい惑星は何か？
三：太陽系の惑星に存在する衛星を〝月以外で〟一つ答えなさい。
四：冬の大三角を形成する恒星を一つ答えなさい。
五：約七十五年に一度、地球に接近する有名な彗星は何か？

「どれか一つ、という問いが多いのは我々の優しさだと思ってください。そんな優しさを台無しにしたリブラくんの答え！」

「え？」

四：デネブ・アルタイル・ベガ

「夏の大三角ゥ!!」

「でも全部合ってるじゃん！」

「冬の大三角を答えろって問題でしょうが！　あと、曲の歌詞か何かで知ったクチでしょ多分！」

「っ、何故それを……!?」

「問四ですが、誤答の九割が夏の大三角の一部を書いていました。全部書いたのはリブラさんだけでした」

「執事さぁん!!　やめてよぉ!!」

「事前打ち合わせでスタッフさんや正蔵さんから『遠慮しないでいい』と言われましたので、お言葉に甘えさせていただいております」

「遠慮はしなくていいから、容赦してよ！」

《草》

《リブラくんボロボロやんけw》

《執事にヘッドショットされてて草》
《遠慮はしないし容赦もしないｗ》
《夏の大三角は有名な曲があるから、そっちの印象に引っ張られたかｗ》
「ここ、それぞれ採用したい誤答が多かったんで矢継ぎ早にいってみたいと思います。廻叉さん、準備はいいですか？」
「はい、大丈夫です」
「では、行きましょう！　問題一！　秤京吾の答え！」

一：回転

「またしても安直!!　次！　問題二！　フィリップ・ヴァイスの答え！」

二：太陽

「一番やったらダメな答え！　次ぃ！　問題三！　クロム・クリュサオルの答え!!」

三：ひまわり

「人工衛星は対象外!!　次っ！　問題四！　パンドラ・ミミックの答え!!」

四：ピラミッド

「大きい三角形を答えろって話じゃねぇんだ！」
「全問正解だったユーマさんとスザクさんだけが盛大に笑っていらっしゃいますね」

《草》
《これは草》
《大草原》
《練習でもしたのかってレベルのテンポの良さｗ》
《ｗｗｗｗｗｗｗ》
《答え自体は短くても全員キレッキレで困るｗ》
《クロムの気象衛星ひまわりはハイセンス》
《せめてボケようという気概なのか、それともガチなのか……》
《ユーマとスザクだけ大爆笑で草》

「え？　得意だって言ってたユーマはともかく、スザク先輩も？」

「雑学でなんとかなる問題だったからね。実験とか生物あたりは逆にボロボロだった気がする」

「では、模範解答って事でスザクさんの答えを見て、理科の締めにしましょうか」

一：公転
二：木星
三：エウロパ（木星）
四：シリウス
五：ハレー彗星

「完璧でしたね。衛星の問題はちゃんと惑星の名前も書いてくれていました」

「ユーマさんも全問正解でしたが、問題三のみ土星の衛星、タイタンと解答されていました。勿論正解です。ちなみに、木星は名前の付けられている衛星だけでも五十以上あります」

「そんなに」

《スザクニキ、本当に雑学強いよなぁ》

《クイズゲーム配信で科学とか歴史の分野バシバシ当ててたからな。なお、発売当時の芸能問題がボロッボロだったけどな》

《コンシューマーのクイズゲーあるある。発売当時の時事がわからない》
《ユーマも本当に理科得意なのがよく分かった》
「という訳でね、理科も大分問題っちゃ問題だったけど……もっと問題なのは、次なんだ。採点を手伝ってくれたスタッフがマジで頭を抱え、マネージャーがあまりの惨状に涙を流した……社会だ」
「ははは、マネージャーが泣いたってそれは盛り過ぎっしょ」
「……ユーマ、マジなんだ」
「ごめん、ちょっと引く」

《ひぇぇ……》
《ドラちゃんの珍しいドン引きボイス》
《企業Vtuberが社会低いのは問題では？？？》
《そういえば音色ちゃん二十二点だったな……》
《あっ……》
《ああ……（諦め）》
《★鈴城音色@オーバーズ1801：君達？》
《で、でも執事さん八十五点だったから！　希望はある、あるんだ!!》
《執事さんリバユニだからオーバーズの社会性には関与しないんだなこれが》

《やっぱダメじゃねぇか！》

《もうさっきまでみたいに笑えないかもしれない》

《草も枯れ果てる荒野の旅へと俺達は進むのであった……》

「さて……覚悟を決めて社会、行こうか」

《露骨にテンション下がってて草》

《スタッフが頭を抱える出来の社会とは一体》

「平均点、四十二・四点です。全五教科で最も低い点数となっております」

「マジで……？」

「マジです」

《低ぅ!!》

《執事さんも心なしか神妙だ……》

《スザクニキ、現実を受け止め切れず》

「全員がうかつにイキれず黙るというオーバーズにあるまじき姿になったので最初の問題にいきま

しょう。日本と世界の地理問題からまずはこちらの問題」

以下の国の首都と、どの大陸にあるかを答えなさい。
一：ドイツ　首都（　）（　）大陸
二：ブラジル　首都（　）（　）大陸
三：エジプト　首都（　）（　）大陸
四：オーストラリア　首都（　）（　）大陸
五：アメリカ合衆国　首都（　）（　）大陸

「割とサービス問題のつもりだったんだけどなぁ……とはいえ、首都に関しては間違えやすい問題でもあります。パンドラ・ミミックの答え！」
「あれ？」

二：ブラジル　首都（サンパウロ）（南アメリカ）大陸
四：オーストラリア　首都（シドニー）（オセアニア）大陸
五：アメリカ　首都（ニューヨーク）（北アメリカ）大陸

「サンパウロとシドニーは絶対にあるだろうと思ったら案の定だったよ。ちなみにオセアニア大陸も間違いな」

「一番有名な都市が首都だって思っちゃうよ、そりゃ」

「二、ブラジルの首都はブラジリア、四、オーストラリアの首都はキャンベラ、五、アメリカの首都はワシントンD．C．となっております。そして五、オーストラリアはオーストラリア大陸、というそのままの名前となっています」

「引っかけじゃねぇか！」

「むしろ直球です」

「くそォ!!　言われてみればそうだ!!」

《これはしゃーない》
《オセアニア大陸は俺も何が違うのかわかんなかったわ》
《噛みついて即失速する京吾草》
《聞き分けは良いんだよなw》

「そんな京吾の直球過ぎる答えがこちら」

一：ドイツ　首都（ジャーマン）（ヨーロッパ）大陸

「何も間違っちゃいねぇよ!!」

「違います。ドイツの首都はベルリン、ユーラシア大陸が正解となります。ジャーマンはドイツの英語における所有格での表記です。ドイツ人、ドイツ製といった意味になります。もしくはスープレックスです」

「鬼かアンタ！」

「執事です」

《京吾が初対面の執事にバッサバサ斬られてて草》
《テンション真逆だから噛み合ってるw》
《しれっとスープレックスを混ぜるの草》

※※※

「次は歴史ですが、今回は日本史の有名な問題を一問一答形式にしました。これが、まぁ思った以上に正答率が悪いのなんのってもう。では廻叉さん、お願いします」

以下の問題に答えなさい。
一：聖徳太子が作ったとされる法文は？
二：鎌倉幕府で実権を握った北条氏が就いた役職を何というか？

三：織田信長が明智光秀の謀反によって自害した事件を、事件が発生した場所から何というか？
四：徳川家康が開いた幕府の名前は？
五：慶応三年、徳川慶喜が政権を朝廷へ返上した事を漢字四文字で何というか？

「三番四番だけは全員正解でした。お前ら戦国だけは好きだよな……とはいえ、他はボロッボロでした。特にひどかった……リブラの答え！」

「あーやっぱりぃ!!」

一：日本国憲法
二：将軍
五：幕府終了

「時代の先取りし過ぎだろ聖徳太子！　将軍はまぁ一番ありがちな間違いだけども、幕府終了は雑にも程がある！」

「ちゃんと漢字四文字にしたところは評価していただきたい！」

「駄目です」

「そんなぁ!!」

《幕府終了はもうまとめブログのタイトルなんだよなぁ……》
《リブラはやはり脳筋……》
《バッサリ斬る事に躊躇が無くなりつつある正時さん草》
「五問目は本当に酷かったんですよね、これが。そんなフィリップの答え！」

五：経営破綻

「幕府は企業じゃねぇよ！」
「わかっちゃいたんだが、それらしい漢字四文字が見付からなかったんだ。探したという努力を鑑みて一点くれないか？」
「駄目です」
「やはりか」
《むしろ経営破綻がよく書けたな》
《絶対に貰えない部分点がそこにはある》
《執事、ダメですボタン作ろうぜ》

※※※

「それではラストの英語！　これは一番マシっちゃマシだったんだけども……」

「平均点も六十六・五点と高い数値を示しています。易しい問題を皆さん取りこぼさずに出来ていました」

「それでは最初は、英単語からですね。廻叉さん、お願いします」

以下の英単語を日本語に訳しなさい。
一：study
二：train
三：Tuesday
四：vegetable
五：university

「執事さん発音いいなぁ⁉」

「練習しました。まぁ、私は英語が一番出来なかったので偉そうに言えませんが」

「うーむ、謙虚！　さて、まずは全問正解者から行ってみようか。パンドラ・ミミック！」

「よーしよし、ここは流石にね」

一：勉強
二：電車
三：火曜日
四：野菜
五：大学

「模範解答です。今日、パンドラ調子いいね」
「割とマジで一位狙ったからね」
《ドラちゃん賢い》
《割と知性あるとこは普段から見えるんだよな》
「一方で、無茶な解釈も結構ありました。クロム・クリュサオルの答え！」
「あ、あれ……？」

五：首都

「sityをcityと見間違えた感じかな、これは」
「そ、その通りです……大きい都市、みたいな感じかな、と」
「ちなみに首都は『capital』です」

《まだ分かる間違い》
《ユニバー市とか言い出さないだけマシ》
《しかし執事本当に発音良くて草生える》

「……コメントを見て選んだわけじゃないんだけども、リブラの答え」

五：ユニバー市

《草》
《草》
《マジでいるとは思わなかった……w》
《二つの意味で読まれて草》

「cityが分かっただけでもエライって褒めてくれないかな⁉」

「単語を分解している時点で褒められる要素が激減している事にお気付きいただけますと幸いです。もっと言うとsとcの時点で違います」

「本当にその通りだよ……もう一人、単語を分解した奴がいます。フィリップの答え！」

四：ベガ机

「だからtableだけ読み取るんじゃねぇよ！　ゴリ押しが多いんだよ、オーバーズ！」

「俺らの芸風だから仕方ないだろ。ゴリ押しが出来るかは面接でも聞かれただろう？」

「聞かれてねぇよ！　面接内容捏造すんな！」

《もうゴリ押しですらないｗ》

《シンプルに酷いなぁｗ》

※※※

「いきなりですが、最後の回答読みになります！　というのも、全体的に良かったのと、この最後の問題に撮れ高が詰まり過ぎていたからです!!」

一、三行の英文で自己紹介をしてください

「これはもうエントリー順に全員読みます！　まずリブラ!!」

Hello! My name is Libra.
I am Vtuber!
I am Gaming God!! YEAH!!

「YEAH!!　じゃねぇんだ！　合ってるけど！　あとゲーミングゴッドは盛り過ぎじゃないか、って採点時に言われてたぞ！」
「ＦＰＳ部部長としてのプライド、かな……？」
《発音とテンションｗｗｗｗｗｗｗ》
《内容もだけど、めっちゃ流暢に素っ頓狂な英文を読む執事さんが面白すぎるｗ》
《確かにゲーム中に「はい神ー！　神エイムー!!」とか叫んでるけどな》
「次！　秤京吾の答え！」

Im HAKARI KYOUGO!!

Im OVERS!!
Im SUPER!!

「えーこちらですが、Iとmの間のアポストロフィを忘れているので誤答です。あと、アイムスーパーってなんだよ、マジで」
「俺すげぇって事だよ！」
「伝わるかぁ!!」

《草》
《テンションだけじゃねぇかw》
《これを読まされる執事さんが気の毒》
《ほぼ全部大文字なのもおバカポイント高いな》

「次、フィリップの答え！」

My name is Firippu Vaisu.
I no money.
Give me.

「自分の名前のスペルくらい覚えておけよ……」

「パッと思い出せなかったから仕方ない」

「正確にはPhilippe Vaiceとなっております。字幕テロップ、ありがとうございます」

「あと金がない、俺にくれ、ってのは自己紹介にはならないので間違いです」

「俺という人物を表すのにピッタリだと思うのだがな……」

《酷い……w》
《金無し貴族顔》
《ギブミーだけ完璧なのがもう……w》

「次！　パンドラ・ミミック!!」

Good evening everyone. I'm Pandora Mimic.
I'm a guy who looks like a girl.
I am the organizer of the voice drama.

「完璧！　これが出来てむしろ間違っている問題があったのがもったいないまであるよ、うん」

「補足というか和訳ですが……『みんな、こんばんは。ボクはパンドラ・ミミックです。ボクは女の子みたいに見えるけど男だよ。ボクは声劇の主催をやっているよ』……といったかたちでしょうか？」
「……ちょっと待って、今リザードテイルさんに執事さんのオファーのメール書いてるから」
「後にしろよ！」

《ドラちゃん凄い》
《これは凄いわ……》
《英語できる人からすればボーナス問題だよな》
《喋れるけど書けないタイプじゃなくて良かった》
《ドラちゃんに寄せた声で話せる執事もやべーわ》
《声の高さは流石に難しかったけど、喋り方のクセとか完璧に再現されてたな……》

「次は……クロムの答え！」

Nice to meet you.
My name is Chrome.
I like card game.

「間違ってはいないんだけど、情報が薄いなぁ……」
「うう、書きたい事を英語に出来なくてこうなりました……」
《分かる部分だけで書いた感じだな》
《カードゲーマーだったか。今度見に行こう》
《初めまして、で改行したのが苦肉の策感出てる》
「次は春日野ユーマ！　正直これを正解にしていいか怪しいんだよなぁ……」
「いやー、間違いなら間違いでしゃーないかなー」

Hello, I'm Yu-Ma.
I'm not UMA.
I'm HUMAN.

「韻踏みの問題なら満点なんだけどな」
「多分バツだろうけど、これ消したくなくてさー」
《ラップｗｗｗｗ》

《安い韻踏みで草》
《メッセージ性皆無のＨｉｐＨｏｐだぁ……》
《三日月龍真a.k.a.Luna-Dora：ユーマくん、ラップ興味ある?》
《ラッパーVtuber・ＭＣ備前：ラップはいいぞー頭が良くなるぞー》
《VIRTULE-MC FENIXX CHANNEL：界隈に広めようラッパーの輪》
《うわなんか出た》
《おい執事、先輩が湧いて出たぞ》
《レペゼンバーチャル勢だ……ｗ》
《ラップに関する話すると生えてくる系Vtuberのみなさんこんちゃーっす》
「弊社の先輩とラッパーの集団が何故か現れましたが、基本無害ですのでご安心ください」
「廻叉さんの事務所、少数精鋭だけど濃いよねぇ……気を取り直して、ラスト！　紅スザクの答え！」

My name is Kurenai Suzaku.
I'm a virtual TryTuber on the OVERS.
Please support me and my friends.

「聖人だ。アンタ聖人だよ、スザクさん……」

「男性陣だと一番先輩だからね。最初に言ったでしょ？　先輩の威厳を見せ付けるって」

「最後の文面は……『どうか僕と仲間たちの応援をお願いします』……でしょうか？」

「そんな感じ、そんな感じ」

《あの日のスザクは、俺達より気持ち悪かったな……》
《胸が慎ましい女の子へのB-Area Attackについて熱く語ってたスザクパイセンとは思えないな》
《ギャルゲーやってる時以外は常時カッコいい俺達のパイセン》
《こういうのをシレっとやれるカッコよさよ》
《流石スザクニキ》

「コメント欄に謎の造語が飛び交っておりますが、敢えて触れずに進行したいと思います。これにて、全回答の一部ではありますが、紹介が終了いたしました。長い時間のお付き合い、本当にありがとうございます」

「そしていよいよ……最終結果発表となります！　上位から順に発表、そして二百五十点未満だったらセンブリ茶レビュー配信の罰ゲーム……更に！」

「更に？」

「優勝者には廻叉さんから感情全込めでのお褒めの言葉！　最下位には同じく廻叉さんから感情全込めでの罵倒を副賞としてお渡しいたします!!」

《え？》

《ゲストに何やらせてんだ正蔵おじ》

《アカン、死人が出る》

《切り抜き師、褒め言葉も罵倒も切り抜いてくれ。後生だから》

《参加者が「どういうことだ」って感じでザワついてるな》

《コメ欄のリバユニファン勢もザワついてるんだが》

《執事、朗読ばっかであんまりボイスっぽいの出さないんだよ。公式で出したのが何故か『正時廻叉によるシステムボイス集』だったから、感情入れたボイスなんて初めて聴けるチャンスなんだよ》

《なるほど、把握。凄くレアいもんが見れると》

《システムボイス集草》

《ちょっと欲しいわシステムボイスｗ》

《お、画面が切り替わった。いよいよ発表みたいだぞ》

「大変長らくお待たせしました、結果発表のお時間です！」

「…………」

「はぁ……」

「もう空元気すら出てないね、みんな」

「それでも配信者かお前ら！」

《草》

《序盤のテンションはなんだったのか》

「結果発表ですが、最初に上位から発表いたします。三位から一位までを先に発表し、その後四位から最下位までを順に発表していく、という形式となっております。皆様、緊張なのか絶望なのかは分かりかねますが、もう少し元気よくお願いいたします」

「そうは言われても怖ぇんだよ！」

「高得点だった執事さんにはわかるまいよ、この思いは……」

「なるほど、では恐怖する時間は短い方がいいという事で早速第三位の発表です」

「オーバーズ男子学力テスト、見事上位入賞の第三位は……この人！」

【三位：クロム・クリュサオル　三百二十九点
（国：九十六　数：六十二　理：四十四　社：六十二　英：六十五）】

「やった……!!」

「国語はなんと九十六点の超高得点！　最初に取り上げた漢字の間違い以外は完璧でした！」

「一方で理科が明確に苦手分野となっていました。また、他に七十点以上が無い事もあり、今後の成長次第では優勝も見えてくるでしょう」

「とはいえ、新人がこの成績を取ってくれたのは非常にありがたい……！　俺の同期筆頭に馬鹿やる事が好きな人しかいないから……！」

「おい、どういう意味だ！」

「正蔵、俺らだって傷つく時は傷つくぞ？」

「あはは……」

《クロムくんすげえええええ！》
《国語九十六はマジでバケモノじみてる》
《確かに理科は酷いなw》
《正蔵おじ、新人の頭脳に感涙。同時に同期をディスる高度なテクニックを披露》
《そりゃ新人的には苦笑いしか出来んわw》

「さ、それでは二位の発表に行きましょう！」

「おいコラァ!!」

「惜しくも優勝を逃したが、十分過ぎる程の成績を残した第二位はこの人！」

【二位：紅スザク　三百六十三点
（国：七十　数：七十六　理：六十六　社：八十　英：七十一）】

「先輩の威厳、見せ付けてくれました！　単純に平均点が高い！」

「何より、社会の点数は二位に十点以上の差を付けてのトップでした。お見事です」

「いやー、照れるね。八十点台一個も無かったら流石に恥ずかしいなとは思ってたけど」

「これ、レーダーチャートにしたら綺麗な五角形になってますよ。この点数なら器用万能名乗っていいですよ、マジで」

「流石性癖以外は完璧な男」

「あはは、照れるなぁ……フィリップ、後で説教な？」

《本当に万能だよな、スザクニキ》
《一番尖ってるのが性癖ってのが信頼できる男だ》
《フィリップ……w》
《器用貧乏って自虐してるけど、貧乏じゃ二位は取れんよ》
《で、尖った性癖って？》
《Bの地区をいじるのもいじられるのも好きらしい》
《草》

《割とオーソドックスでは？》

「さて、コメントが深夜帯みたくなりつつあるので学力トップの発表です！　栄えあるオーバーズ男子学力トップに輝いたのは……この人だ!!」

【一位：パンドラ・ミミック　四百七点
（国：八十八　数：九十五　理：七十五　社：六十　英：八十九）】

「いやったあああああ！！！」

「正直予想外だったけど、ほぼ全教科で高得点！　唯一の四百点越えを果たし、パンドラくん見事優勝です！」

「国・数・英の三教科で高得点を稼ぎ、極端に低い科目もないという文句なしの成績でした」

「いやー、嬉しい！　本当に嬉しい！　結構誤答イジりされたからヤバいかもって思ってた!!」

《マジか?!》

《ドラちゃんすげえええええ！！！》

《これは予想外だわ……前評判四位だったもんなぁ》

《めっちゃ喜んでてカワイイ》

《副賞ゲットおめでとう。執事ボイスマジで羨ましい執事ボイス出せ》
《クロムとスザクが褒める中、黙ってるのが四人おるな》
「えー、副賞のお褒めの言葉は最下位発表後、廻叉さんの全力罵倒の後にします！　罵倒で終わらせると、ちょっと空気的にね！　というわけで……さぁ、残り四人、覚悟は出来たか？」
「なお、合計点数が二百五十点を切った時点で罰ゲーム確定ですのでご注意ください」
「……お、おう」
「お願いします……」
「ちょっと待ってくれ、罰ゲーム配信のお知らせをSNSに投稿する」
「来るなら来いやぁ！　センブリ茶なんて怖くねぇぞ！」
《ユーマとリブラのテンションの低さよwwww》
《フィリップ罰ゲーム受ける気満々で草》
《京吾の空元気が心強い。でも最下位の有力候補なんだよなぁ》
「それでは、上位三人からは零れてしまった丁度真ん中の第四位は……この人だ!!」

【四位：春日野ユーマ　三百点

【（国：五十五　数：四十　理：九十二　社：三十八　英：七十五）】

「っしゃああ!!　あぶねえええ！！！」

「理科は見事、科目別では一位の成績でした。とはいえ、数学と社会が大きく足を引っ張る結果となってしまったのは残念です」

「いや！　全然いいね！　三百点台に乗ってるし、四位だし罰ゲーム無いし！　いやーマジ最高！　イエーイ!!」

「急にテンション上げ過ぎだろ！　さっきまで死にそうな声だったのに調子の良い奴だな……」

《情緒どうなってんだユーマ》

《安全圏に滑り込んだ瞬間これである》

《理科すげぇな……》

《社会やべぇな……》

《この両極端は確かに春日野ユーマって感じはする》

《ただのチャラ男では終わらない男だからな》

「ここからは、まず名前だけ発表します。既に残り三人のテンションが下限を超えておりますが、容赦なく行きましょう――第五位は！」

【五位：秤京吾】

「よっしゃ見たかおらあああ!!　誰だ俺を最下位予想した奴は！　これが俺の実力じゃあああ！！！」

「嘘だ……嘘だと言ってくれぇ……!!」

「俺が……京吾以下……？　この、俺が……？」

「わぁ地獄」

「クロムっち、この醜い争いを見て大爆笑出来るようになったら立派なオーバーズだぜ？」

「え、ええー……」

「この中で一番先輩である身としては否定するべきなんだろうけど、うん、否定出来ないなぁ……」

《はあああああ?!》

《嘘だろ!?　京吾だぞ!?》

《リブラとフィリップの絶望の声が最高に愉悦できる》

《一方上位勢の余裕具合よ》

《人間って愚かだな》

「おい、京吾。まだ、得点が出てないだろ？」

「……え？」

「第五位、秤京吾さんの得点はこちらです」

【五位：秤京吾　二百三十五点　※罰ゲーム決定
（国：四十五　数：八十　理：二十二　社：三十一　英：五十七）】

「クソがあああああああ！！！」

「ぶはははははは！！！！」

「お前もだ、お前も落ちろ京吾ォ……!!」

「わぁ、まだ地獄の底があったよ」

「この時点で既に罰ゲーム道連れだけが喜びになっている先輩達を見てクロムっちはどう思う？」

「……その、言葉にならないです」

「うん、まだ君はそのままで居てくれ」

《無様で草》

《うるせぇえ!!》

《笑ってる場合じゃないぞリブラ》
《本当に人間って愚かだな……》
《クロム、これがオーバーズだぞ》
《初対面の外部ゲストが居てもこうなるからオーバーズ男子が好きだ》
「えー、この時点でセンブリ茶配信が三人決まりましたが……最後は、同時に発表します！　オーバーズ男子、学力テスト最下位は……リブラか！　それともフィリップ・ヴァイスか！　二人同時に、ドン!!」

【六位：リブラ　百八十二点　※罰ゲーム決定
（国：三十三　数：四十　理：五十　社：十六　英：四十三）】
【七位：フィリップ・ヴァイス　百七十一点　※罰ゲーム決定
（国：四十二　数：十八　理：三十五　社：十　英：六十六）】

「セーフっ！　最下位じゃないからセーフ!!」

「……どうした、クロム。笑えよ、一番バカな俺を……」

「はい、一番後輩に無茶ぶりをしないでください。お二方とも極めて低い水準でまとまっていると言わざるを得ない得点でした。最後の決め手は、フィリップさんが十点台を二つ取ってしまった、というところに尽きる気がします」

「……本当にな、お前ら二人の社会の点数見た時、採点手伝ってくれたスタッフが本気で引いてたからな？　勉強が全てとは言わんが、ちょっとこれは最低限も出来てねぇんだわ……」

「どうしよう、いざ点数見ると煽れないし笑えない」

「ドラちゃん、それもうトドメよ？」

《うわあ……》
《こうしてみると、うん、ヤバいな……》
《十点台て……》
《草》
《アウトだよリブラ》

「というわけで、六位リブラ、最下位フィリップにもセンブリ茶配信をやっていただきます！　そして……フィリップ、最下位の副賞だ。Re:BIRTH UNION正時廻叉さんによる、本気のお叱りだ。準備はいいな？」

「ふっ……もう、何を言われてもダメージ受けないな。京吾に負けた時点で、俺の心は粉々さ」

「うん、そういう事言える余裕がまだある、と。では廻叉さん、お願いします！」

「フィリップさん……他人と比較する前に、自分自身を顧みてください。その成績を、貴方のファンの前に堂々と持ち帰れますか？　自分の身を削る配信を嬉々としてする前に、自分の学力にも気を配るべきではないですか？　少なくとも、常識外れの配信をしたいなら常識を身に付けましょう。社会十点では何一つ説得力がありませんから」

「…………申し訳ありませんでした…………」

「あのフィリップが……打ちひしがれている……？」

「怖っ!!　執事さん怖っ!!」

「言ってる事は割と普通の説教なんだけど、人の心を壊すくらいの冷酷さが出てるんだよなぁ……」

「いやー、廻叉さんありがとうございます！　これでフィリップも少しは反省するでしょう！」

「……フィリップさん、ファンの皆様、大変失礼いたしました。どうか、御容赦を」

《ヒィ……!!》

《ヤバい怖い……！》

《嘲笑と軽蔑と落胆が一言一言から伝わって来る》

《執事が負の感情全力で出すとこうなるのか……ふふ、怖い》

《三日月龍真 a.k.a.Luna-Dora：ウチの後輩、すげえだろ？》

《フィリップファンですがそういう役目なので執事さんには思うところないですよー》

《すげぇってか怖いわ》

《逆にドラちゃん、この後このレベルの情感で褒められるの……？》

「では、今度は優勝賞品――パンドラくんへのお褒めの言葉です！　どうぞ!!」

「えっ、ちょっと待って、心の準備が――」

「パンドラさん。凄いですね……これだけの点数が取れるのは、貴方自身の努力に他ならない」

「ひぇ……」

「本気で学んだことだからこそ、こういう機会に発揮できる。私が学ぶことができたような気持ちになりました」

「は、はいぃ……きょ、恐縮です……」

「言葉を積み重ねると陳腐になりそうですし、最後に一言だけ、いいですか？」

「お、お願いします……！」

「優勝おめでとう、よく頑張ったねパンドラくん。偉い偉い」

「ひやあああ……！　ら、らめぇ、す、好きになっちゃう……!!」

「しっかりしろパンドラ！　アカン致命傷だコレ!!」

「こいつの限界化初めて見たかも」

「普通の褒め言葉だったのですが」

「感情の込め方が普通じゃないんですよ。自分の子供への無償の愛を注ぐ親の声でしたよ、完全に」

「コメント欄の加速が凄いんですが……」

《ひゃあああああああああ！！！》
《やばいやばいやばいめざめる》
《#執事ボイス出せ金ならいくらでも積むぞ》
《いや、マジでボイスにしろお願いします》
《三日月龍真 a.k.a.Luna-Dora：廻叉お前、すげぇわ……》
《チャンネル登録してきた》
《俺も》
《ガチ恋勢増える……》
《パパ……》
「割と軽い気持ちで提案した副賞が思わぬ波紋を残してしまい、司会者としてちょっとやり過ぎたかもとか思っておりますが……とにかく！　皆さんにお楽しみいただけたようで何よりです！　学力だけじゃない魅力が、一位のパンドラは勿論、最下位のフィリップにだってたくさんあります！　オーバーズは面白い奴らが日々是限界突破で頑張ってます！　これからも、我々をよろしくお願いします！」
『うおおおおおおお！！』
「うるせぇ！　そして、今回外部からサブMCとして参加してくださったRe:BIRTH UNIONの正時廻叉さん、本当にありがとうございました！」

「こちらこそ、これだけの人の前に立たせていただく機会を頂き光栄です。今後とも、弊社共々よろしくお願いいたします」

「いやいやいや、こちらこそです！　本当に！　皆さん、本日の参加者一同のチャンネル登録もよろしければお願いいたします!!　それでは、また今度！　さようなら!!」

《88888888》

《いやー、面白かった》

《今回一番インパクト残したの執事さんでは？》

《正蔵さんの企画は大体面白いから次回も期待》

《おぉう、同接五千超えてる》

《リバユニさんともいい関係出来そうだし良かったんじゃないかな》

《フィリップの心の傷だけが心配だが、まぁフィリップだし大丈夫だろ》

※※※

【配信終了直後、石楠花ユリアのSNSより抜粋】

「私も、勉強頑張ったら褒めてくれますか？」

※※※

オーバーズ男性陣による学力テスト企画は好評のうちに終了し、参加者のチャンネル登録者数の増加やファンメイドの配信ダイジェスト動画、所謂切り抜き動画が多数アップされるなど好意的な反響が大きかった。特に司会進行とツッコミをほぼ一手に担った各務原正蔵、新人ながら総合成績で三位と好成績を残したクロム・クリュサオル、見事最下位となりオーバーズ内外からイジリ倒されているフィリップ・ヴァイスのチャンネル登録者数が大幅に伸びた事も話題になった。

外部から各務原のオファーを受けてサブMCとして出演した廻叉も大きく知名度を伸ばした一人である。特に複数のオーバーズ所属者のファンが集まっている状況でアシスタントを完璧にこなした事で大きく株を上げていた。その評価はチャンネル登録者数にも反映されていた。テスト企画参加後、廻叉のチャンネル登録者数はおよそ七千五百人となっている。これは、参加前に比べると千二百近い上昇だった。一気に万単位を伸ばすような強烈なバズに比べれば微々たるものかもしれないが、正時廻叉をメインに追っているVtuberファン、配信内で御主人候補と呼ばれている面々からすれば非常に誇らしい出来事だった。

※※※

その日は、テスト企画後最初の廻叉の配信だった。タイトルは「雑談・作業（仮）」という味も素気も無い上に仮題というものだった。珍しく待機所という形で配信枠を事前に取っていたため、チャット欄では新参が古参から廻叉やRe:BIRTH UNIONの情報を教えてもらうという微笑ましい交流も生まれていた。何故こんなタイトルなのか、という素朴な質問も飛んだりしていたが、古参による「仕様」の一言で返されていた。

「我ながら酷い配信タイトルだと思いますが、このタイトル以上のものが思い浮かばなかったためこのまま開始します。現在の時刻は二十三時ちょうどとなります。御主人候補の皆様、如何お過ごしでしょうか？」

《執事来た！》
《定刻通りで助かる》
《しかし同接増えたなぁ。このタイトルで三百人は大分多いぞ》
《執事の雑談配信、深夜のＦＭっぽいからつい開いちゃうのよ》
《オーバーズのテストからの初見です、こんばんは》
《初見さんようこそ》

「先日のオーバーズさんでの大規模コラボ、本当に貴重な経験をさせていただきました。おかげさまで、私の方にも高評価やチャンネル登録を多数頂きまして、心より感謝いたします」

一日中なだらかな速度でチャンネル登録者が伸び続ける様を見ていた廻叉は、目の前の数字をどこか信じられないような感覚だった。無論、登録したからと言って動画や配信の視聴に繋がるとは限らない。同接者数も増えるには増えたが、いきなり千人以上が見に来るというような事も無かった。そのため、廻叉は軽度のバズを体験した直後でありながら自然体で配信を開始する。

「直近で動画作成に力を入れていたのもあり、個人での配信は久々ではあるのですが――作業というタイトルの通り、新しいタスクが増えました。むしろ、増やしたのは皆様なのですが」

《SNSで進捗率だけ延々ツイートしてたな、そういえば》

《botかな？》

《俺らのせいにされても》

「皆様からの熱いリクエストが弊社問い合わせフォームに多数ありまして、新しいボイスを公式販売することが決定いたしました」

相変わらずの無表情、無感情。何の感慨も無いと思わせる声色で発表されたそれに、コメント欄が急加速した。大半は絶叫と声にならない悲鳴だった。

「皆様の反応を見るに、本当に望まれていらっしゃったと。私謹製のシステムボイスの売れ行きはイマイチだったというのに」

《こんなにも俺らと執事の間でボイスへの意識に差があるとは……》

《ちゃうねん。合ってるけど、ちゃうねん＞システムボイス》

《三十種あったけど、マジでシステムボイスしかなかった。割と使い勝手いいぞ。若干機械音っぽく加工してあるのが雰囲気出てていい感じだ。SE＋ボイスって感じだから、いきなり声が出てビ

ビるって感じはない。家族に聞かれても安心の硬派なシステムボイス集だぞ。買え》
《買った上で正しい使い方をする御主人候補の鑑》

正時廻叉がデビューして一か月を記念して発売されたシステムボイス集は、当時の知名度の低さも相まって低調な売り上げだった。また、内容がPC用に偏っていたせいで、スマートフォンでの視聴をメインにしている層に受け入れられなかった事もある。一方で、パソコンからのメッセージという事を意識して作り込んだボイスの加工とSEは、購入者には好評だった。

「まぁ、私としても執事としては主人がおらず、バーチャル界の俳優としてもまだ駆け出し。世知辛い話ではありますが、収入源が無ければ活動を継続していけない、と」

《本当に世知辛ぇ……》
《はよ収益化通ってくれ》
《実際、これが原因で引退する個人勢や箱を畳む企業勢も出始めてるしな……》

配信上では伏せているが、収入自体はシステムボイス販売だけでなく運営企業であるリザードテイルが請け負った動画制作のナレーション出演などで賄っている。企業勢特有の固定給はあるものの、足りないものが多過ぎると廻叉は考えていた。

「収益化が通れば私も胸を張って配信業で収入を得ていると言えるので、今回のボイス販売を契機に私自身の価値を上げていかねばなりません。というわけで、本日の作業では大まかにボイス台本を考えます」

コメントにはシチュエーションや設定、シンプルな欲望が大量に並ぶ。廻叉はその中から、万人受けするものをピックアップし、公序良俗に反するものを弾いていく。

「やはり多いのは目覚まし、帰宅時の出迎えあたりですね。私としても執事らしいボイスを作れそうで安心しております。一部ピロートークを推してくる方や、直球のポルノボイスを希望された方もいらっしゃいましたが、一回限りならばジョークとして放置しますが繰り返した場合はブロックの上通報いたしますのでご注意ください。被虐妄想の垂れ流しでこちらを加害してくるという、他者に説明し辛い状況を作られても、私としても手に余ります」

《草》

《まぁ、一回だけなら欲望が漏れただけかもしれんし》

《やたら具体的にプレイ内容垂れ流してたマゾニキ居たもんな……》

《配信のコメントとしては怪文書だけど、ＳＭ小説として読むと割と名文だったの草しか生えない》

《才能の無駄遣いだなぁ》

※※※

一部リスナーの暴走こそあったものの、大まかな構成が決まった段階で配信開始から二時間程経っていた。ボイスの内容は「廻叉があなたの執事だったら」という設定の下に、目覚まし・見送り・出迎え・寝かしつけの四種を柱に、一言だけのおまけボイスも収録するという形にまとまった。
「では、このような形で進めますが、事務所に企画書を通しますので全部が本日決めた通りになる訳ではないという事だけ、ご了承ください。早ければ年内、遅くとも年明けの一月中には出せればと考えております。販売が決まった場合は、私よりも公式アカウントの方が告知は早いと思われますので、そちらも是非ご確認ください」

《楽しみ》
《日々の虚無の生活に潤いが……！》
《執事ボイス依存の生活になりそうなのが何人か居て社会の闇を感じる》
《学生さん、社会人って、こうだぜ？》
《やめてやれｗ》

一部社会人リスナーが瘴気を発してはいたものの、ボイスへの期待感が大きいのは廻叉からも見て取れた。その一方で、気付けば全社的プロジェクトに発展していた自身のストーリー動画、Re:BIRTH UNIONハロウィン企画動画のお披露目配信用の台本チェック、年末のVtuber界隈全体を巻き込む大規模歌系イベントの楽曲動画の草案作成など、自身が関わるタスクが増えに増えている事を実感する。

「こうして作業配信が今後も増えていく事はあると思います。朗読やゲーム実況などを楽しみにされている御主人候補の皆様には申し訳ありませんが、作品を以て謝礼に変えさせていただきたく」

《ええんやで》

《むしろリバユニはそうでなければ》

《期待してる》

《逆にハンパなモン出したら容赦なく文句言うからな》

「暖かくも手厳しい皆様に支えられております。本日は遅い時間までお付き合いいただき、誠にありがとうございます。明日は配信はございませんが、進捗報告も兼ねた雑談・作業配信は複数回行っていきたいと思います。それでは、そろそろお時間です。おやすみなさいませ、御主人候補の皆様方」

※※※

翌日、ＰＣの右下の時刻表示が十九時を示すと同時に、廻叉はTryTubeを開く。自身の配信のためではなく、後輩である石楠花ユリアの外部コラボ配信を視聴するためだ。事前にチャンネル登録しておいた『氷室《ひむろ》オニキス』のチャンネルを開くと、既に待機所には数千人もの視聴者が集まっていた。

『にゅーろねっとわーく』は女性Vtuberのみで構成された、アイドル系の事務所だ。ただし、歌って踊る系よりも配信やゲーム、企画などを中心に、喜怒哀楽を前面に押し出すVtuber達の等身大の姿を見せる事で人気を得始めている事務所である。

今回、ユリアにオファーを出した氷室オニキスは、薄い水色の髪と黒の目を持つクールな美少女……だが、ファンを以てして『超恋愛脳』『ラブコメに汚染された成れの果て』『お見合いを薦めてくる田舎のオバちゃん』などの異名を持つ少女だ。自称は占い師、やっている事は心理テスト企画であり「占い師設定とは」という疑問が彼女のファンからは定期的に飛んでいるものの、人の心を覗き見するという点では占いも心理テストも同じ、という持論で返す神経の太い少女でもあった。なお、この自論はファンだけでなく事務所の同僚からも全否定された。

「みなさん、こんばんは。美少女占い師Vtuber、にゅーろねっとわーくの氷室オニキスでございます。同じ事務所の方と外部の方をそれぞれ一人ずつお迎えして、その心の奥にお邪魔する心理テスト配信、第五回ですのよ……うふふ」

占い師らしいミステリアスな雰囲気での喋り方だが、立ち絵の表情が分かりやすくニヤケ面になっているあたり、氷室オニキスの欲望がダダ漏れになっている。コメント欄も総ツッコミをしているが、彼女は意に介さずマイペースに進行する。

「本日のゲストは、まずにゅーろねっとわーくの新人さん、魔女見習いの女子高生・如月《きさらぎ》シャロンさん。そして、Re:BIRTH UNIONの新人さん、引きこもり令嬢の石楠花ユリアさんです。今回は、新人さんでティーンエイジャー……つまり、恋の季節真っ盛り猫まっしぐらなお二人をお呼びしました」

「せ、先輩⁉　なんでウチらが恋してる前提なんやがりますか⁉」

「あ、あ、あの、もうご挨拶というか声を出してもいいんでしょうか……？」

「んー、じゃあ自己紹介してくれていいですのよ？」

《氷室ォ！　新人二人呼んでフリースタイル進行をするな氷室ォ‼》

《外部の子がめっちゃ戸惑ってて草》

《シャロン、デビューしてからずっと先輩に振り回されてるなw》

《二人とも可愛い》

廻叉は自身のSNSページを開き「#オニキス心理学」というハッシュタグを開く。最新の投稿一覧を見れば、コメントとはまた別の、リアルタイムの感想がそこには並んでいる。

「えーっと、じゃあまずウチの方から！　にゅーろねっとわーくの魔女見習い、如月シャロンです！　笑顔の魔法、みんなに掛けちゃうぞ♪　でも、今日はウチが魔法に掛けられる側なのかなって思ってます！」

「あ、えっと、Re:BIRTH UNIONという事務所の三期生、石楠花ユリアです……実はその、他の事務所の方とご一緒するのは勿論、コラボ自体も初めてで、それで……」

ＳＮＳの投稿ページに、今の率直な心境をハッシュタグと共に投稿する。奇しくもそれは、ユリアが次に発する言葉とシンクロしていた。

「楽しみな反面、不安が消えないです……何か失敗してしまったら、ごめんなさい……！」

※※※

【コラボ配信前、正時廻叉のSNSより抜粋】

後輩の外部コラボを見守っています。楽しみではありますが、同時に初対面の相手、初のコラボという事もあり、若干の不安が消えないのも確かです。頑張ってください、ユリアさん。
#オニキス心理学

石楠花ユリアと、にゅーろ女子

氷室オニキスは恋愛脳である。自分自身よりも他人の恋路の観察に全力を挙げ、仮にそれが恋愛ではなかったとしても、脳内で「これは恋愛である」と仮定して想像と妄想を無制限に膨らませて精神的な飢餓を癒す。自身の主催する心理テスト配信のみならず、にゅーろねっとわーく内のコラボでも恋愛に関する話を引き出しては自己満足に浸るという業の深い性質を持っていた。

無論、女性Vtuberに本気の恋愛感情を持つタイプのリスナーが配信のコメント等で文句を言う事もあったが、本人が一向に堪えないため、自然と「言うだけ無駄」という空気が蔓延し、彼らは彼女の存在を黙殺するという方向にシフトした。なお、同様の性質をもつリスナーが吸い寄せられ、彼女の配信コメント欄は恋愛妄想で終始盛り上がる異常な場となっている。

「改めて、本日お二人にはいくつかの心理テストに挑んでいただくのですが……それは、割と建前です」

「建前⁉」

「え、その……ということは、本題は……？」

「心理テストの結果を踏まえた上で二人の恋愛観とか諸々聴かせてもらって、私と私のリスナーが満足する企画です。なお、第一回からこんな感じだからね……ふふふ」

《草》
《いいぞ氷室、恋するVtuberを俺達にもっと見せろ》
《現在進行形少女漫画が見たいんじゃあ‼》
《二人とも可愛いから素敵な男の人と結ばれてほしいよね》
《恋する美少女は万病に効く……！》
《毎度思うけど酷いコメント欄だよな》

所属する事務所こそ違うが、ほぼ同期デビューである如月シャロンと石楠花ユリアは恐怖した。必ず、かの邪知暴虐の恋愛脳先輩から逃げねばならぬと決意した。

「ユリアちゃん、初めましてだけど……頑張ろう……‼」
「は、はい、シャロンさん……！」

《新人二人がなんか覚悟決めてるぞ》
《美しい友情の花》
《え？　百合の花？》
《それもまた良し》
《二人が手を握り合ってる様を脳内に再生》

ユリアは初めての外部コラボにも拘わらず、自分が極めて特殊な場所に放り込まれたのだと認めた。招待してくれた氷室オニキスも、彼女に付いているリスナーも、恋バナに飢えた肉食獣だ。いわゆるユニコーンが湧いてもお構いなし、それどころか角がへし折れるまで濃度と粘度のある妄想を繰り広げる魔窟の主。それが氷室オニキスである。

そんな地獄に巻き込まれた二人は、互いに親友と呼び合う程の仲になるのだが、それはもう少し先の話である。

「まぁまずは普通にちょっとお話ししようね？　私とシャロちゃんは同じ事務所だから面識あるけど、ユリアちゃんとは初めましてだもんね」
「あ、はい……その、コラボ自体が、実は初めてで」

「そうなんだ！　ウチも実は他の事務所の人とは初めてだから、一緒だね」

「凄く助かります……よろしくお願いします」

「いいよいいよ敬語なんて無しで！　同じ月のデビューなんだからさ！　あ、そうだユリちゃんって呼んでいい？」

「う、うん……じゃあ私も、オニキスさんが呼んでたみたいに、シャロちゃんって呼んでもいい……？」

「ねぇリスナーのみんな。今日はもうこのままこの二人の会話見てるだけでよくない？　純度の高いてぇてぇ摂取できると思うよ？」

《草》
《てぇてぇ》
《シャロのコミュ強が引きこもりのお嬢の心を溶かしている……》
《このてぇてぇ、末端価格五百万はあるな》
《ああ……キマる……》
《もう最高、最高なのよ……》
《でもよ、オニキス、まだあるんだろ……よりてぇてぇになる、心理テストがよぉ……》

阿片窟に近い有様と化したコメント欄を見てシャロンとユリアが慄く中、オニキスはリスナー達へと落ち着くように告げると、画面を切り替えて二人の簡易的なプロフィールを表示した。名前、年齢、趣味、特技、Vtuberになった切っ掛けなど普通の物だ。そして名前と年齢のみ埋まっており、後半の項目は空欄となっている。


「てぇキメはさておき、私としても後輩に友達が出来るのは良いことだと思ってるよ。なので、まずは簡単にプロフィールトークから入ろうか？　年齢はお互いに十八歳、うんうん青春ど真ん中。じゃあ、まずシャロン。趣味とか特技とかある？」

「えーっと、趣味かぁ……魔法の練習は義務だしなぁ。あー、スポーツ見るの好きっすよ」

「おっと、それは初耳。野球とかサッカーとか？」

「んー、むしろウチが絶対に出来ないものを見たいって感じで……その、プロレスとか」

《これはスポ根魔女》
《新人の子を詳しく知れるのはいいけど、いきなりプロレスファン情報ぶち込まれても、その、困る》
《まぁ、今はイケメンレスラーとかも多いしな》

「わ、意外……でも、最近テレビ番組にも、よくプロレスラーさん出てるよね」

「あー、そっちじゃなくて――TryTubeで見つけた、海外のプロレスなんだよね」

「海外って事はアメリカの方かな？」

「いや、メヒコっすね。ルチャの飛び技集みたいなのを見つけて、超カッケェ!! ってなって」

「め、めひこ?」

「……あ、ごめん! メキシコ、メキシコのことね!」

ユリアがテレビ番組に出ていた、整った顔と均整の取れた肉体を持つプロレスラーの姿を想像するが、シャロンが提示したのはメキシコのプロレス、所謂ルチャ・リブレというものだった。簡単に言えば、マスクマンを中心とした派手な風貌のレスラーが大多数で繰り広げる華麗な飛び技や複雑怪奇な関節技が魅力的なプロレスである。日本でも軽量級の選手がルチャの流れを汲む動きをするが、本場メキシコのそれをTryTube経由とはいえ観ているというシャロンの発言に、コメント欄にも衝撃が走る。

《ルチャて》
《意外過ぎるチョイス》
《日本のプオタでも、その辺の情報に明るい奴少ない気が……》
《メキシコをメヒコって言い出すのはそこそこ深いところまで首突っ込んでるプロレスオタクだぞ》
《今調べた。何だこの動き意味が分からん》
《人間が人間の周りをぐるんぐるんしとる》
「割と体育会系気質があるとは思ってたけど、これはシャロンの意外な一面を見てしまった感はあるなぁ」

「なははは……ま、まぁウチの事はさておき！　さておきましょ！」

「そうだね、これを深く掘り下げるならプロレス詳しい人呼ばなきゃいけないし。では改めてユリアちゃん、趣味や特技はある？」

改めて問われた時に、ユリアは一瞬言葉に詰まる。ピアノは確かに趣味であり特技だ。自身の根幹ともいえる。だが、それは自分の公式プロフィールや、配信内容のサムネイルを見るだけでも分かってしまう、浅い情報に過ぎない。故に、それ以外を探した。自分が楽しいと思えた事、嬉しかった事を。

「えっと……ピアノはもちろん、そうなんですけど、最近は……高校一年生くらいの、勉強をするのが楽しいです」

「えええ⁉　勉強がなんで面白いの⁉」

「えっと……私、高校中退なんだ……ずっと引きこもってて。で、兄とその彼女さんが家庭教師してくれて……出来た時に褒めてもらえるのが嬉しくて、もっとやろうって思ってるうちに、趣味みたいになっちゃって……」

「そっか……ユリちゃん、大変だったんだね。でも、お兄さんと彼女さんが教えてくれるってのは羨ましいなぁ。ウチ、一人っ子だから兄弟居るってだけでちょっと羨ましいもん」

「うんうん、闇深案件なのか家族愛にてぇてぇすべきなのか非常に困るね。あと何気に兄とその彼女さんって情報がまぁまぁの爆弾じゃないかな？　うん？」

《真面目だ……》
《これが、清楚……》
《しれっと高校中退とかいう闇が出たんだが、ここは敢えてのスルー》
《それを許容してくれる家族が居るのは幸せな事よ、マジで》
《兄とその彼女から勉強教えてもらえるってすげぇな》
《兄カノと仲いいとかあるの？》
《ウチの兄の彼女と妹、昼ドラ並みにギスってたぞ》

他に思い付かなかったが故の勉強というチョイスではあったが、自身のバックボーンを僅かに明かすことで説得力が増したのか、好意的に受け止められていたようだ。家族と、いずれ家族になる女性の話は若干の疑念を生んでしまったが、むしろ「兄の彼女と妹が仲良くする状況が本当にあるのか」という方向性だった。ユリア自身はそれが普通だと思っていたが、どうも普通ではないらしいと知った。

「それじゃVtuberになった切っ掛けも話していこうか。まずはシャロン……は、日ごろから言ってるから知ってる人も多いんじゃないかな？　飛ばしていい？」

「なんでっすか⁉　実際ずーっと言ってますけど！　ウチがVtuberになったのは、にゅーろねっとわーくの天堂シエルさんみたいなアイドルになろうと思ったからですっ‼」

「最初の、七人……」

「まぁ、ザ・アイドルって感じの人だからね、シエルさん。意外と気さくな人ではあるんだけど……そして、ユリアちゃんの言う通り、Vtuber最初の七人。よく知ってるね」

「あ、その……ステラさんが、お話ししてくれたんです」

「そっか、ステラさんも最初の七人だった」

『にゅーろねっとわーく』は大元を辿れば、バーチャルアイドル天堂シエルのバックダンサー、妹分ユニットとして募集されたのが最初である。そこから、2Dモデルを用いた現在のVtuberの流れに参入してきた事務所だった。故に、天堂シエルと最初のバックダンサーである二人組『にゅーろんず』は3Dモデルしか持っておらず、殆どの活動をアイドルとしてのライブ活動に勤しんでいる。古参のファンからは、狭義の『にゅーろねっとわーく』はシエルとにゅーろんずの二人だけだという者も居る。

シャロンはシエルの3DMVを見てこの世界に憧れた、根っからのシエルファンだった。いずれは自身も3Dモデルを手に入れて同じようにアイドルとして活動したい、という野望を持っている。そして、そんな彼女の真っ直ぐな思いは視聴者も重々承知な様子であった。

《うん、名前の「シ」がお揃いってデビュー配信で喜んでたもんな》

《そこでいいのか、そこでw》

《シエルとにゅーろんずでバーチャルアイドルってジャンル知ったわ》

《実際シエルに憧れてる子、企業・個人問わずめっちゃ居るよな》
《オニキスの言う通り、正統派アイドルといえばシエルみたいなところはある》
シエルの素晴らしさをシャロンが熱く語る中、コメント欄の話題は『Vtuber最初の七人』へと移っていた。およそ一年近く前に生まれた枠組みにも拘わらず、七人の名は多くの視聴者からの敬意と共に、未だに語り継がれている。

《最初の七人繋がりでアポロ・オボロは?》
《歌とダンスが上手くて顔が良い漫才コンビ》
《草》
《否定出来ねぇ》
《あとはオーバーズの生徒会長に、ステラか》
《人間力だけで最初の七人になった生徒会長はヤバい》
《あれ?　残りの二人は?》
《一人は技術向上目的の勉強を理由に活動停止中。もう一人はガチで消息不明》
《あの二人が一番バーチャルしてたまであるから、いつか帰って来てほしいな》
「それじゃあ、ユリアちゃんの切っ掛けは?」

「最初は、ステラさんの楽曲からでした。普通の歌手の方かな、って思って、調べたらバーチャルの人で……そのまま追って行ったら、Re:BIRTH UNIONの皆さんと出会って……私もこの人たちと共に、って。その、ごめんなさい、私も初配信に言った事と同じ事しか言えてない……」

「いいんだよ。二人ともまだこちらの世界に来て日が浅いんだ。話せる内容が少ないのは仕方ない」

以前に話した事を、ほぼそのまま話した事に気付いてユリアの声の音量が少しずつ下がっていくのを察したオニキスが助け舟を出す。この場合、毎回同じ事（シエル賛美）を同じ熱量で話すシャロンが特殊である。

「だから、二人に話す内容を提供するのが、私の心理テストだ。それでは、早速第一問といってみようか」

心底楽しそうにオニキスが画面を切り替える。そこには心理テストの問題文が表示されていた。

> 貴女の癒しや元気に繋がるものを次の四つから一つ選んでください。
>
> A：太陽　B：月　C：花火　D：海

「まぁ選択式のテストはジャブみたいなもんだから、気軽に、直感で選んでみてほしいな」

「うーん、ウチはD！　夏の海は元気にもなるし、穏やかな海なら癒しにもなるし！」

「私は……この中だと、B、月が一番いいな、って思いました」

「ほうほうほう、なるほどなるほど……」

言われた通り、シャロンとユリアは極めて直感的に選択肢からそれぞれ選んだ。その答えに満足げに、或いは納得したかのように、もしくは獲物を見付けたかのように、オニキスは笑った。

《心理テストの始まり始まり》
《シャロは太陽選びそうだったけど海に行ったか》
《ユリア嬢が月は解釈一致》
《オニキスがニチャってらっしゃる》
《って事は、答え合わせが楽しみなやつだな？w》

「さて、この問題で何が分かるかと言うと……」

オニキスは答え合わせを待つ二人と、視聴者たちを焦らすように間を大きく取った。そして、にっこりと微笑んだ。

「あなたがどんな異性に弱いかがわかります」

コメント欄がその言葉を待っていたかのように沸き立つ。この状態を映像化するならば、劇場の観客たちが一斉にスタンディングオベーションを始める光景が描かれるであろう程の熱狂と興奮具合であり、如月シャロンと石楠花ユリアは再び恐怖した。

Vtuberの恋愛絡みの話は基本的には歓迎されない。現在の界隈は一部の先鋭化が進みつつあり、女性Vtuberが元カレの話をしただけで低評価が大量に付いた、男性Vtuberが女性Vtuberの歌動画を褒めただけで極めて攻撃的なコメントがＳＮＳに投げられた、という極端な事例が、当たり前になりつつある。

そんな中、男性と女性（あるいは同性同士）の仲睦まじい様子を最前線で、リアルタイムで見たいという欲望を持つ者達は息を潜めざるを得なかった。「カプ厨」などと揶揄され、ファンアートはおろか下手なコメントも残せずＳＮＳの鍵付きアカウントで自給自足の日々を暮らしていた者たちにとって、この手の話を堂々と、炎上を恐れる事無く語る氷室オニキスは福音であった。

なお、その中で特に男性同士のそれを好む者達は個人運営である腐女子Vtuber堕天使・瀬羅腐《せらふ》の旗の下に、女性同士のそれを好む者達は同じく個人運営であり筋骨隆々でスラブ系の顔立ちをした軍人風Vtuber「プラトニコフ・ユリガスキー特務少佐」の軍勢となった。

そしてこの三者の配信コメント欄に共通する異名が『魔窟』である。

「はっはっは、それでこそ私のリスナーだ。さて、先ずはどちらからも選ばれなかったＡとＣについてサラッと触れていこうか。Ａの太陽は明るく情熱的な異性に、Ｃの花火は儚げで守ってあげたくなるタイプの異性にコロッといくタイプだね」

「割と、イメージ通りなんですね……」

「そして、Ｄの海を選んだシャロちゃんは……」

《ドキドキ……》

《シャロン、君は誰に落ちたい？》

《元気系魔女っ娘の恋のお相手、あたし気になります》
《俺も普通にD選んだから気になる》
《自分でも心理テストに参加する魔窟民の鑑》
「ずばり、爽やかで心の広い異性に弱い！　面倒見のいい先輩だとか、誰とでも明るく接する人に恋心を抱いてしまう系女子だよ、君は」
「えええ!?　いや、まぁ、確かに社交的な男性の方が話しやすいというか、ウチも構えなくてすむから楽だなーとは思いますけど、そこまでチョロくないですよぅ!?」
狼狽のあまり大声で抗議するが、オニキスもコメント欄も意に介さない。むしろシャロンが慌てふためく様を楽しんでいるようにも見えた。
「まぁシャロン自身がかなり社交的なタイプではあるからね。同じタイプの人に同族嫌悪を抱くよりも、シンパシーを感じてしまう。あるいはシンクロする感じなのかもね。いつかそんな人が現れたらいいね？」
「う、うあー！」
「シャロちゃん……」
《初々しい》
《片思いで終わりやすいパターンでもあるが、それもまた恋》

《ウチだけが特別じゃないんだ……的な》
《切ねぇなぁ……》

何故か恋愛をする前からシャロンが振られる前提の妄想がコメント欄に横行する中、ユリアは出来たばかりの友人が先輩に翻弄される様を心配そうに見守る。だが、その矛先が次に向くのが自分だという事を失念していた。


「そして、ユリアちゃんが選んだBの月は……寡黙でしっかり者な人に惹かれていくタイプです！」

「ふぇ……？」

「ユリアちゃん、君は物静かでしっかりとした大人な感じの人を好きになるタイプだね、って言ったんだよ？」

「…………………ひぇあああああああ⁉」

「ユリアちゃん⁉」

《なんだ今の声》
《草》
《ロード時間長かったな》
《思い当る節でもあったのか？　だとしたら詳細を詳細に話すんだ》
《錯乱するお嬢様可愛い》

シャロンを心配するあまり、自分が心理テストの参加者だという事を一瞬忘れたユリアに、その一言は覿面に刺さった。思い当たる節は無い。彼女は恋愛はおろか、人付き合いすらここ数年間まともに出来ていなかった。Vtuberになってようやく家族以外の知り合いが増えたレベルの交友関係の少なさである。

「ご、ごめんなさい……自分も答えてたの、忘れてました……」

「とても初々しくてそういう反応を見たくて私はVtuberになったありがとう」

「オニキス先輩も大分様子がおかしいですけど大丈夫ですか？　ウチしか正常動作してない疑惑？」

「で、でも私、ずっと引きこもってたから、恋愛というより普通に人間関係を築けるかも、その……自信が無くて」

これはユリアの本音である。過去の出来事から、自己肯定感や自尊心を根本から削がれた彼女にとって、人間関係の構築が最も苦手とする分野だった。未だにRe:BIRTH UNIONのメンバーとも他人行儀になってしまう事が多々ある。同期である小泉四谷とも、友人というより仕事仲間という距離感だ。先輩たちに対しては未だに憧れの気持ちが強く、オニキスとシャロンのように気楽に話せる関係にまでは進展していない。シャロンとは友達だとお互いに確認できたが、それは如月シャロンという人物の持つ天性の明るさと距離感の詰め方の上手さに助けられた部分が大きい、と冷静になりつつある頭で考えている。そんなユリアにとって恋愛とは、未だに絵空事のようなものだった。

その絵空事を思い浮かべた時に想像した相手が「寡黙で、しっかりした、大人の男性」と脳内にインプットされた結果、自分の恩人の顔が浮かんでしまった。今日、見ていてほしいと頼んだ相手。正時廻叉の姿が。

「シャロちゃんみたいに、自分から積極的に友達を作りに行けなくて、だから、恋愛もきっと、まだずっと先のお話って感じで……」

「そういう風に思っている子が不意に恋に落ちるから最高なんだよ……うふふふふふ」

《うふふふふ……！》

《なんかこう誰か幸せにしてやれ感が強いな、ユリアさん》

《まぁVの界隈にはあんまり居ないタイプよな、寡黙って》

《リバユニの執事さんとかはしっかり者だけど、あれでよく喋るからな》

《確かに、しっかり者ほどよく喋る界隈ではある》

《まぁいずれ答え合わせ出来るよ……出来るよ……！　うひひひひひ》

《恋と愛こそ世界の全てよ、お嬢様！》

《このチャット、こわい》

《こわくないよー女の子の幸せを願う善良な人々の集まりだよー妄想癖が酷いだけだよー》

《ユニコーン処理施設呼ばわりされてるけどな、オニキスの配信とコメ欄》

高速で流れていくコメントの中に見えた「執事」という文字。それが目に入ってしまう事が、既に意識している証明だという事に気付いていない。狼狽えて呻き声しか上げられない状態だが、その様子をオニキスは愉しそうに見ているし、シャロンも苦笑いするだけだ。

「とととにかく、まだ社会復帰出来てない身ですから……！」

「お、おう。君もまぁまぁ自己評価低いね」

「ユリアちゃんの恋は当分先っぽいですねぇ」

ユリアが落ち着きを取り戻すまで、社会復帰の定義についてや今後の活動方針についての真面目な会話が続き、コメント欄も心理テスト直後の熱狂状態は終わりつつあった。女性 Vtuber のコラボらしい、緩いトークが続く。基本的には、この企画はトークバラエティなのだという事を視聴者たちはようやく思い出していた。

※※※

正時廻叉は約束通りこの配信を見ていた。相変わらず何らかの拍子で奇声を発する後輩の様子に、心配すればいいのか、笑えばいいのかわからなくなりつつあった。ともあれ、彼女にも友人が出来たようで少し安心する。Re:BIRTH UNION の女性陣は、彼女から見れば先輩だ。そして彼女の同期は、当代きってのオカルトマニアで男性だ。事務所こそ違えど、女性の Vtuber と同期として交流が出来るのは良い事だ、と廻叉は考える。

考えついでに、スマートフォンを見る。投稿せずに下書き状態のままだったＳＮＳの書き込みを削除した。その文面は配信ハッシュタグを除き、たった二文字ではあった。だが、その二文字がいらない火種になりかねなかったからだ。それ以外に、他意は無い。無いのだ、と廻叉は自分に言い聞かせた。

『Cで。 #オニキス心理学』

※※※

「ではシメの心理テストの時間だよぉ？」

《YEAHHHHHH!!!》
《デザートは別腹！》
《シメがメインだ!!》
《鍋料理かよ》
《それを言うならばVtuber界隈自体が闇鍋みたいなもんだろ》
《Vtuberとは何なのか、我々は常に思考し》
《突然の哲学で草》

オニキスの一言でコメント欄が突如火が付いたように加速し始める。一方のシャロンとユリアは身構える。先ほど散々イジリ倒された記憶は、和やかな会話を経ても薄れる程ではない。だが、この場からは逃げられない。どんな質問が来るのか、覚悟を決めてオニキスからの出題を待つ。

「では問題。あなたはとても長い行列に並び、超有名店のケーキを買おうとしています。そして、ようやくそのケーキを買う事が出来た時、あなたは何と言いましたか？　深く考えず、その時の気持ちを想像してパッと浮かんだ言葉を言ってください。ではシャロンちゃんから」

「待ってて良かった！　やったー!!　……って感じですね！」

「はい、ユリアちゃん」

「えっと……まず、店員さんにお礼を言って、嬉しいって伝えると思います」

《二人ともド清楚……!!》
《【朗報】にゅーろとリバユニ、安泰》
《にやにや》
《へぇ～そうか～……》
《うひひひひ、いいねいいねいいねぇ!!》
《この問題知ってる勢がガンギマっておられる》
《こんなんだから魔窟とか言われるんだぞお前ら》
《大丈夫、いくら俺らでも他所の配信では正気を保ってる》
《ここでも保て定期》

不穏な反応を見せるコメントの流れに、シャロンが思わず呻き声をあげ、ユリアは怯えたように息を吐く。その反応が更にコメント欄を加速させる。収拾がつかなくなる直前で、オニキスが小さく手を叩く。その音と同時に、不思議とコメントの流れも落ち着いた。

「さ、結果を伝えようか。そして、そのままこの配信は終了するから、先に挨拶しておこっか。まず、シャロンから」

「え？　あ、はい！　ウチがデビューする前から続いてる企画に呼んでくれて、凄く嬉しかったです！　それに、他の事務所の同期デビューの友達も出来て、心理テストの結果はちょっと恥ずかしかったけど、みんなが楽しんでくれたならＯＫです！」

「うんうん、何よりシャロに友達が出来たのは、私としても嬉しいことだよ。そんなユリアちゃん、今日はどうだった？」

「あ、はい……私も、初めて他の事務所の方とコラボでお話しさせてもらって、凄く楽しかったです。お友達まで出来るとは思ってなくて、勇気を出して参加してよかったって、思ってます。ただ、心理テストの結果が……その、先輩達に今日の配信見ててほしいってお願いしてしまっていて……それを見られたのが、ちょっと恥ずかしいです……」

「あー、確かに初コラボだから見守っててほしいってのは分かる。結果的に、君の心の中を先輩たちに見せちゃったわけだけども、まぁそういう企画だからねぇ……！」

《二人とも本当に良い子だな》

《なんだろう、俺達って汚れた生き物だったんだな》
《汚れたっていうか、穢れだな》
《祓わなきゃ》
《おい、誰か塩持ってこい塩！》
《悪霊が塩を要求すんな》
《シャロユリコラボ、お待ちしております》

シャロンの屈託のなさや、ユリアの礼儀正しさに当てられたのかコメント欄が自傷行為に走り出したが、オニキス的には見慣れた光景であったためスルーした。そして、締めの挨拶を始める。

「というわけで、本日のゲストは弊社の新人こと如月シャロンちゃんと、Re:BIRTH UNIONの新人さん、石楠花ユリアちゃんでした。お相手は私、氷室オニキスがお送りしました。あ、そうそう……」

「最後のテストで何が分かるかと言うと、『あなたが好きな人に告白された時の反応』だよ」

「ええええ!?　いやいやいや、ウチそこまでハシャいだりしない!!　しないからー!!」

「お、おおおお、お礼……うれ、嬉しい……あ、あひゃわ………?!」

必死で否定しようとするシャロンの叫びと、完全にショートしたユリアのうわ言をBGMに、大興奮で本日の最高速度を記録するコメント欄をスタッフロールに氷室オニキスの心理テスト配信は終了した。なお、今回の二人の反応が在野の動画編集者の心をくすぐったのか、多数の切り抜きが作られる事になるがそれはまた後の話である。

※※※

【コラボ配信後、正時廻叉のＳＮＳより抜粋】

ユリアさん、お疲れ様でした。氷室オニキスさん、如月シャロンさん、弊社の新人をお誘いいただき本当にありがとうございます。きっといい経験と、良い出会いになったと思います。お礼を言うのは、良い事ですよユリアさん。ケーキ屋サイドも嬉しいでしょう。恐らく。#オニキス心理学

ヴィランの戯れ、星の歌姫の憂鬱

Re:BIRTH UNIONのハロウィン企画『Re:BIRTH VILLAINS』――イメージイラストが投稿されて以来、一切音沙汰が無かった企画である。実際にはそれぞれが水面下で動いていたが、徹底した緘口令《かんこうれい》が敷かれていた。DirecTalker上でのメッセージや音源のやり取りは常に活発であり、残るは一部メンバーからの音源提出とＭＩＸ、動画の完成を待つばかりとなっていた。

その音源提出が出来ていないメンバーの一人が、正時廻叉その人であった。外部での大型企画への参加が決まった事が理由の大半ではある。提出する音源は自身のソロパート部分と、サビの部分

だけである。そのうち、サビの部分は既に収録し、音源の提出も済ませていた。しかし、ソロパート部分が自身の中でしっくりと来ない。与えられたテーマを噛み砕けないまま、仮で録音した音源を繰り返し聞きながら椅子の背もたれに身を預け、大きくため息を吐いた。

「……〝憤怒〟と言われても、私も俺も、怒る機会がなかったからなぁ」

正時廻叉と境正辰が混ざり合ったような、奇妙な口調で一人呟く。企画自体が発表された直後に、DirecTalkerで送られてきたテーマは『七つの大罪』だった。丁度現在のRe:BIRTH UNION所属メンバーの数と一致する事、またボーカロイド楽曲に同様のテーマの名曲があった事、ステラ・フリークスの趣味によって決定された。

ステラ・フリークスは傲慢(pride)、三日月龍真は強欲(greed)、丑倉白羽は色欲(lust)、魚住キンメは怠惰(sloth)、小泉四谷は暴食(gluttony)、石楠花ユリアが嫉妬(envy)——そして、正時廻叉が憤怒(wrath)だった。

余談ではあるが、色欲の受け渡し先について極めて慎重な議論が行われた結果、「エロで身持ち崩す人を眺めるのが好き」「他人の愛憎劇や修羅場を見てる時が一番幸せ」という鬼畜発言が切り抜かれた他、ここ最近ド直球の猥談をギター練習の合間に挟むようになっている丑倉白羽が立候補した事で平和的解決に至った。

なお、このような外道じみた趣味趣向が判明したのはここ一か月ほどの出来事であり、後輩達が一様にドン引きする中、ステラと龍真だけが「ついにバレたか」という反応だった。

閑話休題。

正時廻叉は感情を表に出さない執事だ。演技や朗読であれば、封じていた感情を全て放出することで鬼気迫る演技を見せる事が出来る。しかし、その演技の中でも彼が怒りの感情を露わにする作品は殆ど無かった。

　オーバーズの学力テスト企画では突発罰ゲームとして最下位に沈んだフィリップ・ヴァイスを罵倒こそしたものの、そこにあったのはどちらかといえば軽蔑・失望の感情であり、怒りを含んでいたとしてもそれは冷たい怒りであり、憤怒とはまた違うものだったと廻叉は振り返る。

　なお、配信終了後に謝罪したところ「最高に美味しいネタが出来た。ありがとう執事さん」と逆に礼を言われ、彼の芸人根性に感服したのも記憶に新しい。

「激しい怒り、憤り――確かに、無いな。俺はなるべくして、正時廻叉になったのかもな」

　境正辰としての自分の人生を振り返ってみても、そこまで激しく怒り狂った記憶はない。子供の時分を振り返っても、どちらかといえば大人しい子供であったと記憶しているし、両親も同様の証言をしている。人並みに嫌な思いをする事は当然あったが、激しい怒りよりも鬱屈した苛立ちとして表に出ていたように思える。

　特に、自身が所属していた劇団が解散となった時も――当時を思い返そうとしたところで、私用のスマートフォンが鳴った。DirecTalkerではなく、電話の着信音だった。こちらで掛かってくることはここ最近は滅多になく、一体何事かと思いながら画面の発信元を見た。そして、思わず手に取ったスマートフォンを取り落としそうになった。

　画面に映った、発信元の名は旭《あさひ》洸《こう》次郎《じろう》。

自身が所属した劇団が解散した原因――と、正辰が考えている人物からの着信だった。

※※※

「自分では、嫉妬って感情がよくわからないんです……他人が凄いのは当然で、私はダメだって、ずっとそう思ってきたので……」

「あれ？　丑倉、ハロウィン曲の相談を受けたハズが直球の闇を浴びてる？」

ユリアもまた正時廻叉と同様に、自身に与えられた大罪を上手く解釈できず、先輩である丑倉白羽へと相談の通話を飛ばしていた。七つの大罪をテーマとする、と聞いた時に「もし自分に当たったら変えてもらおう」と内心で思っていた『色欲』を半ば立候補のような形で担当した白羽であれば、テーマとの向き合い方という点で参考に出来るかもしれない。

決定直後には、同じ先輩であり『怠惰』を担当する魚住キンメにも相談したが、常にサボりたいと思っているといきなり宣言された挙句、主婦業の苦労をひたすら聞く羽目になり、参考にはならなかった。最終的には旦那へのノロケと娘自慢と猫自慢が始まり、数時間程彼女のトークに付き合う事になったが、当然ながら何一つとして参考になる意見は得られなかった。

「まぁユリアちゃんの場合、むしろ嫉妬される側だったっぽいからねー。不登校の切っ掛けとか聞く限り」

「私が……？」

「うん。ユリアちゃんにオフィスで初めて会った時、『なんだこの美少女?!』って思ったもん。その上、物腰も柔らかくて、ピアノも上手。絵に描いたようなお嬢様。酷い事言うけど、アホがやっかみ向けるにはこれ以上ない相手だな、とも思ったけどね」

丑倉白羽の言葉は常に剥き身の刃のような鋭さを持っている。本人の持つ柔らかい声色と、喋り口調が作る緩い空気感がオブラートの役目を果たしてはいるが、それでもその痛烈な言葉が周囲の人間やリスナーにダメージを与えてきた。配信上では主にギターをすぐに諦めてしまった層に向けられているが、これはある程度彼女が意識して行っている。

彼女は自身の言葉が刃であることを知っている。だからこそ、斬ってもいい相手を見定める。自身がギタリストVtuberであり練習魔だという事は、自他共に認めている。故に、『ギターを安易に始め、すぐに挫折した熱意無き者』を攻撃対象とする事で、言葉の刃すら自身のキャラとした。

しかし、プライベートでは別だ。本人が特に意識していなければ、無造作に振るわれる。そして今、その対象は通話先の石楠花ユリア――を、退学に追いやった連中だった。

「悪意を向けられた経験が無さそうで、脆そう。今ですら、少しそういう印象があるのに、高校入学当初のユリアちゃんはもっとそう見えたと思う。で、そういう相手を目敏《めざと》く見つけるアホにユリアちゃんは噛まれた。たぶん、向こうが思ってた以上に耐性が無くて学校辞めるとこまでいっちゃったけど、本人らは何一つ反省してないんじゃない？」

「……そう、ですね。たぶん、ずっと恵まれてたんだと思います。だから――」

「だからそんなアホどもの事は考えずに、嫉妬とは何かを考えた方がいいよ。ああいう、自分達の仲間内だけの基準でしか物を見れなくて、そこから上であれ下であれハミ出したのを攻撃するような連中は、相手にするだけ無駄」

「え、えぇ……」

「丑倉の学校にも居たもん、そういう奴。他人を笑う事に命かけてる奴。なんか、変な男と付き合ってデキ婚退学してたけど。高校生なんだからゴムくらい使っとけって話だよね」

「白羽さん⁉」

「あー……うん。割とダメな方の女子校に居たせいで、こういう話が多くてね。ユリアちゃん的には、刺激が強かったかな？」

「いえ、その、学校で習う程度の事はちゃんと知ってますから……」

「バンド始めてからも、その手の話題が周囲に溢れててねぇ。〇〇〇握る暇あったら、ギターやマイク握れって話だよ。そいつらの本番ったらそりゃもう酷かったよ。あ、そっちの〝本番〟は成功してたのかな、性交だけに」

「白羽さん！！！」

漫談かのように繰り出される下ネタに思わず声を荒げるユリアだったが、その一方で白羽の人生経験の濃さに羨ましいような、羨ましくないような不思議な気分になった。短い高校生活だったが、赤裸々や明け透けというには品の無い会話が耳に入る事も少なからずあった。

とはいえ、自分からそういう会話には参加しなかったし、出来なかった。一方の白羽は、一切気にせずそういう話を出来るタイプだった。ユリアは、何故彼女が『色欲』担当なのか分かった気がした。彼女は自分ではなく、自分の周りの人間たちの『色欲』をあまりにも多く見てきたのだろう。

「ごめんごめん、いつもは龍真くんが聞き流してくれるからつい。で、七つの大罪の話だったね。廻叉くんも『怒った記憶が本当に無い』って言ってたし、四谷くんも『そんなに喰えないのに、何故暴食？』ってなってたし、まず解釈の方向性が大事だよね。歌詞自体は既にあるんだから、じっくり読み直してどういう時にそんな気持ちになるだろう、みたいに考えるといいかも？」

「嫉妬するような気持ち――」

ユリアの担当するパートの歌詞は、自身を愛さない男と、その男に愛される女への妬みと恨みを滔々と綴る、楽曲全体でも最も負の感情が強い歌詞だった。仮に自分がそうなるとしたら、誰に対してそう思うのだろうか。

兄には恋人がいるが、どちらも自分に優しくしてくれている。むしろ、兄はどこか気弱な部分があるので、強気で引っ張って来れる兄の恋人には頼り甲斐こそ感じても、嫉妬心など欠片も抱いた事は無い。

ユリアと面識のある男性を、何人も並べる。その人が、自分よりも、見知らぬ誰か――それこそ、自分に心無い言葉を投げてきた、もう顔も思い出せない同級生を大事にしたとしたら――嫌だ。それは、嫌だ。怒りもある、悲しみもある、何故という疑問もある。

ありとあらゆる感情が自分の中で渦巻いて、叫び出して発散しなければ、自分が潰れてしまいそうな感覚になり、一度考えるのをやめて、深呼吸する。

自分でも感じた事のない、言いようのない不快さ。感情が拗れて捻れて爆発しそうになる感覚を、どう言葉にしていいかわからないが、最もそれに近いであろう言葉を、ユリアは知っている。

「……もしかして、これがキレそうって感覚……？」

「ユリアちゃん？」

もしかしたら、自分には憤怒の方が合っているのではないかとユリアは考えたが、三角関係を切っ掛けにそうなること自体が『嫉妬』の発露であるという事に気付くのは、もう少し後の事だった。

※※※

「……久しぶりですね、旭さん。まさか、電話番号を変えてなかったなんて思いませんでしたよ」

「俺もてっきり着信拒否でもされてると思ってたから。……久しぶり、正辰」

正辰の住む市の中心部となるターミナル駅、そこにある全国チェーンの喫茶店で正辰は電話の主だった旭洸次郎と面会していた。二人は元は同じ劇団に所属していた役者仲間である。洸次郎は先輩であり、看板役者だった。正辰は後輩であり、脇を固める助演俳優だった。とはいえ、役者業への熱量という点で互いにシンパシーを感じていた二人は非常に仲が良かった。

洸次郎が、突如劇団を退団して上京するまでは。

看板を失った劇団は、目に見える迷走を始める。主演争いは演技力ではなく座長への媚によって争われ、台詞合わせの時間よりも周囲への陰口を言い合う時間が長くなり、少なからず正辰が周囲に持っていた仲間意識はあっという間に消え去った。それでも、役者業を続けたいという熱意から続けていたが、その熱意は最悪の形で裏切られる。

洸次郎が抜けた次の公演への準備中、劇団員同士の女性問題と金銭問題等が同時に発覚。収拾がつかぬまま、公演は延期に延期を繰り返した上で消滅。そして、正辰が十年近い年月を過ごした劇団は、自滅と言っていい形で消滅した。

「……正直、何も言わずに消えた事は本当に申し訳なかった」

「理由、あるんですよね？　周りの奴らは芸能事務所からスカウトがあったとか、大手劇団からのヘッドハンティングがあったとか、噂してましたよ。その百倍、旭さんへの悪口言ってましたけど」

「……正直、気持ちのいい話じゃないし、言い訳に聞こえるかもしれない。それでもいいなら、暫く俺の話に付き合ってくれるか？」

椅子に座ったまま、テーブルに額が付きそうな程深く頭を下げる洸次郎に、正辰は小さく頷いて肯定の意を示した。

数十分後、境正辰は、正時廻叉は、『憤怒』の感情を理解した。

※※※

「東京の芸能事務所にスカウトされたのが正解なんだ。正直に言えば俺は劇団に残りたかったんだけどな……ただ、あまりにも劇団の空気が淀んでた。あの劇団で真っ当に芝居をやろうとしてたのは、俺と、正辰を含めても半分……いや、三割も居ればいい方だったか」

レンズの入っていない眼鏡を外し、顔を覆う洸次郎の姿に、いたたまれなさを正辰は感じる。いつの間にか淀んでいた空気には、正辰自身も気付いていたが自身の演技力を磨く事にしか興味を向けていなかった。故に、根腐れしていた劇団の状況を、本質的には理解していなかった。座長はしっかりしている人だから大丈夫だろう、とどこか楽観的に考えていた。

小規模な劇団の運営がどこも自転車操業だという事は、とっくに知っていた筈なのに。

「あのまま劇団に居たら、俺自身も熱意を失ってしまいそうだったし……それに、俺が東京からスカウトが来てる事を聞きつけた馬鹿が居てな……自分も紹介しろって詰め寄って来た連中も居たし、ハニトラ仕掛けてきた女も居た。ここに居たら危険だって思った。たとえ劇団を捨てる事になっても、このままここに居たら潰されると思ったんだ……俺が東京に行った理由がこれだ。まぁ何を言っても言い訳にしかならねぇか。お前を置いていったのが本当に心残りでな……」

「……正直、当時は劇団だけじゃなく仕事先まで同じタイミングで潰れて、本当に途方に暮れてましたよ」

「……本当にすまなかった」

当時の洸次郎がいかに追い込まれた状況だったかを聞き、劇団からいち早く足抜けした事に対するわだかまりはある程度は解けた。心残りと表現する程度には、自分の事を気に掛けていてくれた事は嬉しかったが、自分自身も追い詰められた状況になってしまったのもまた事実だ。だが、もう一度深く頭を下げる洸次郎に、これ以上何か責めるような事を言える気がしなかった。

「今にして思えば、私自身も『演劇が出来る環境』があるという事自体に満足してしまっていたのかもしれません。客を呼べる役者になれば劇団にも客が入って、そうすれば自然と周囲も演技に対する意識が変わるかも――そんな、反吐が出る程甘い理想論を建前にして、何もしなかった」

「……あいつらは、変わらなかったか」

「ええ。あの人たちは劇団に所属して『舞台俳優』『舞台女優』の肩書が欲しいだけの、素人でした。演技力ではなく、心構えが素人だったと思います。その結果が痴話喧嘩に借金騒動、ああ、マルチの勧誘まで横行してましたね。劇団が潰れる直前の数週間には」

嫌でも目に、耳に入って来た劇団員たちの醜態や悪行。世にある小劇団の中でも、恐らく最悪クラスのモラルだったと、正辰は述懐《じゅっかい》する。冷たく笑いながら語る正辰の姿を、洸次郎は目を逸らさずに見据えている。

「解散の日、稽古場に居たのは座長と私と、他数人……当時は虚脱感・無力感ばかりでした。ああ、ここで夢が絶たれるのだ、という実感だけはありましたが」

「……そこまでか。俺が残ったとしても、何が出来たんだろうと思ってしまうな」

恐らく、何も出来なかっただろう。俗な悪意に呑まれ、旭洸次郎という役者が潰れていた事だけは予測できたが、正辰はそれを口に出すことはしない。当時も、そして今も、根腐れを起こした劇団員たちに対する軽蔑・失望はある。

しかし、彼らに背を向けて距離を取ってきたのは自分だ。火の手が上がっているにも拘わらず、消火活動を行わなかったのは、他でもない自分自身だった。

「旭さんでも、彼らでもなく、私たちの諦念があの劇団を潰したのかもしれませんね」

旭洸次郎の退団が崩壊の切っ掛けだと思っていた。既にヒビの入っていた劇団に、最後の一押しをしたのが彼の退団であると思い込むことで、自分自身が何もしていない事から目を逸らしていた。

その事実に、気付いた。気付いてしまった。

「私は何をしていたんだ。……何もしていないくせに、一丁前に不幸面か」

「……責められるべきは俺だよ、正辰。劇団の中心に居た俺がもっとしっかりしていればよかったんだ」

「ですが、貴方が中心で居る事に、私も、他の面々も慣れ過ぎていました。私を含めて何人かは自分の演技にしか目を向けず、残りはそれすらもしていなかった。今にして思えば、私が旭さんの立場であっても、劇団を抜けるでしょう」

自身の無関心に苛立つように呟いた声に、洸次郎がそれを否定するが、正辰の言葉は止まらない。過去の自分の無自覚、無責任。知らなければそのまま知らないままで居られた、とも思った。だが、知ってしまった以上、目を逸らす事は許されない。

これは、境正辰の罪だ。

ならば、それを裁くのは誰だ。

境正辰に対して、俺に対して今怒りを抱いているのは誰だ。

それは、私なのだろう。

正時廻叉が、境正辰の罪に怒りを覚えたのだ。

例えこの怒りこそが大罪に当たるとしても。

「……そうか、これが〝憤怒〟か」

「正辰？　どうした？」

「いえ、こちらの話です。自分に対してキレ散らかしそうになっている自分に驚いたというか」

当然ではあるが、正辰は周囲に自分がVtuberである事を一切漏らしていない。家族には映像会社所属として、声優のような事もしているというボカした説明で誤魔化しているほどだ。旭洸次郎は信頼のできる相手ではあるが、守秘義務を破ってまで打ち明ける程の仲ではない。

「……旭さん、本当に申し訳ありませんでした。あの環境から目を逸らさず、旭さんの支えになるべきでした」

「……そう言ってくれるのか。それなら、お互いに許し合うか、それともお互いに許さないままのどちらかにしようか。片方だけが許しても、お互い辛いだろうから」

「そうですね……完全に過去の事、と割り切るには、まだ少し早いと思います。許し合うのは、もう少し後にしましょう」

境正辰と旭洸次郎のわだかまりは、ひとまずは解消された。空になったコーヒーカップを見て、二杯目を注文する頃には、昔の楽しかった思い出話や、今現在の洸次郎の活動についての話に花が咲いた。

※※※

「そういえば、正辰は演劇は続けてるのか？」

洸次郎の東京での活動についての会話を広げる事で、自身が話題になる事を避けていたが、とうとう捕まった。全てを正直に話す、という選択肢は最初からない。洸次郎に対して申し訳なさはあるが、いかに誤魔化すかという点に正辰の脳内リソースの大半が注ぎ込まれていた。

「形を変えて、ですけどね。映像制作会社に入社しまして、そこで声のみでの演技をしつつ映像編集の勉強中です」

「ああ、ナレーターとか声優みたいな形でって事か。お前の舞台での動き、作り込む割に自然体だからもっと見たかったんだがな」

「まぁ、機会があれば体を使った演技の機会もあるかもしれません」

嘘は言っていない。正辰は己の誤魔化しの上手さに内心で満足げに頷いた。Vtuberも解釈によってはキャラクターに声を当てる声優のような仕事であるし、ナレーション原稿の仕事もしている。映像編集も勉強しているのは事実だ。遠い先の話ではあるが、正時廻叉が3Dの体を手に入れれば、境正辰が体を使った演技の機会を得る事には間違いない。

「しかし映像編集か。今、TryTubeが色々人気だからな。TryTuberなんていう、ネットでのタレント業みたいな人らも居るし、そういうジャンルからも仕事が来てたりするのか？」

「まぁああいう人たちは自前で編集したりしてますからね」

「俺もたまに見るんだけど、色んな人が居るんだな。それこそアニメみたいな感じでやってる人達も居るんだろ？　なんだっけ、Vtuberだっけか」

漫画であれば『ギクリ』という擬音が出るレベルで正辰は動揺した。しかし、そこは持ち前の演技力の見せどころである。平然とした顔で「ああ、最近たくさん出て来てますよね」と話を合わせる事に成功した。

「女の子が多いし、年齢もたぶん俺より一回りは若いだろうから、ちょっと見てても中々テンションや話についていけなくてな。最近、俺と同世代くらいの人で話が面白い人見付けて、その人の配信はたまに見てるんだ」

「へぇ、そんな人が」

「各務原正蔵っていう、恰幅の良いおじさんなんだけどな」

「ああ、彼なら納得です。実際に同世代の男性に刺さる配信がしたいって言ってましたしね」

「……詳しいな？」

話を合わせる事に意識を集中した結果、ボロが出た。コーヒーカップを口に付けたまま固まる正辰を見て、洸次郎が訝しむ。

「俺な、あの人の配信好きで全部見てるんだよ。幸い、異様に長いアーカイブも無かったしな。……でな、さっきまでは謝る事で頭がいっぱいだったから気付かなかったんだけどな？」

「……何に、気付かれましたか？」

「正辰、お前そんな敬語キャラじゃなかっただろ？　あと、一人称が俺じゃなくて私になってたよな？」

正辰は、脳内に『血の気の引く音ＡＳＭＲ』という謎の単語が浮かぶほどに動揺した。

「で、その敬語での喋り方と声、最近聞いたなって思ったんだよ。正蔵おじさんの大型企画で」

「俺の声なんて、ありきたりな声ですよ。気のせいでしょう？」

「そうか……確かに気のせいかもな」

『誤魔化せた……!!』と内心でほくそ笑む。このまま何か話題を変えなければいけない。正辰の脳

は、かつてない程にフル稼働していた。だが、

「それじゃあこの場でボイス買って確認するか」

「すいません、正直に話しますので勘弁してくださいお願いします」

洸次郎がスマートフォンを取り出した瞬間、即座に観念した。結果的に自身がVtuber正時廻叉である事を自白したが、洸次郎は苦笑いしつつもどこか嬉しそうだった。

「お前がどんな形であれ、表現の世界に居てくれて安心したよ」

更に言えば、決して口外しない旨とチャンネル登録まで約束してくれた。誤解を解く以前の、劇団員時代の先輩という間柄だった時以上に、正辰にとって旭洸次郎が頭の上がらない存在になったのだった。

※※※

「……すげぇもん来たなぁ」

「ふふ、流石の廻くんだ。一度掴んだら、これだけの物を仕上げてくるんだから」

境正辰が人知れず身バレした数日後、当の本人から送られてきた音源を確認しながら三日月龍真とステラ・フリークスはその出来栄えに感嘆していた。夜八時のリザードテイルオフィスは人影が疎らであり、納期寸前で作業の追い込みに入っている残業中の編集スタッフと、この後行われる龍真とステラの収録のために出勤時間をずらした音響スタッフのみだ。

「がなりとか絶叫とかじゃなくて、語気の強さとかで怒りの表現にしてくるかぁ。普段の廻叉を知

ってる人が聴いたらビビるやつだよなぁ、これ」

「感情を見せない彼に一番感情が必要な『憤怒』を投げた甲斐があったってもんだよ」

「はっはっは、流石ステラ様。ドの付くスパルタ」

「君らならこれくらいできるだろう？　実際に、ユリちゃんに四《よっ》くんも出来てたじゃないか。私が見込んだ君達が出来ない訳がない」

「これだから〝傲慢〟様は。そんなだから最初の七人のラスボス扱いされるんだよなあ」

最早苦笑いを浮かべる事すらしない龍真に対し、ステラは終始楽しそうな表情だった。仮組みされたMVを何度も再生しながら自身のパートを口ずさむ。それを目の前で聴けるだけでも、龍真は自身が恵まれていると感じる。

だが、それだけで満足出来るようならばこの業界に足を踏み込んではいない。現実のＨｉｐＨｏｐの世界で手に入れられず、挙句に失ってしまったものを取り返すために、自分はステラ・フリークスの手を取ったのだ。

歌っている彼女は、小柄で可愛らしいが地味な風貌だ。都心の中心、例えば渋谷や新宿のような場所に彼女が一人歩いていても、誰も気に留めないだろう。あっという間に人の群れに溶け込んで見失ってしまうに違いない。

そんな彼女が、インターネットの世界で、TryTubeの中で確固とした存在感を表し、コズミックホラー、ラスボスとまで称されている。そんな彼女だからこそ、付いていこうと決めた。そして、そんな彼女だからこそ標的として相応しい。龍真はそう考える。

「まぁそういうステラ様であってくれないと、下剋上する甲斐がないって話だからな」

「……ふーん？　龍くん、そういう野望があったの？」

「そりゃもう。ステラ様だけじゃなくて、最初の七人全員ブチ抜いて俺が最高の一人になるつもりだしな」

「いいね、それでこそ〝強欲〟だ」

「はっは、上を見ねぇで何がＨｉｐＨｏｐだって話よ。俺と、その一派がVtuber界隈の頂点に立って、ＨｉｐＨｏｐ業界まで逆侵攻してやるところまで見えてるけどな？」

「そこまで行くと夢通り越して幻覚じゃない？　ガンジャでもやった？」

「急に現実的になるのやめーや。あとやってねぇよ。ここ入る時、自腹で薬物陰性証明書まで取って来たんだぞ、俺は」

剣呑な空気が流れたのは一瞬の事で、たったの一言でいつもの空気に戻る。そんなタイミングで音響スタッフがスタジオの準備完了を告げに来た。二人はそれぞれ立ち上がり、お互いに獰猛な笑みを浮かべながら収録へと向かった。

一週間後、Re:BIRTH UNION公式チャンネルにプレミア公開動画の待機所が作られた。

【Re:BIRTH UNION】Sin【Re:BIRTH VILLAINS】
2018/10/31 00:00公開予定

『我らの罪を讃えよ』
原曲：Sin/Spooky Forklore
https://www.trytube.com/watch?v=**********

歌唱：ステラ・フリークス　傲慢
https://www.trytube.com/channel/**********
三日月龍真　強欲
https://www.trytube.com/channel/**********
丑倉白羽　色欲
https://www.trytube.com/channel/**********
正時廻叉　憤怒
https://www.trytube.com/channel/**********
魚住キンメ　怠惰
https://www.trytube.com/channel/**********
小泉四谷　暴食
https://www.trytube.com/channel/**********
石楠花ユリア　嫉妬
https://www.trytube.com/channel/**********

イラスト：志藤カナメ
https://short-net-sign.com/sidou_kaname_jpg
動画・ＭＩＸ：株式会社リザードテイル
https://Lizard-Tail.co.jp

※※※

Re:BIRTH UNION ハロウィン企画動画『Sin』の公開から一時間後、ゲリラ的に始まった配信はＳＮＳ上だけでなく、DirecTalker 上のファンの集い、匿名掲示板などあらゆる箇所で話題となり、一万人近い人数がその配信に集まった。

理由としてはいくつかある。まず第一に、投稿された動画の完成度が極めて高かった事だ。所謂静止画ＭＡＤ形式のＭＶではあったが、七つの大罪をイメージした衣装に身を包んだ Re:BIRTH UNION 所属メンバー達のイラストがこの動画を以て初公開となった。

原曲もまた七つの大罪をモチーフにしたボーカロイド楽曲だった。楽曲が発表されたのは数年前であり、再生数も極端に多い『誰もが知る名曲』では決してないが、シンフォニックメタルやヴィジュアル系ロックバンドに慣れ親しんだ音楽ファンがこぞって絶賛した事で知る人ぞ知る『隠れた名曲』だった。今までこの曲を知らなかった Vtuber ファン層から、かつてこの曲を聞き込んだボカロのヘビーリスナーまで、あらゆる層を取り込むことに成功した。

次に、Re:BIRTH UNIONという箱への期待値がジワジワと上がりつつある中での『全員参加楽曲』だった事だ。ステラ・フリークスの人気と知名度は極めて高い。『最初の七人』として黎明期から築いてきた知名度と影響力は今なお大きい。

その上で、音楽系として一期生である三日月龍真・丑倉白羽の二人が存在感を増しつつあった。ソロでのカバー曲やオリジナル曲だけでなく、多方面で楽曲コラボにも参加するなど知名度とチャンネル登録者数が日毎に増えつつある。

二期生、三期生で音楽をメインにしているのは石楠花ユリアだけだったが、ピアノ弾き語りとリスナーへの真摯な向き合い方が評判を呼び、新人ながら『清楚（真）』候補として名前が上がるほどになっていた。なお『清楚（?・）』がVtuber界隈では九割弱を占めるというのがファンの間での共通認識である。

一方、それぞれが演劇・イラスト・オカルト及び動画作成といった専門分野に特化したタイプの三者ではあるが、正時廻叉は外部コラボで司会適性を改めて発揮してオーバーズリスナーにまでファン層を広げ、魚住キンメはＳＮＳでのファンアートで同業他社や個人運営のVtuberとコミュニケーションを取るなどして知名度を増していた。小泉四谷も怖がらずに自身の知識を楽し気に語るホラーゲーム実況の切り抜きがＳＮＳでバズを起こすなど、最も予想の付かない方法で知名度を上昇させた。

これまでは、エレメンタル・オーバーズ・にゅーろねっとわーくといった二〇一八年初頭から活動している事務所が注目を集めていたが、Re:BIRTH UNIONという箱自体がネクストブレイク枠としてVtuberファンに認識されるようになった。

そしてこの配信に人が集まった最大の理由。それはステラ・フリークスのチャンネルでの生配信だったからだ。

彼女は基本的にはバーチャルシンガーだ。公式での企画や大型イベント等でもない限り、彼女は生放送・生配信には出演していない。そんな彼女が、自らのチャンネルで枠を取り、おまけにRe:BIRTH UNIONメンバー全員を呼ぶという。滅多にない機会を逃すまいと、普段は曲だけを聞いているファンまで配信を見に訪れた事で、この人数となった。

配信準備中の蓋絵状態のままながら、コメント欄は既に大盛況である。今日の配信が楽しみだと語る者も居れば、同日に投稿された楽曲への感想を述べる者も居た。それぞれのVtuberへの愛を叫ぶ者も居た。

総じて、コメント欄は期待感に満ち溢れていた。そして、蓋絵が外れ、『Pride』という赤い文字が真っ暗な画面に浮かび、それが更に切り替わってステラの2Dモデルが画面に現れた瞬間。コメント欄は違和感を覚え、気付いた者達が悲鳴のような歓声を上げる。

「やぁ、みんな。ここにお菓子はないよ。世界にどんな悪戯を仕掛けようか企む悪逆達の宴の席だ」

衣装も、髪型も今までの2Dモデルと変わりはない。ただ、星のように輝く金色の瞳が――血溜まりのような、赤黒い不気味な光を放っていた。BGMもおどろおどろしく、重々しいものに差し代わっている。

「それとも、私たちの歌を聴いたのかな？　だとしたらなおさら物好きだね。あれを見れば、私たちが真っ当じゃない事なんてわかるじゃないか。ああ、それとも私の歌声に聴き惚れてしまったかな？　まぁ、私は歌には自信があるからね。だとしたら歓迎しよう。私はファンには優しいんだ」

どこかいつもより尊大な態度で語るステラ。ファンに優しい、と自称しつつもその口調は見下すようなそれだった。様子が違うのは目の色だけではないと気付いたリスナー達が、コメントのアプローチを変えていく。

《お目に掛かれて光栄ですステラ様！》
《傲慢様……！　素敵……！》
《踏んでください》
《歌、最高でしたステラ様!!》
《今日は悪ステラなのか》
《ってことは……他のメンバーも？》

「ふむ、良い心がけだ。そんな君達の献身に応え、残り六つの罪をこの場に顕現させようじゃないか」

指を鳴らす音。同時に、配信画面が一瞬切り替わる。闇の中に『Envy』『Gluttony』『Lust』『Sloth』『Greed』『Wrath』の赤い文字が浮かび、文字が溶けて渦を巻くようにしながら画面全体へと広がっていく。そして真っ赤な画面にヒビが入り、砕け散る。

《嘘だろ》
《うわああああああああああ》
《マジか、マジでか、ここまでやんのかリバユニ》
《なにこれ。なんだこれ……》

画面上には、ステラも含め、七人のVtuberの2Dモデルがあった。その全員が、黒を基調にし、逆十字のあしらわれたゴシック風の衣装を纏っていた。楽曲のキービジュアルに用いられた衣装だ。イラストレーター志藤カナメによって描かれた七大罪を背負う七人のVILLAINS。イラストを忠実に再現した、新規2Dモデル――新衣装が七人同時に実装された。

「あははははは、嬉しいなぁ。まさかこんなにも早く新衣装が貰えるなんて――モチベーションが沸いて沸いて仕方ないや。もっともっと、知識を、叡智を喰らいたい―― 〝暴食〟小泉四谷。みんな、良いもん喰ってる?」

共通デザインの逆十字だけでなく、メンバーにはそれぞれ割り当てられた大罪をイメージするデザインがされている。暴食の場合は、血と涎を滴らせながら牙を剥く口が、いくつも描かれていた。その口が、四谷の喋る声に連動して動く。不気味さと趣味の悪さは随一だった。

《怖ぇ!?》

《バストアップなのに口が四つくらいある》
《四谷、喋るな。SAN値が下がる》
《ヴィランっつーかモンスターなんだよなぁ……》
《こういうタイプの敵、大体自分が喰われて死ぬよな》

「私は、貴方に見てもらいたいんです……貴方が他の人を見ていると、苦しくて苦しくて――壊れてしまう。壊してしまう――〝嫉妬〟石楠花ユリアです。あの……どうですか?」

衣装、髪飾り、チョーカーにはそれぞれ、ガマズミ、桃色のゼラニウム、マリーゴールドがデザインされている。それ以外はシンプルなゴシックドレスだった。花のデザインを全て取り払えば、顔の半分を覆う黒いヴェールも相まって喪服として通用する程だった。

《可愛い!》
《ヤンデレお嬢好き》
《黒だけど花のお蔭でカラフル》
《マリーゴールドに、ピンクのゼラニウム、あとは……ガマズミ……? ひっ(察し)》
《最後の方ちょっと照れ顔なの最高かよ結婚しよう》
《おい待てそこのお前、何を察したか言え》

「いやいや、新参だと言うのに中々堂に入っているじゃないか」

「あっはっは……こう見えて、結構緊張してるんですけどね……うわー、俺が喋れば喋るほど怖いなこの服……」

「うう……あの、私、変じゃないですか？」

「大丈夫大丈夫、この私が保証する。私が保証するという事は世界が保証するという事だよ」

傲慢を通り越してただの自信過剰と化しているステラの声に、思わず苦笑いを浮かべる。傲慢、という大罪に沿ったセリフ回しに聴こえるが、ステラ・フリークスは素でこういう事を言うタイプだと、短い付き合いながら四谷とユリアは良く知っている。

「……あー、うん。寝たい。それか寝ながら絵描きたい。〝怠惰〟魚住キンメでーす」

彼女の衣装は、本人よりも明らかにサイズが大きく、裾が余っているのが特徴だった。更には本来留めるべきボタンやベルトといった装飾が軒並み外れている。結果的に露出が大きくなり、特に襟元がよれきっているため、右肩や胸元が完全に見えていた。

《エロい（直球）》
《ああ、エロいな》
《目が、目が死んでる……》
《人魚が死んだ魚のような目するの、洒落になってなくない？》
《悪堕ち感は今までで一番かもしれない》

「私は決して許さない……私は、私を許さない。〝憤怒〟正時廻叉……ここに」
廻叉の衣装に施されたのは、炎。足元から胸元の逆十字デザインへと延びる青白い炎だった。シンプルなファイヤーパターンではあるが、己の身を焼いているようにも、逆十字を火刑に処しているようにも見える。更には顔の右半分を隠す白いファントムマスクの目元からは、血涙が流れていた。

《ひっ》
《怖い》
《強い》
《一番悪堕ちしたらいかん奴やん》
《ラスボスじゃないけどトラウマになるタイプのボス》
「俺は全部手に入れる。一つたりとも逃さねぇ、取りこぼさねぇ。覚悟しとけよ。〝強欲〟三日月龍真、ただいま参上」
龍真の衣装には龍の爪が描かれていた。逆十字を握り、更に何かを奪い取ろうと手を伸ばす龍の手。露出された首元から顔の下半分にかけては、赤い龍の鱗で覆われていた。爬虫類と同じ瞳孔を持つ目の人間というプロフィールではあるが、半龍人と言ってもいい姿だった。

《うわ、シンプルにカッケェ》
《元々ドラゴンのイメージがあったけど、それが強化された感じだな》
《これまた強キャラ》
《ゲーム上手そう》
《ゲームの腕前だけは手に入れられなさそう》
《リアルを歌うラッパーがファンタジーに染まってると思うとエモい……エモくない？》

「〝色欲〟の丑倉白羽だよ。まぁ、私自身がアレコレするより君らがアレコレしてるところをニヤニヤ眺めるタイプなんだけどね。あ、ゴメンゴメン。君ら、一人でしか出来ないか！」

「はい、一旦止めます。私ではなく、スタッフが憤怒の罪を背負う事になります」

「流石、白羽ちゃん。自分から色欲立候補しただけはあるよね。真っ先に怠惰に飛びついたあたしとは面構えが違う」

「おい白羽ァ⁉　ド直球はやめろって散々俺ら言ったよなあ⁉」

「何言ってるんだよ、龍真くん。ド直球で言うつもりなら最初からセ」

画面と音声が切り替わり、蓋絵と『Sin』のインストが流れた。突然の放送事故に、コメントはこれまでとは別ベクトルで騒然となった。数十秒で画面が切り替わると息を切らす龍真と爆笑するステラの声が入った。傍から見れば事故が継続しているように思えるが、彼らと運営スタッフの中ではOKという扱いのようだった。

「まぁ改めて、〝色欲〟丑倉白羽です。みんなも欲望に素直になろうね」
他の女性陣に比べタイトなデザインの衣装は、体のラインが露骨に強調されている。逆十字や全身に絡みつく蛇のデザインが、より蠱惑的な印象を強く持たせている。普段の衣装が男物のスーツという事もあり、そのインパクトは絶大だった。

《見た目も発言もエロい！》
《色欲と下ネタは別だと思うんだが》
《エロいだけじゃなく悪の女幹部的なカッコよさもある》
《普段とのギャップでヤバい……》
《これには俺もスタンディングオベーション》
《どこがスタンディングしてんだよ》
《※このアカウントは管理者により非表示設定されています》
《アウトォ!!》
《草》
《対処早くて草》
《流石に擁護出来ないレベルのド下ネタだったからね。仕方ないね》
「さて、まぁ私は名乗らなくてもみんな知っているだろうけど、特別に名乗ってあげよう。〝傲慢〟、ステラ・フリークスだ。今夜は、ヴィランの達の集いへようこそ」

ステラの衣装は最も装飾が少ないデザインだった。共通デザインである逆十字の他には、クジャクの飾り羽が数枚描かれているだけだった。

デザインを行った志藤カナメ曰く、『ステラさんの存在があれば、下手な装飾は不要ですよ。そもそも星を着飾らせること自体がナンセンスなのに』

本来はクジャクの羽すらなかったが、自分だけ無地なのは仲間外れみたいで嫌だというステラの主張により描き加えられた。ともすれば、最も地味な衣装であるはずだが、ステラの存在感を引き立てるという点ではこれ以上ない程の役割を果たしていた。

《……すげぇ》

《傲慢なのに、嫌な気分がしない》

《割と謙虚なVtuber多いから、新鮮ではある》

《これが、カリスマ……》

《リバユニがステラ信者の集いなんて言われるけど、これは崇拝したくなるよ……あかん、呑まれる》

《そうか、罪とは、宇宙とは、原初の混沌とは……》

《踏んでください》

《おい、なんかヤバい扉開きかけてる奴居るぞ》

《二人居るけどどっちだよ∨ヤバい扉》

「…………とまぁ、今日はこういうノリだ。それじゃあ、楽曲の感想とか、今後の予定とか色々話す親睦会だ。楽しんでいきたまえよ、諸君」

ステラ・フリークスは、それこそハロウィンを楽しむ少女のように笑って、リスナー達へとそう言った。

「さて、我々初の全員参加の『歌ってみた』作品なわけだけど、まぁここまで来るのにまぁまぁの紆余曲折があったよね」

「ハロウィン曲、ボカロに限らず滅茶苦茶多いからなぁ。ハロウィン企画やるにしても、どの曲選ぶって時点でまあまあ悩んだよなぁ……」

「僕らなんかデビューして一か月で全員企画への参加に新衣装で、こんな恵まれてていいのかって思いますよ……」

《普通に雑談始まったな》

《絵面だけなら悪の組織の幹部会議》

《こんなしみじみと語る悪の組織があってたまるか》

「結果から言いますと、楽曲の方向性が決まったのは志藤カナメさんのキービジュアルが完成したタイミングでした。一般的なハロウィン……ジャックオーランタンや、モンスターのコスプレ。オレンジ色と紫、黒を基調とした、皆さんがごく普通に想像するハロウィンのようなイメージではなく、ダークファンタジーに近い世界観だった事で、このイメージに合う楽曲を……という形で、Spooky Forkloreさんの『Sin』をカバーする事になりました」

「志藤先生にお任せしたら、まさかの悪堕ちだもんねぇ。まぁ実際に陽キャノリのハロウィンが似合わないけどね、あたしら」

「基本ハシャがないもん、丑倉達」

「わ、私もあまり大きい声出すのとか、不得意で……」

《説明助かる》
《志藤カナメさん、基本悪堕ちと鬱展開にエモを感じる人だからな……》
《鬱くしいイラストに定評のあるカナメネキ》
《まぁリバユニに陽キャ感は確かに無いな……》
《陽のオーラ自体はあるんだけどな。龍真やキンメ、四谷とか》
《音量注意レベルで叫ぶのがVtuberではないのか?》
《ド偏見で草》
《大手や個人勢のハイテンションに付いていけない連中が流れて来てるよな、リバユニ》
「実際に『Sin』をカバーするにあたって、歌割りがね……この曲は七つの大罪を割り当てる事になった訳だけど」

「即決で決まったのがステラ様の傲慢でした」

「ビックリするほど満場一致でしたね……」

「ふふ、みんな私の事を理解していてくれて嬉しいよ」

「いや、喜ぶとこか？」

《草》
《まぁ強欲か傲慢だよな》
《なんで本人ちょっと嬉しそうなんだ》
《四谷が超気を遣ってるのにｗ》

「で、俺の強欲と白羽の色欲が次に決まったんだけどな……」

「まぁ丑倉も最近化けの皮剥がれてきたから丁度いいかなって」

「それも本人が言う事じゃねぇんだよなあ」

「その、白羽さん、本当に普段から……こう、明け透けですから……」

「むしろよく今まで隠せていたと感心しました」

「隠さなくなってから、何故か女性視聴者が増えたんだよね。不思議」

《龍真の強欲は解釈一致。丑倉はどうしてこんなになるまで放っておいたんだ》
《丑倉の下ネタはなぁ……エロいっつーより、シンプルに下世話なんだよなぁ……》
《切り抜き動画にドン引きするコメントが大量に付いてて草も生えない》
《お嬢が言葉を濁しておる……》
《執事辛辣で草》
《女性が増えたというより男が逃げたのでは？》

「キンメちゃんの怠惰がその後に決まって、残りの三人ならユリちゃんが嫉妬が一番似合う、って形で決まったんだよね。ふふ、ユリちゃんの新境地、楽しく見させてもらったよ」

「え、えええ……す、ステラさん、恥ずかしいです……でも、ちゃんと伝わってるか、少し不安で……」

「思ったより粘着質の感情を見せてて最高だったね」

「白羽さん……！」

「あたしは楽だったなぁ……普段から怠惰に過ごしたいって気持ちでいっぱいだから」

「それでいいんですか、キンメさんは」

《ナイスヤンデレ》
《超重い感情出てた》

《かわいい》
《あのお嬢にならば束縛されても構わない》
《ウィスパーで歌い始めたところ、ゾクゾクした》
《キンメもある意味凄かったな……なんで、あんなに力抜けてるのに声量出るんだ……？》
《Sinの怠惰パートでも限りなく正解に近い歌い方だった気がする》
《つーかシンプルに全員歌が上手かったよな……》

「僕と廻叉さんは、どっちもイマイチ当てはまり辛いってなってましたよね……最終的に、ステラ様の一言で僕が暴食になりましたけど、解釈が難しかった……」

「ですが『知識を貪る』という方向性を見付けたのは素晴らしいと思いました。四谷さんの良さが前面に出る良い解釈だと思います。むしろ私の方がどうするべきか悩んでいましたからね」

「あれだけの『憤怒』見せといてよくそういう事言えるよなー」

「後輩を褒めるいい先輩してるねー」

「あの、私はどうでした……？」

「勿論、ユリアさんも素晴らしかったですよ。『嫉妬』の表現に悲嘆や悲哀へと感情を傾けるのは本当に予想外でした。四谷さんもそうですが、ユリアさんも表現力が素晴らしかったです」

「あ、ありがとうございます……！」

《四谷に暴食のイメージは確かになかったなぁ》
《知識喰いはなるほどってなった》
《リバユニに入れば執事に褒めてもらえる……!?》
《こうして四期生候補が増えるのだった》
《でも適当な事やったら淡々と説教されそう》
《それはそれでご褒美では？》
《更に上の先輩が茶々入れしてるの草》
《いや龍真と白羽も後輩褒めてやれよｗ》
《おやおやおや、お嬢ったら四谷が褒められて嫉妬かな？》
《これは嫉妬の使徒》
《実際、嫉妬＝怒り、苛立ちってイメージだったから覆された感は正直ある》
《下手なヤンデレより怖いやつだった》
《うわ、執事に褒められてお嬢嬉しそう》
《お？　てぇてぇか？》
《男女というより、先生と生徒感があるのはなんでだろうな》
《執事に褒められて喜ぶ令嬢……ちょっとファンアート描いてくる》
《言い値で買おう》

「というか、廻叉の憤怒に関してはガチでキレてたよな？」

「……先日、自分自身の至らなさを思い知る機会がありまして」

「自分相手にそこまで怒ってたんですか……廻叉さん、やっぱヤバい人ですよね」

「ちょ、ちょっと四谷さん……！」

「私と会った人、大体私の事ヤバい奴って言うんですよね、不思議と」

「不思議でもなんでもねぇよ。Vtuber界隈で今までにない方向性でやべー奴だよ、お前」

「賛成」

「同意」

「全くもってその通りだよね」

「え、あれ、私だけ……？」

《執事の怒り怖かったわ……》
《声を荒げず、じわじわ溢れてくるようなキレ方してたな……》
《憤怒っつーか殺意だよあんなの》
《それが自分に向かってたのか……本当にヤバいわ》
《四谷も言うねぇ》
《草》
《満場一致で草》

《自他ともに認めるヤベー奴》
《待て、お嬢だけなんとかフォローしようとしてるぞ》
《優しい》
《羨ましい》

「乗っかった私が言うのもなんだけど、そこまでにしよう。ユリちゃんは、廻くんに憧れてリバユニに来た子なんだからさ。そんな人がヤバい奴呼ばわりされたら、ユリちゃんとしても気分が良くないさ」

「ちょ、あえ、す、ステラさ、ああああ!?」

「ステラ様、お嬢が盛大にバグってるけど大丈夫か？」

「大丈夫じゃなさそうだね」

「そりゃいきなりバラされたらねぇ」

「うーん、同期の意外な一面……」

「おや、てっきりもう話しているものかと思ったんだけど違ったのかな？」

「ううう……確かに、入る前に憧れていたVtuberさんは、廻叉さん、です……」

《!?》
《なんだと……?!》

《おいお嬢リスナー、そういう話は配信であったのか？》
《マジかよ！　お嬢、御主人候補だったのかよ！》
《いや、初耳。初配信で言ってた時くらいだわ、志望動機とかは》
《ステラ様がブッ込んだのか……w》
《流石に他の面子は知ってたっぽいな。たぶん面接辺りで知ってたのかもな》
《観念して自白したかw》
《草》
《反応が好きな人をバラされたときのそれで草》
《これ、ちょっとお嬢が可哀想じゃねぇか？》

「……ステラ様？　流石に、今のはどうかと思いますが？」

「そうは言うけどさ、廻く」

「ステラ様？」

「…………」

《うわ、執事怒ってる》
《今のは確かにステラ様アカンやつだったな》
《配信全部見てチェックするわけにもいかんが、事前に話していいかの確認くらいはするべきだっ

たな》
《怒るっていうか叱ってるな……》
《登録者数八千そこそこの後輩にガチで叱られる登録者数十万超えのVシンガー》
《うわ、場の空気凍ってる……大丈夫かコレ》
《このタイミングでこそスタッフが止めるべきじゃね？》

「言うべきことが、わかりますね？」

「うん……ユリちゃん、ごめんね。無神経だった」

「ふぇ、い、いえ⁉　そ、そんな、きっといつかは話していたと思いますし……！」

「貴女自身の口から話すのと、第三者から勝手に言われるのとでは全然別物です。これに関しては、ステラ様に非があるのですから謝罪するのは当然です。……まぁステラ様も謝った事ですし、ユリアさんが許すというならばこれでこの話はおしまいです」

《あ、ステラがシュンとしとる……w》
《草》
《ステラがカワイイという貴重なシーン》
《傲慢とは何だったのか》
《憤怒>>>>>傲慢>>>>>嫉妬》

《執事……いや、ママ……》
《ママみを感じる》
《厳しくも優しいママだ……》
《誰一人としてパパと言わないの何なんだよ》

「……わかりました。その、ビックリしただけで私は怒っていないですから、大丈夫です」

「ありがとう、ユリちゃん。この埋め合わせは必ずする。廻くんもごめん。それとありがとう。私が間違った時にきちんと言ってくれる後輩が居てくれて、幸せ者だよ、私は」

「良い話風にまとめるのは結構ですが、次にやったら〝そういう役〟のつもりで怒鳴り散らかしますからね？」

「…………ごめんなさい」

《解決か。良かった良かった》
《一歩間違えれば炎上案件だったからなぁ。執事がその場で叱ってくれてよかったわ》
《登録者数もキャリアもかなり上の相手にガッツリ言えるのすげぇわ》
《ユリア、何らかの埋め合わせを獲得》
《これは大チャンスですよ》
《四谷にもチャンスやらないと》

《じゃあ四谷の暴露をしようぜステラ様》

《鬼か貴様》

《今度こそ執事がキレる奴》

《凄い間があって草》

「はい、説教終わり。廻叉ー、悪いな。俺らも止めるべきだった。ついいつものノリでやっちまったよ」

「いえ、皆さんは当事者ではありませんでしたから。言うべきは、私です」

「すごいなぁ廻叉さん……うん、憧れるの、分かる」

「……四谷くんと、廻叉くん……閃いた」

「奇遇だね、白羽ちゃん」

「白羽さん？　キンメさん？」

「申し訳ありませんでした」

「心よりお詫び申し上げます」

「分かれば結構です」

「なんか今日だけでリバユニ内の力関係が大変動してねぇか？」

《龍真もフォロー入れたか》

《執事信頼のおける男だな……》
《基本大人だよな、みんな。ステラ様が一番子供まである》
《小泉も執事に尊敬の眼差しで見てるな》
《おいこら色欲》
《キンメ、お前もか》
《草》
《謝罪音速で草》

「という訳で、皆様お騒がせしました。実際、ユリアさんが私の事をどう思っているかは『NEXT STREAM』さんに掲載されておりますリバユニ特集、次回更新予定の私とユリアさんのインタビューをご覧いただけますと、ある程度事実関係が分かるかと思われます。是非、ご一読ください」

「…………あっ」

「先週が私と、一期生二人の三者でのインタビュー。今週がキンメちゃんと四くんのインタビューだったね」

「で、次回がお嬢と廻叉……ん？　お嬢、どした？」

「……は、ひゃあああ!?」

「この反応の理由が、恐らくインタビューに掲載されております。お楽しみに」

《そのまま流れるように告知！》
《やっぱ執事司会能力高いわ》
《ネクストのインタビューに呼ばれるとは、リバユニも大きくなってきたなぁ》
《先週今週、それぞれ興味深い内容だったから読むといいぞ》
《?!》
《どうしたお嬢⁉》
《どんなまとめ方だよ執事⁉》
《草》
《これは読まねば》
《てぇてぇ死するかもしれんな……》

廻叉の予告通り、『NEXT STREAM』に廻叉とユリアのインタビューが掲載され、ユリアの初々しくも真っ直ぐな廻叉への憧れに読者達は一様に浄化されたという。また、一方で廻叉の不穏さを滲ませる発言が話題になったのだが、この発言の意味が視聴者に分かるのは、まだ先の話だった。

※※※

星野要。俗な言い方をすれば、ステラ・フリークスの中の人である。背は低く、全体的に小柄。ミディアムショートの黒髪に眼鏡を掛けた、可愛らしくもどこか地味な印象を与える女性である。

服装も相応にシンプルで、華やかさを敢えて排除したような恰好をしている。そんな彼女が、リザードテイルの配信用ブースで机に突っ伏していた。

「……やっちゃった」

ハロウィン企画動画の舞台裏を語ると同時に、Re:BIRTH UNION全員の新衣装お披露目となった配信はひとまずは成功という形で終わった。ただし、比率として低評価も普段よりも若干多く、コメントでもとある一幕への手厳しい、或いは無遠慮な言葉も少なからずあった。

ステラ・フリークスが後輩・石楠花ユリアの未公開情報を暴露し、それに対し正時廻叉がその場でステラへの諫言・説教を行い謝罪させたという一幕だ。ステラがその場で謝罪をし、ユリアもそれを受け入れた事。また、暴露された情報の詳細がWeb記事のインタビューで明らかになる事を廻叉が告知した事でその場では丸く収まった。

その後も配信は続き、それ以上空気を悪くすることもなく配信は終了したが、ステラ・フリークスから星野要へとスイッチが切り替わった瞬間、彼女は罪悪感と無力感に飲み込まれた。

「いつもこうだ、私は……」

視線をモニターへと移し、マウスホイールを回す。コメント欄には配信全体への好意的な感想が溢れているが、やはり辛辣なものの方がどうしてか目に入ってしまう。それ以上に彼女が罪の意識に苛まれているのは、正時廻叉や石楠花ユリアを非難するコメントもあったからだ。自分自身の不用意な発言で、大好きな後輩達が攻撃されている。その事実が、とても辛かった。

「ステラ、いや、要。お前の生配信を少なめにしてる理由、わかった？」

「……嫌になるほど」

配信のアシスタントを行っていたスタッフは既にブースから退室している。一人きりだと思っていた要の背後から声を掛けたのは、統括マネージャーの佐伯だった。ごく一部にしか知られていないが、この二人は従兄妹の関係にある。要の才能を昔から知っていた佐伯が、リザードテイルがVtuber事業への参加を決めたタイミングで彼女をスカウトし、現在に至っている。

「具体的にはどういう理由でだと思う?」

「相手の気持ちや状況を考えないで話すところ。話していい事と、悪い事の区別がつかなくなるところ……ユリちゃんには、今度面と向かってちゃんと謝る……」

「……まったく。分かってるのに、興が乗ってくるとやっちまうんだよな。今回、境くんがすぐに諌めてくれたから良かったものの、場合によっては大炎上まであったって事を自覚するように。あと、SNSでいいから謝罪文書いとけ」

「ごめん……」

「俺にじゃなくて、みんなに言うべきだな。リバユニの全員と、リバユニのリスナー達に。俺らスタッフは多少迷惑かけられるのなんて承知の上だからいいけどな」

再び突っ伏してしまった要の髪を軽く撫でる。彼女は抵抗こそしないが、不本意そうに小さな唸り声を上げた。

「久兄、私もう子供じゃない……」

「成人したばっかりなら、まだ子供みたいなもんだ」

星野要の年齢は二十歳で、Re:BIRTH UNIONの中では下から二番目だった。一期生、二期生は全員、年上の後輩だ。だからこそ、自分と年齢の近い年上である四谷、年下のユリアに対しての距離感を必要以上に近付けてしまっていた。それまでは裏での通話であったり、事務所での対面であったので問題は無かった。結果的に、コラボ配信でユリアが配信で話していない事を話してしまうという失態を見せた。

「例えば本名を話したとか、竜馬くんや翼さん、圭祐くんがVtuberになる以前の名義を話したりしてたら、もっと大変な事になってたぞ。ステラ・フリークスの奔放さは長所だけどな、だからこそこういう事にはもっと注意して」

「分かってる。分かってるよ……！」

再び突っ伏してしまう要の姿に、佐伯は何も言えなかった。統括マネージャーとしての立場がある以上、配信上で注意を受けたからお咎め無しという訳にはいかない。彼女がしてしまったのは、軽度とはいえ情報流出だ。最低でも厳重注意は必要なのだ。

だが、ここまで気に病み、罪悪感を持っているのは佐伯にも予想外だった。つい十数分前まで、傲慢の罪を名乗っていたステラ・フリークスの面影はない。元々、ステラの性格は要の性格をやや誇張したものだ。煙に巻くような物言いや、歌に対する尋常でないまでの熱意、後輩やスタッフも含めた身内への期待と信頼、それに伴った無茶ぶりやハードルの上げ方……全て、星野要が元々持っていたものを、ステラ・フリークスとして増幅させたものだ。

そんな彼女が、沈み切ってしまっている姿を見るのは、佐伯の胸が痛む。こういう彼女の姿を見たことは何度もあるが、Vtuberになってからは初めてだった。

「なーに凹んでるんだよ、ステラ様」

突然背後から聞こえた声に驚いた佐伯が声にならない声を上げた。振り返ると、そこには三日月龍真……の演者である弥生竜馬が開けた扉から半身を乗り出していた。

「りょ、竜馬くん!? え？ 今日参加してたの家からだったよね!?」

「元々スタジオをこの時間から予約してたんですよ。ラップアレンジの歌ってみた用で。っつーか、前にその辺の連絡入れたはずっすよ？ あと、俺んちとスタジオ、チャリで七、八分で着く距離なの知ってるでしょ」

「……あ。ごめん、そうだったそうだった。配信前にそっちの準備も指示してたんだった」

「久丸さんらしくねぇなぁ……たぶん、忘れてた原因、その子っしょ？」

「はっはっは……お察しの通り」

竜馬がブースへと入り、机に突っ伏したままのステラへと近付く。普段なら笑みを浮かべて、少し偉ぶったような挨拶を飛ばしてくるステラが、要がなんの反応も示さない事に竜馬は嘆息し、配信用デスクの傍にあった小さな丸椅子を引っ張ってきてそこに腰を下ろす。

「あのなー、ステラ様……いや、この場では要ちゃんっつった方がいいか。なんで要ちゃんが今回あんならしくないポカやらかしたか、って話だろ？」

「……私が迂闊で、距離感の計り方もわからない馬鹿だからだ」

「違ぇよ。要ちゃんが俺らと本当の意味で仲良くなったからだ」

「……え？」

机に突っ伏したままだった要が顔を上げ、竜馬の方を見る。彼はデスクを背もたれにしながらこちらへと視線を向けている。怒っているでも、失望しているでもない、いつも通りの竜馬の顔だった。

「初めて通話や配信で絡んだ時なんて、俺も翼も馬鹿みてぇに緊張してただろ？　マサや芽衣さんだってそうだった。俺らにとって、『ステラ・フリークス』は特別で、浮世離れした歌姫様で、Vtuberとしてキャリアも実績も桁違いに上の存在だった。でも、歌コラボしたり、何度も事務所で顔合わせたりしてるうちに、ちょっとずつ変わっていったろ？」

言われてみれば、と要は思い出す。初めて通話をした時も、声を引っ繰り返すほど緊張していたのは目の前のこの人だった。最終面接では、マイク片手に自身の持つ熱量を全て吐き出すようなパフォーマンスをした男性が、年下の先輩である自分に必要以上に緊張している姿が、妙に面白くてついついつい揶揄うような事も何度かした記憶が、要にはある。

「要ちゃんが俺らより年下……っつーか、リバユニ最年少って知った時は正直ビビった。でも、才能に年齢は関係ねぇってことは、ラッパーやってた時からよく知ってる。リスペクトしてるよ、前から今までずっと。そこまで畏まらなくていいって言われても、暫く敬語取れなかったしな」

「……廻くんは、まだ敬語」

「あれはアイツのキャラだからいいんだよ。フランクにしてくれって言われてんのに敬語続けるのは俺のキャラじゃねぇからそうしてるだけ……いや、そういう話じゃねぇや。うん。確かに俺らはVtuberとしては先輩後輩の立場だ。登録者数も文字通り桁違いの差があるしな。でも、仲間で、

友達だろ？」

「……友達」

「ああ、友達だ。お嬢なんて初めてできた年下の後輩だから、もっと仲良くしたくなったんだろうなぁってのは伝わってきた。だから、つい話を広げようとして、インタビュー録音してた時の話をしちまった。……あのやらかしに悪意なんか全然ないなんてのは、お嬢も含めたリバユニ全員が思ってる事だよ。たぶん」

「そこは言い切ってほしいところだけど」

「他人の頭の中を代弁する程傲慢にゃなれねぇよ。俺は俺の中にある言葉しか言えねぇもん」

「流石はラッパーだね。バーチャルなのに、リアルに重きを置くんだ」

「バーチャルこそが今の俺のリアルだよ。調子出てきたじゃねぇか、ステラ様？」

会話というよりも、竜馬が一方的に語り掛けていただけに近い。しかし、要がそれに少しでも答えればそれは会話だ。一つのアンサーさえあれば、それを十にも百にもして返す。MCバトルで竜馬が散々やってきた事だった。結果的に彼女が多くの言葉を返すようになり、突っ伏していた顔もいつの間にかこちらを真っ直ぐに見ていたし、その表情は不敵さを感じさせる笑みだった。

「まぁなんだ、ステラ様だって失敗していいんだよ。ぶっちゃけあんな失言より白羽のカット喰らった発言のが余程酷い」

「……彼女にも反省文書かせようかな」

「やめといた方が良いっすよ、久丸さん。あいつの事だから反省文の中にセックスって単語をこれでもかってくらい入れてくる」

「目に浮かぶのが最悪だなぁ⁉」

「……竜くん」

「……あ、すまん、これもセクハ……⁉」

同期が書くであろう火に油を注ぐ反省文という名の怪文書について佐伯に語っているタイミングで、要に呼びかけられた竜馬は、女性の居る前で堂々と出すべきではない単語を自分も口走った事に気付く。すぐ謝罪しようと振り返った竜馬は心臓が止まるような思いをした。

星野要が泣いていた。

「(佐伯さん、どうしよう⁉)」

「(呼ばれたの俺じゃないし。竜馬くんだし)」

「(佐伯さん‼　おい‼　従兄妹だろうが‼　ちょ、目ぇ逸らすな佐伯ィ！！！)」

竜馬を真っ直ぐ見据えたまま、ぽろぽろと涙をこぼす要の姿に、彼は思わず佐伯の方に視線を向ける。要と佐伯が親類縁者である事を知っている竜馬は、すぐさま身内に助けを求めたのだ。だが、しれっと視線を外され、梯子も外された。

「……あー、どした？」

「私は、失敗してもいいの？　完璧な、歌姫じゃなくても、いいの……？　みんなの望むような、ステラじゃなくなっちゃうかもしれないのに……」

「いいんだよ。傲慢に笑ってるのも、失敗してド凹みしてんのも、等しくステラ様だよ。オーバーズの生徒会長見てみろよ。超真面目なVtuberとしての今後の展望とエンタメ論語った直後に、オフコラボで後輩の顔面を巨大ハリセンでぶん殴った話するような人だぞ。そういうのがゴロゴロ居る業界だ。むしろ、叱られると弱いなんて人気出る要素にしかならねぇよ」

「……受け入れて、くれるかなぁ。こんな、面倒くさい女……」

要の弱々しい問いかけに、竜馬は当然のようにそう言ってみせた。別事務所の大看板に流れ弾が当たりはしたが、自分の事務所の看板の方が大事なのは当然だ。だから、竜馬は彼女の言葉を肯定する。涙ながらの、自嘲交じりの言葉にも竜馬は、迷うことなく肯定した。

「その面倒くさくて才能に溢れた女に惚れた奴らが集まったのが、Re:BIRTH UNIONだろ？」

要は今度こそ大声を上げて泣き始めた。竜馬が狼狽しながら佐伯を見るが、彼は苦笑いを浮かべたままだった。その表情は「泣かせてあげてくれ」と言っているように思えた。竜馬は観念して、彼女が泣き止むまでその背を撫でてやるくらいしか出来なかった。小柄なのは分かっていたが、小さい背中だと感じた。その背中にどれだけの重圧が掛かっていたのか、竜馬には想像もできない。今まであったステラ・フリークス、星野要へのリスペクトに、この背を支えてやれるようになりたいという思いが芽生えるのを、竜馬は自覚した。

翌日、ステラ・フリークスはＳＮＳに謝罪文を投稿。Re:BIRTH UNION公式アカウントではステラへの注意を行った旨を表明。同時に石楠花ユリアも自身の配信にてまったく気にしていないと改めて意思表示を行い、三日月龍真は同じ失敗をしなければいいとフォローしつつ、次回作がカバーではなくオリジナル楽曲になる事を発表した。

正時廻叉はＳＮＳで事情説明をすると共に『全肯定する事は決してその人のためにならない』という余計な一言を書き込んでプチ炎上した。

なお、その三日後には廻叉＆ユリアのインタビュー記事が掲載され、その話題に流されてあっという間に鎮火した。あまりの炎の広がらなさと鎮火するまでの早さから『執事ピコ炎上事件』として、周囲から数か月イジられることになるのだが、その事実を廻叉はまだ知らない――。

正時廻叉の夢の話

「だから吾輩、百合に挟まる男じゃなくて、最終的に百合に踏まれる床になりたいんだよね……スリッパでも可」

「わかる」

「わからないでください」

《流石は少佐殿であります！》

《小官といたしましても激しく同意する所存であります!!》

《魔窟の軍勢がノリノリで草》

《外履き用の靴じゃなくて室内用スリッパって辺りに欲望の深さが出てるな》

《おいお前まで同意したら誰が止めるんだよ！》
《もう執事だけが頼りだ》
《今回執事みたいなツッコミ枠が居るだけマシというのがこの企画の恐ろしいところだ》
正時廻叉は、アルコールが回りつつある頭で暫し考えた。何故私はここに居るのか。何故酔った勢いで特殊性癖を、さも美しい夢を語るかのように宣う男二人の面倒を見ているのか。
理由は簡単だ。
紅スザクの主催する酒盛りトーク番組へのオファーに応えたからだ。
話は数日前に遡る。

※※※

ハロウィンでの全員集合企画が終わり、Re:BIRTH UNION全員の登録者数やＳＮＳのフォロワー数はそれぞれに伸びた。一方で、先輩であり登録者数でも大きく上回る、言わば事務所の看板とも呼ぶべきVtuberであるステラ・フリークスに対し、配信中に苦言を呈した正時廻叉のＳＮＳに抗議のリプライが複数寄せられ、「全肯定」を否定した結果、極めて軽度の炎上が発生するなど、良くも悪くも耳目を集める結果となった。

炎上、とは言うが数名が過剰反応を起こしただけであり、当の本人は一切気にしてもいない。むしろ、その数日後に記事が掲載された石楠花ユリアとの合同インタビュー記事の方が大きく騒がれる事になった。

主に、石楠花ユリアを褒めて彼女を限界化させた部分と、逆にユリアから真っ直ぐな尊敬を向けられて言葉に困る正時廻叉の姿が、彼らの想像以上に反響を呼んだ。「少女漫画のようだ」「執事とお嬢様のあるべき姿」「キュン死する」等の多数の好意的な反応と、Vtuberの男女の距離感が近い事を蛇蝎《だかつ》の如く嫌う一部からの非難があった。

一方で、両者の配信を以前から追っていたファンからは、廻叉が演劇以外の部分で僅かながらも感情を見せた事に驚き、ユリアのファンからは「彼女が真の清楚だった事を喜ぶべきか、俺達のユリアが執事に特大の感情を向けている事を嘆くべきか」という二律背反によって悶え苦しんでいた。実際には廻叉が本気で照れて完全にフリーズしていたのだが、そこはライターである玉露屋縁によって『正時廻叉』像を崩さない程度のものにダウングレードされていた。この部分を読んだ時、正時廻叉は彼にお歳暮を贈ろうと決意した。

閑話休題。

ハロウィン企画を終えたタイミングで廻叉は自身が作成していた動画の作成も一段落し、後は発表のタイミング待ちという状態になった。ボイス収録もスローペースではあるが折りを見て進行中であり、年末の大型イベント用の楽曲収録についてどうするかを考える――そんなタイミングで、コラボのオファーが舞い込んだ。

依頼主は、オーバーズ1801組。オーバーズ黎明期から看板の一人として活躍する男性Vtuberのトップランカー、紅スザクだった。以前の学力テスト配信以降、ＳＮＳやDirecTalkerでメッセージのやり取りをするようになっていた。内容は配信ソフトの使い方に関する相談であったり、おすすめのゲームや映像作品について語り合ったりするものだった。特に、映画の趣味が合う事からSNSに異様に長いツリーを作り、何故かそれをまとめた切り抜き動画がスザクファンの手によって作られ、その影響でSNSのフォロワーとチャンネル登録者数が少し増えた。

そのような経緯もあってか、映画語りでもやるのかと思い運営からの業務連絡メールを開くと、記されていたタイトルは、『定期企画：第八回・紅スザク炎の飲み会　～酒でしか救われない男たちのために～　ゲスト：正時廻叉、プラトニコフ・ユリガスキー特務少佐』。

廻叉が最初に思ったのは「オーバーズの人達、サブタイトル付けるの好きだな」だった。

※※※

「はーい、こんばんはー。紅スザクですよー。今日はいつもの飲み会でーす」

バーカウンター風の背景と、その左端にオレンジ色の髪に赤い目、火の鳥の描かれたTシャツにパーカーを羽織っている男性、紅スザクが映し出された。中央と右側には『予約席』と書かれた札が無造作に張り付けられている。

《こんばんはー！》

《隔週飲み会配信の時間だー!!》

《今日もゲストが濃い……》

《ＳＮＳ告知のレスが「⁉」で埋まってたな》

「今回は初の外部ゲストなんだよね。オーバーズの成人済み男子はとりあえず一周したのもあるし、ちょっとじっくり話してみたい二人をお呼びしました。なんというか自分のやりたい事に対して真摯な紳士達って感じ？」

どこかワクワクしているかのような話し方から、スザクのテンションが既に高い事がリスナー達にも伝わったのか、コメント欄も盛り上がっている。一方で、ゲストの二人を詳しく知らないリスナーもまた多数であり、情報交換も活発に行われていた。

《執事はこないだのテストに居たから知ってるけど、少佐は何者だ……？》
《外見と声の厳つさと渋さは男性Vtuberでも指折りなんだが、性癖の拗らせ具合も指折りだ》
《少佐殿の百合作品への知識と愛は本物であります！》
《少佐殿が珍しく外交に出られるというので歩いて参った》
《少佐は何者かって聞かれたら、こういう愉快なファンを抱えている人》
《なお愉快すぎてバーチャル界三大魔窟の一つになった模様》

「それじゃあ、早速ゲストをお呼びします。Re:BIRTH UNIONの正時廻叉くんと、個人勢にして魔窟の主ことプラトニコフ・ユリガスキー特務少佐殿です」

「ご紹介に預かりました。Re:BIRTH UNION二期生、正時廻叉と申します。本日はお誘いいただきありがとうございます」

「総員傾注！　美少女同士の絡みのための戦線へようこそ！　吾輩がプラトニコフ・ユリガスキー特務少佐である！」

「濃いなぁ」

いつも通りの執事服に右目を覆うファントムマスクの立ち絵と共に廻叉が丁寧に自己紹介を行い、それに続く形でユリガスキー特務少佐が堂々とした声量で自己紹介をする。ダークグレーの軍服にスキンヘッド、スラブ系の顔立ちに馬蹄型の髭という『ザ・軍人』という外見であったが、自己紹介の際の発言の胡乱さが視聴者を混乱させた。また、胸元の勲章が百合の花である点もコメントの一部からはツッコミが入っていた。

《おい幹事》
《草》
《テレビのトーク番組だってもうちょっと統一感持たせたゲスト呼ぶぞ》
《スザクも濃い筈なんだけどな……》
《両極端に挟まれてスザクが普通になっとる》

「自分で呼んだゲストに対する第一声がそれでいいのですか？」

「いやー、思わず声に出ちゃって」

「ぶっちゃけ吾輩、業界の大先輩と注目株の後輩に挟まれてどうしようって感じなのだが」

「少佐はもうちょっと堂々としてていいと思うけどなぁ。一点突破型の代表格だし、三大魔窟の一角をなす存在なんだからさ」

「スザク殿は何か勘違いしておられるようだが……吾輩、魔窟は褒め言葉じゃないと思うぞ」

「そもそも魔窟が三つもある事に驚きなんですが」

「あるんだな、これが。少佐のとこと、瀬羅腐さんとこと、あとは〝にゅーろ〟のオニキスさんのとこだね」

「オニキスさん、少し前に後輩がお呼ばれしたところなんですが。確かにコメント欄の空気がサバトかと見紛うほどの有様ではございましたが」

「正時殿、きちんと後輩の配信もチェックしておられるのだな。実は吾輩も、石楠花ユリア殿がゲストの回は視聴させてもらった」

「そうでしたか。後輩に代わり、お礼申し上げます。ユリアさんは、コラボ初参加だったのですが、どうだったでしょうか？」

「シャロユリ……実に良い百合であった……！」

「若干予想していた回答、ありがとうございます」

《会話のペースが速ぇよ!!》

《全員がほぼ初絡みと思えない勢いだな》
《魔窟の認知度高くて草》
《そりゃ魔窟まとめ切り抜きが大バズりしたからな》
《酷いのに超面白いところだけ切り取ってあるからな。普段は酷いだけの事も多いぞ》
《そういえばユリアのお嬢がオニキスの心理テストに呼ばれてたなw》
《信じて送り出した後輩が魔窟にドハマりするのか……》
《その言い方やめーや》
《執事、ＳＮＳで見守ってたなー》
《少佐殿もご覧になっていたとは、これは小官もアーカイブをチェックせねば》
《案の定な感想で草》
《草》
《初対面なのに予測されてて更に草》
《だが、シャロン嬢もユリア嬢も非常に初々しいながらも同期であるという共通項から一気に距離を縮めて友人関係が生まれる様は、非常に素晴らしかった。これをリアルタイムでご覧になっていた少佐殿の慧眼には頭が下がるばかりですな！》
《魔窟住民丸わかりで草》
《でも部下ロールプレイちょっと楽しそうではあるんだよなぁ……》

ほぼ全員がそれぞれ初対面とは思えない勢いで展開されるトークの速度にコメント欄が加速するが、それでも追い付けていない。スザクはゲストの二人を中心にゆったりとマイペースで話を回し、廻叉は無感情ながらも受け答えのタイミングや間の取り方で聞き取りやすいように話し、ユリガスキーは芝居がかった軍人風の喋りと素の喋りを織り交ぜてギャップによる親しみやすさを演出していた。Vtuberとしてのキャリアの長い紅スザクだけでなく、ゲスト二人もトークスキルの高さを開始数分で披露して見せた。

だが、これはまだアルコールを摂取していないシラフの状態である。

「まぁこのまま普通にトークするのもいいんだけど、飲み会配信だからね。今日持ってきたお酒の紹介でもしようか。えー、俺は例によって最初の一杯用の缶ビールと、麦焼酎用意してます。緑茶割りにしようかな、今日は」

「渋いですね、緑茶割り。私はライチリキュールとトニックウォーターを用意しました。カクテルが好きなんですが、家で飲むとなるとリキュールと割り材で済ませてしまう悪い癖が出ていますね」

「正時殿、意外とオシャレなものを嗜まれておるな。吾輩はコンビニでも買えるド定番のウイスキーを雑に炭酸で割ったハイボールである。ツマミも乾き物ばかりなので完全に家飲みのド定番であるな」

「いやいや、そういうのでいいんだよ。そんな気取った場じゃなくて、男Vtuber同士で酒でも飲みながら色々話そうぜっていう企画なんだから」

《こいつもいっつも焼酎飲んでるな》
《今日飲む焼酎SNSに写真上げてたけど、爺ちゃんが同じの飲んでたわ》
《居酒屋というよりスナックでよく見るやーつ》
《執事の趣味が意外。それこそワインとか飲んでそうなのに》
《カクテル好きか》
《最悪トニックウォーターで割ればカクテルと言い張れるからマジ便利》
《一番イメージ通りのもん飲んでるの少佐殿だけだな》
《それでも俺はレモンサワーなんだよなぁ》
《発泡酒も捨てたもんじゃねぇぞ》
《楽しそうだなぁ、飲み会。未成年じゃなきゃ参加したかった》

それぞれの用意した酒類の紹介にコメント欄も酒談義に花が咲く。配信の内容的に、視聴者も酒類を用意している者も多くいるが、一方で未成年者が羨ましそうな、或いは妬ましそうなコメントをしていたりもする。そんな様子もスザクの飲み会企画では当たり前の光景なのか、窘めるようなコメントが数個付いた後は配信に対する反応にシフトしていく。


「それじゃあ、乾杯」

「特に合図とかもなく始まるんですね。乾杯」

「待たれよ、急すぎてまだ炭酸水入れてないのだ……よし、乾杯」

《乾杯！》
《かんぱーい！》
《まだ残業中なんだが俺も飲んでいい？》
《乾杯！！！》

約一時間後、冒頭の酷い会話に繋がるほどにはそれぞれ酔いが回っていく事になる。紅スザクが「じっくり話してみたい」という理由からゲスト二人を呼んでおきながら、およそ八割前後は毒にも薬にもならないその場でなんとなく面白がって終わるだけの会話に終始することになる――。

※※※

紅スザク主催の飲み会配信は開始から二時間ほどが経過し、酒の力も重なりトークはスムーズに進んだ。そもそものVになった切っ掛けについて話している最中に、後々語り継がれる『床になりたい』発言が出たりもした。

「そもそも何故そこまで百合に拘られるのですか？」

「……まぁ話せば長くなるのだがな」

名は体を表す系Vtuberの代表例であるプラトニコフ・ユリガスキー特務少佐に、廻叉が不意に尋ねた。少佐は神妙に呟く。深刻そうな声色に、廻叉もスザクもグラスを置いて話の続きを待った。

「初めてアダルトＤＶＤを見た時に、気持ちが逸っていた吾輩はシーンスキップを連打してしまってな。丁度止めたタイミングで男優さんの尻が画面いっぱいに」

「あ、もう結構ですありがとうございました」

「あははははははは!!」

「結果的に、女性しか出ない作品しか見れなくなったことが切っ掛けであるな」

《草》
《草》
《想像以上にしょうもない理由で草》
《即ストップをかける執事、笑い続ける幹事》
《気持ちはちょっと分かるのが腹立つｗ》
《おいたわしや少佐殿》
《むしろ質問に対してこれが返ってきた執事の方がおいたわしいだろ》

「まぁ結果として名が売れたのは事実である。数多いる個人勢の中で、名前も内容も分かりやすいというのは大きな武器になったからな。初速である程度の固定視聴者がついてくれたのは僥倖としか言えぬよ」

「個人運営の方の大変さは、やはりありますか」

「モチベーションが折れたら終わりであるからなぁ、個人勢。無論、企業勢には企業勢なりの悩みもあるのは分かっておるが、それでも羨ましく思う事はある。特に、知名度を上げる機会は間違いなくそちらの方が多いだろうというのは自明の理であるからな」

「確かにね。企業でデビューできれば、少なくとも初配信を箱推しの人は見に来てくれるし」

「名を売る機会に飢えておるのだよ、個人勢は。今回、この企画に呼んでもらえたのは本当に助かる」

個人勢の現実を粛々と語る様は、先程までの乱痴気騒ぎから一転している。廻叉は相槌を打つ程度でしか答える事が出来ない。廻叉は企業勢であり、まだデビュー半年弱の身である。個人勢の悩みに共感するには、環境も経験も違う。

「俺らは俺らで、色々大変な事はあるんだけどね……オーバーズ、人数多いでしょ？　俺らは気にしてなくても、視聴者側が登録者数の人数やらなんやらで言い争いして、何故か俺らが必死に収めたり謝ったり……」

「スザクさん、漏れてます。闇が」

「吾輩もなぁ……魔境呼ばわりは別に良いのだが、そのノリをよそに持ち出す阿呆がおってな。吾輩自身が出演しているなら良いが、全く無関係な所で吾輩の配信のテンションでやらかすのはやめろと何度言った事か……」

「分かる、分かるよ少佐……いっそ悪意を持ってやってるんなら容赦なくブロック出来るんだけど、大体善意か、そもそもよくない事だという認識がないのが始末に負えない……」

《うわぁ……》
《二人とも溜め込んでるなぁ……》
《なんか自分がやらかしてないか不安になってきた》
《少佐殿のとこのノリはわかりやすいから、他所でやるとまぁ浮くんだよな》
《執事が困ってるな》

視聴者のマナー、という配信者本人では改善するには限度がある点に話が及ぶと、スザクと少佐のテンションが目に見えて下がる。コメント欄もそれに釣られるようにトーンダウンしつつあった。

「私の場合、まだそこまで同接者が多い訳でもないので都度ブロック等で対処していますが……知名度が上がると共に、そうも言っていられなくなりそうです。それこそ演劇と同様に、観客からの声援や野次に対して一切アクションを見せないという形にするのも手ではあるのですが……」

「それはそれで、ちょっとね。距離の近さもVtuberの良さではあるし」

「だが同接数千人という状況と、数十人では距離の取り方もまた変わってくるであろうな」

「会場のキャパシティーが大きくなれば、舞台との距離も相応に離れるものですから」

「あー、その観点は確かになかったかも。ドーム級の会場と、小さいライブハウスで同じ距離は取れないよなぁ」

同接者数を会場の収容人数に例えた廻叉の言葉にスザクが納得したように頷いてみせる。TryTubeであろうと、他の配信サイトであろうと、同接者数などは数字でしか見る事ができない。

あとはコメントの流れる速さも変わってくるだろうが、体感として目に見えて変わる部分が少ない。

だが、実際に桁が変わる単位で視聴者が変動するとなると、その辺りも意識していかなくてはいけないのもまた事実だ。ライブハウスで客とハイタッチする事は簡単だが、ドーム・アリーナ級の会場になるとそうはいかない。

《確かにデカいハコだとステージと最前列結構離れるもんな》
《でもなぁ、折角ならコメ拾ってほしいってのはあるよ、正直》
《正直答えが出ない話だよ、こんなの。人によって対応違うし》

コメント欄もどうするべきかの議論が始まっていた。幸いにもヒートアップして暴言を吐くようなタイプの視聴者は居なかったが、全体的に『楽しい飲み会』のコメント欄という風には見えない。

「実践できるかは、自分のソロ配信でもっと人を集められるようになってからですけどね、私の場合」

「吾輩も配信はオマケでどちらかというと動画勢であるからなぁ」

「くっ、直近でこの問題に立ち向かうのは俺だけか……！」

「それにリバユニの所属者は基本的に自分のやりたい事やってるので、コメントの意思を平気で無視しますからね。特に一期生」

「ほう、そうなのかね？」

「龍真さんはコメント拾ってフリースタイルをしてますが、リスナーを平気でディスりますし、リスナーも龍真さんディスを放つ地獄の殴り合いが日常茶飯事です。白羽さんは練習配信の時は本当にコメント見ません。あまりにも見ないので暴言を吐くリスナーが居ても、舌打ち一回して『〇〇はブロックしたよ。それじゃ練習続けるね』と、名指しでブロックした報告を視聴者に」

「なにそれ怖い」

「吾輩も噂では聞いていたが、リバユニはヤベー奴しかいないのかね？」

《後輩達の熱い梯子外し》
《草》
《リバユニとかいう参考にならない箱》
《あの辺、基本リスナーに媚びないから……》
《一番そういうのに弱そうなユリア嬢ですら、配信画面に注意書きして対処済ませてるしな》
《龍真の場合、ガチのアンチが来ると逆に盛り上がるって時点で地獄も地獄よ》
《いずれ第四の魔境になるな》
《スザクと少佐殿が普通にビビっておる》

「Re:BIRTH UNION はそういうとこですから」

「うむ、吾輩そこは否定してほしかった。自他ともに認めるヤベー奴らになってしまったか……」

最近になり廻叉は自分達の事務所が Vtuber 業界の中では一般的ではない事に、数度の外部コラボを経て気付き始めていた。そもそもトップであるステラ・フリークスの在りようから見れば、もっと早く気付いても良かったのではないか、とも思った。だが、内部に居るからこそ『これが普通である』と思ってしまっていた。

「この言い方が正しいかは、わかりませんが……理由があって、Vtuberとなる事を選んだ人たちですから。私も含めて」

「でも目的意識って大事だと思うよ、俺は。オーバーズに入りたい、って人はたくさんいる。でも、オーバーズでこれをしたいって決めてる人しか、面接を通らない。逆に、そのやりたいって気持ちが強すぎて……オーバーズから抜けた人も居る。企業勢だと、ある程度なんでもやらなきゃいけないってところはあるからさ」

「うむ。個人勢でも『Vtuberになって人気者に』と簡単に考えて入ってくるものは大分減ってきた印象はある。実際、同接数人、コメント無し、再生回数五十回以下などで心を折られて去っていった者が一時期大量に出てなぁ……」

廻叉が言葉を選びながらそう言うと、二人もまた思い当たる部分があるのか、同意した。スザクは、卒業という道を選んだ仲間に思いを馳せ、少佐は新兵のまま戦場を去ってしまった数多の個人勢の事を思い出していた。

「俺も最初は、七星アリアの凄さに惹かれて勢いと熱量だけでオーディション突破しちゃったから、何をしたらいいかわかんなくてね。今は、男性Vtuber全体が盛り上がるために、最古参に近い俺がフットワーク軽くして色々やっていこうって気持ちかな」

「うむ……男性Vtuber自体の風当たりが異様に強かった時期に、最前線で戦っておられたスザク殿には敬意を表する。吾輩のようなイロモノであっても、世間的には男性Vtuberと括られる事もあるだろう。吾輩一人の汚名が、全体に波及するという事は常に心に留めておかねばならぬな」

「……私は、もうこちらの世界に生きる事を決めていますから。まだ、今は自分の事で精一杯ですが、その足掻きの足跡で後進が歩きやすくなるならば、それに越した事はないですね」

《スザクニキが真面目に語っておる……》

《普段この手の話、笑って誤魔化すからマジ貴重》

《みんなの兄貴分やってるよなぁ》

《男性Vの代表格はスザクであってほしいと勝手に思っている》

《少佐殿……!!》

《はっちゃけた芸風の人ほど、良識ある考えしてるよな》

《魔窟は汚名ではないのか》

《名誉であります、魔窟は！》

《汚名でないとは思うが、決して名誉でもないと思うぞ》

《執事も後輩できてからちょっと変わったよな》

《相変わらず無感情だけど、内に秘めた優しみが滲み出ている》

《それを感知できる御主人候補たちの練度がたまに怖い》

話の流れから、男性Vtuberとしてどうあるべきかという非常に固いテーマになったが、逆に酒の勢いを借りねば話せない内容であることも確かだった。スザクは普段ならば笑ってはぐらかしてしまうだろうし、少佐や廻叉からすれば、この手の話は自ら発信するテーマではない。コメント欄の視聴者たちは、これを一種の貴重な機会と捉えて所感や自身の考えを互いに語り合う。

「あー……なんか思いのほか、重い話に……ダジャレじゃなくてだね、うん。まぁこういうのが出来るのも、酒の席だからって事でもあるし」

「うむ……吾輩も、なんか酔っているのに、ここまで頭と舌が回っていて不思議な感覚である」

「アルコールとも、うまく付き合えば、こういういい形のトークが、できると」

「廻叉くん大丈夫？　なんか、喋りに変な間が開いてるけど」

「大丈夫です……ちょっと、水を取りに行ってきます」

「はっはっは。鉄面皮の正時殿も、アルコール相手には無傷とはいかぬわけだ」

廻叉が水を取りに行き、戻ってくると話は既に変わっていた。今期のアニメで何を見ているかという話でひたすら盛り上がるスザクと少佐の姿に、先程までの尊敬できる先輩の姿はどこにいったのか、と聞きたくなったが、企業・個人のしがらみなく楽しむ二人の姿を見ていると、それを言うのも野暮だと感じた。さりげなく話に口を挟むことで場に戻っていく。

結局、完全に配信が終わったのは深夜三時を回ってからの事だった。

※※※

目を覚ますと、目の前のパソコンのスクリーンセイバーが幾何学模様を描いていた。どうやら、配信終了後にそのまま眠ってしまったようだった。配信が終了、DirecTalkerを落としたところまでは覚えているので、配信中の寝落ちなどではないようで安心する。時計は午前八時を指していた。ぬるくなったペットボトルの水を飲み干し、メールやDMなどをチェックする。

そして、とある一件のメールを開き、その中身を熟読するとスマートフォンを取り出し、電話を掛けた。相手は、統括マネージャーの佐伯だった。平日の午前中という事もあり、数度のコールの後に佐伯は電話に出た。

「やぁ、おはよう境くん！　昨晩のコラボも無事終わったみたいで良かったよ！　二日酔いとかは大丈夫？」

「ええ、大丈夫です。それよりも、いくつかお願いがありまして」

「お願い？」

佐伯が訝し気に、正辰の言葉を繰り返す。

「しばらく、配信の方をお休みさせていただいてもよろしいでしょうか？」

「……え？」

全く前触れの無い、佐伯からしても心当たりになりそうな事がない休業宣言に、間の抜けた声がでた。少し前に、若干苦情が出た発言の事ならば軽い注意程度で済んでいる。いったいなぜ、と聞き返す間もなく正辰から答え合わせの言葉が出た。

「先ほど、「TryTube の収益化申請が通った旨のメールがありまして。この機会に、上京しようと思っています。引っ越しと、機材の一新も考えてますので、その辺りのサポートをお願いしてもよろしいでしょうか？」

「……えええ?!」

佐伯は、安堵と歓喜のあまり、ひっくり返った声を上げた。

※※※

「あ、どうも初めまして。東京で音楽関係の仕事してます、弥生竜馬です。今日は正辰くんの引っ越しの手伝いという事で……」

「境さんと同じ会社で働いてる桧田《ひだ》と申します。今日はよろしくお願いします」

「こちらこそ、わざわざ東京からお手伝いに来ていただいて……ちょっと、正辰。アンタ東京に知り合い居たのね。こっちには友達一人も居ないのに」

「母ちゃん、俺に失礼では？」

正時廻叉のチャンネルが収益化申請の認可を得ておよそ十数日後、配信頻度を減らして引っ越しの作業に勤しんでいた。

収益化と同時に上京するという話は、家族と Re:BIRTH UNION 関係者には既に伝えていた。マネージャーの佐伯へと電話連絡をしたその日に東京へと向かい、不動産屋での物件探しや契約書類等の手続きを行っていた。

そんな中、引っ越し当日の手伝いのためにそちらへと向かう、と言い出したのが三日月龍真と小泉四谷だった。自宅に居た母親には東京の友人及び会社の後輩、という説明をしているが信じてくれたようで廻叉は内心で安心するが、予期せぬ流れ弾にダメージを受けていた。

最大の問題点である新居だが、幸いにも防音のしっかりとしている上にリザードテイル事務所から自転車で十分前後、オマケに隣人がリザードテイル社員の一人で更に即入居可という破格の物件と賃貸契約を結ぶことが出来た。審査が通るか否かが最大の問題だったが、リザードテイルの契約社員という形でバーチャルタレント契約を結んでいた事が功を奏したのか、アッサリと審査は通過した。

その他諸々の細かい契約等（電気・水道・ガス等各種インフラ、インターネット回線契約）には神経をすり減らす事になったが、事務所スタッフの協力などもあり、こうして引っ越し当日を迎える事となった。なお、新居まで距離があるため、二日がかりでの引っ越しとなっている。

「まぁでも、前々から準備してたから実は今日はそこまでやる事ないんですよ」

「うーん、流石先輩……PC周りもすっかり片付いてますね」

「つーか、荷物少ねぇなぁ。一番大きいのがパソコンと、あとなんだコレ？　布団？」

「布団一式ですね。夏用と冬用で」

引っ越し業者と共に荷物の運び出しも、一名分だけという事もあり早々に終わってしまっていた。トラックは翌日に東京に到着予定となっている。

「ところで龍し……竜馬さん達は新幹線でこちらに？」

「いや、レンタカー借りてきた。行きは桧田が運転して、帰りは俺の運転で」

「教習所以来の高速道路は初配信より緊張しましたよ……」

「つーわけで、上京と言えば深夜高速だよ。楽しんでいこうぜ？」

※※※

家族との別れは実にあっさりとしたものだった。一人暮らし自体は大学時代に既に経験しており、そもそも成人男性が実家を出るくらいでは、親兄弟もそこまで感傷的にならない。着いたら連絡しろ、と簡単に言われて終わりだった。

「流石に二度目の一人暮らしともなると、家族の反応も淡泊でしたね」

「変に泣かれたりしてもお前だって困るだろうよ。しかし、これでついにリバユニメンバー全員東京在住かぁ」

「そういう意味では、感慨深くはありますね」

「しばらく事情で配信休みのお知らせして、今度ゲリラで収益化発表配信やるんだっけか。その時から、正時廻叉の新章突入って訳だ」

夜の高速道路を走るワンボックスカー。運転席には三日月龍真が、助手席には正時廻叉が座っている。後部座席では往路の運転による緊張と作業の疲れでエネルギー切れを起こした小泉四谷が熟睡していた。シートベルトをしたまま体を横に倒している状態は、どう見ても窮屈そうではあったが静かに寝息を立てている様子だった。

「ドネーションという形ではありますけど、自分の表現でお金を稼げる日が来るとは思いませんでした」

「劇団の時は、やっぱ赤字か」

「ええ、チケットノルマがありましたからね。買ってくれるのはごく一部、後はタダ券同様にして配ってました……はぁ」

「うっわ、思い出すわ俺も……たぶん、白羽も同じような記憶があるんだろうな……」

「最初はそれでお金が足りなくなって、しばらく社会人やって貯金してましたからね……幸い、バイト先の皆さんが協力してくれたお蔭で、なんとかなってはいましたけど……」

廻叉の溜息に龍真が呼応する。この場に丑倉白羽が居れば、同じように溜息を吐いたことだろう。役者として、ラッパーとして、バンドとして、Vtuberになる以前は舞台の上に立っていた者だからこそ分かる苦労だ。

往々にして行われる、アマチュアの劇団やミュージシャン、或いはお笑い芸人などは自分達が出演するイベントのチケットを出演者が買い取り、それを売る事で主催側の赤字を防ぐ『チケットノルマ』、更にそれを超えた分を出演料として出演者側に支払う『チケットバック』という二つの制度。半ば暗黙の了解と化しているこれらの制度は、若手の役者やミュージシャンにとっては頭痛の種である。尤も、この制度無しでは興行主側が大赤字を被る事になるため、大っぴらに文句が言えないという面もある。

「……こう考えると、リザードテイルってホワイトですよね。我々も、一応は『映像企画部所属の社員・アルバイト』っていう扱いですもんね」

「本当にそれな……芸能事務所形式だと色々大変だしな……」

「まだ学生の四谷くんや、未成年のユリアさんはアルバイトっていう扱いでしたよね？」

「確かそのはず。詳しい事はわからねぇけど、固定給は出てるみたいだしな。ドネの分は一割が会社に入るって形式だから、実質俺らの手取りは六割か。リスナーが出した分の三割は TryTube に持っていかれるし」

「Vtuber なのに安定してしまっているのが、我々が伸び切らない遠因のような気が……」

「逆に言うと恵まれた環境なんだからもっとやらなきゃいけねぇんだろうな。噂だけど、酷い条件の Vtuber 事務所もあるっていうしな……」

廻叉と龍真の会話は続く。単調な道路照明の連続する風景は眺めていると眠ってしまいそうだ。会話に気を取られ過ぎない程度に、雑談を挟みながら三人を乗せた車は高速道路をひた走る。

「何にせよ、私がやる事は『正時廻叉』という役を全うする事ですから」

「まぁな。他事務所のイザコザは極論俺らには関係ねぇんだ。俺だって『三日月龍真』としてより良い曲作らないといけねぇしな。現状維持じゃ、いずれ潰れる。……っと、そろそろパーキングエリアだし、飯にしようぜ」

「四谷君はどうします？　起こしますか？」

「一応起こして、まだ寝たそうだったら寝かせておこうぜ。久々の高速の運転で疲れただろうし、それにお前に会うの楽しみにしてたしな」

「そうなんですか？」

廻叉がふと後部座席で寝息を立てる四谷へと視線を向ける。座ったまま体を横に倒した体勢は変わらず、イビキや歯ぎしりもしない。

「お前のストイックな態度に感銘受けてたからな、コイツ。まったく、三期生に随分懐かれてるなぁ、廻叉？」

「懐いてもらえる程、先輩らしいことをした自覚はないのですけどね」

「お前もキンメ姉さんも十分先輩してるよ。特に、ユリアを引っ張って来たのはお前みたいなもんだろ？」

話が石楠花ユリアについての話題になった瞬間、廻叉が僅かに視線を逸らし車窓から見える光景を眺めた。防音壁が高速で流れていくだけの単調な光景だった。

「正直に言えば、距離感を図りかねています。彼女が、その、私に敬意を持ってくれているのはいいのですが」

「敬意だけじゃなくて好意も、だろ？　そんで、お前も憎からず思ってるって感じか」

廻叉からの返事は無かった。その沈黙は、否定ではなく肯定を意味していると龍真は察した。

「自分のとこの企画切っ掛けで、引きこもりだった女の子がVtuberの世界にやってきた。しかも、自分に明確に好意的な態度を取っている……変に距離を詰めたら、ユニコーンどもが群れ成して襲ってくるだろうな」

「ヌーの群れみたいに？」

「ヌーの群れみたいにだ」

アフリカの大地を大移動するユニコーンの群れを想像し、二人は困惑とも呆れともとれる表情を浮かべる。現時点で、Re:BIRTH UNIONにその手のリスナーが現れた事は片手で数えられる程度しかないが、居ない訳ではない。何かの切っ掛けで、群れて移動してくる可能性がある事を廻叉は短いキャリアながらも理解していた。

「ま、とりあえず飯だ、飯。俺も休憩したいしな」

左方向へのウインカーを出しながら、サービスエリアへと入る車線に移動させる龍真の声に廻叉の返事はない。少しずつVtuberとしての知名度が上がっていく中で、自分の事だけを考えていればいい時期が過ぎ去りつつあることを予感していた。

※※※

サービスエリア内のイートインスペースで廻叉、龍真はそれぞれ食事を終え、四谷は目覚ましにコーヒーを啜りながら、未だに半覚醒の状態だった。廻叉がスマートフォンでSNSを確認していると、ある投稿に目を向けた。

「ついに正式発表されましたね、年末のカウントダウンライブ」

「エレメンタル主催の奴か。参加する事務所はオーバーズ、にゅーろねっとわーく、そんでRe:BIRTH UNIONと。俺らもここに名前が並ぶ日が来るとはなぁ」

「とはいえ、末席ですけどね。ここはやはり、我らが稼ぎ頭の名声あっての事かと」

「……何の話っす？」

「年末にあるイベントの事だよ。たぶん久丸さんからまた連絡あるだろ」

四谷が廻叉のスマートフォンを覗き見るように顔を寄せれば、廻叉がそれを見やすいように向ける。先ほどまで寝ていた事もあり、事の次第をよく理解していないようだが、いずれその意味に気付くだろう。そして、彼個人での歌動画を出す事になるのだが、それはもう少し先の話だった。

「メインライブに出るのは、基本３Ｄ持ちだけだからなー。俺らは動画だけ出して、後は見守るだけって感じか。いつまでも要におんぶに抱っこじゃいられねぇとはいえ、まだまだ知名度が足りねぇし、会社の体力もそこまでじゃないからな」

「……竜馬さん、呼び捨て？」

「そういえば、前までは『要ちゃん』って言ってましたよね？」

夜二十二時過ぎのサービスエリアで人はまばらとはいえ、衆人環視の状況である事からお互いに本名で呼び合っていた。しかし、一つの違和感に気付いた二人からの指摘が飛ぶ。指摘された龍真が、スマートフォンを見た状態のままでフリーズし、数十秒かけてゆっくりと席を立とうとした。

「……………さ、それじゃあ飯も食ったし行くとするか！」

「ご着席ください」

「そんなあからさまな誤魔化し、通る訳ないでしょ」

「……くっ、お前ら……！」

「聞かれて困る事なら私達もそこまで追求しませんよ」

二人からの視線に観念したように、車のキーを取り出して呟いた。

「車の中で話すよ。とりあえず、外で話す事じゃやねぇから」

※※※

再び走り出した車の中で、龍真は先程追及を受けた件に関して隠し立てする事なく話した。前回のハロウィンコラボの際に、ユリアの志望動機……特に、廻叉に影響を受けてRe:BIRTH UNIONのオーディションに応募したという話を、ユリアが話していないにも関わらずステラが話してしまった事。その場は廻叉が注意をする事で収まったが、配信終了後に彼女が相当落ち込んでいたという事実を龍真は話した。

「たまたま、あの日のコラボ後にスタジオ予約してたからな。そしたら、要がド凹みしてて久丸さんが宥めてるとこに出くわした。廻叉に言われたからっていうより、自分がやらかしちまった事を無茶苦茶気に病んでてなぁ」

「……そうですか」

「あのステラさんが……」

「まぁ早い話、あの子も人の子だよ。これはもう言っていいって許可を得ているから言うけど、あの子、四谷とほぼタメだしな」

「ええ?!」

四谷が驚いた声を上げた。彼自身も、星野要に会った事はあるが、その落ち着いた姿から自分よりは年上だというふうに感じていたので、自分と同年代である事は完全に予想外だったようだ。

「まぁ、何にせよ、俺らはバーチャルだけどリアルでもある。俺はたまたま、ステラのリアルな部分に出くわした。その上で、彼女をちゃんと支えられる男になりてえって思っただけの話よ」

「……配信上で注意をした時は、反省はしていても落ち込んでいるという風には見えませんでした」

「そりゃあの子だってVtuberで、それも最初の七人の一人だぜ？　それくらいは切り替えられるだろ。まぁなんだ、廻叉の引っ越しの受け取りやら手続きやらが終わったら一度事務所に行こうぜ。全体ミーティングしたいって久丸さんも言ってるしな」

龍真がハンドルを握りながら、気がかりそうな表情を浮かべる廻叉へと告げる。四谷はどう話を展開すべきか考えるも、最適解が浮かばずに黙りこくったままだ。

「そうですね。私も一度、ステラ様と話してみようと思います」

「おう、そうしとけそうしとけ」

「龍真さんが居てくれて助かってますよ。ありがとうございます。面倒見がいいですし、こうして運転までしてくれて」

「お？　なんだ急に褒めてくるなよ照れるだろ馬鹿」

「ゲームだと凄い勢いで壁に突っ込む人とは思えませんね」

「それ言ったら戦争だろうが……！！！」

仲間同士の信頼を確認し合うような、配信であれば『エモい』『てぇてぇ』というコメントが大量に流れそうな会話からドリフト走法で煽り合いへと車線変更していく様に、四谷は絶句した。そして、初めて四谷が廻叉と会った時に言われた言葉を思い出し、納得した。

『Re:BIRTH UNION は身内同士になると、緊張感とかシリアスという概念が消失する奇病に掛かっています』

「そっかぁ、これがリバユニかぁ……うん、楽しいからいいや」

四谷は考える事をやめ、論戦（という名の煽り合い）に勤しむ二人を見てから、目を閉じる。起きた頃には、恐らく到着しているだろうと踏んで。

「お二人とも、トーク盛り上がるのはいいですけど安全運転でお願いしますねー」

「わーってるよ。安全運転ヨシ！」

「それ、ヨシじゃないので有名な猫ですよね？　大丈夫です？」

何故か不安になった四谷だったが、数時間後には無事到着した。なお、廻叉は大量の手続きに追われて半死半生となり、龍真は夜通しの運転で体力を使い果たしリザードテイル事務所で爆睡する羽目になり、全体ミーティングは翌日以降に持ち越しとなった。

※※※

【正時廻叉のＳＮＳより抜粋】

長らく配信を休止しておりましたが、ようやく復帰の日時が決まりましたので告知いたします。

また、収益化申請に通過しました。そして、休止中にチャンネル登録者数一万人を突破しました。本当にありがとうございます。記念配信を以下の日時で行いますのでよろしくお願いいたします。

11/××21:00～

※※※

Re:BIRTH UNIONから五人目のチャンネル登録者数一万人突破、というニュースはＳＮＳだけでなくDirecTalker上のファンコミュニティや匿名掲示板にも即座に伝わった。その一週間ほど前に魚住キンメも万の大台に達しており、俄かに勢いを増すRe:BIRTH UNIONへの注目度は高かった。また、告知以前から正時廻叉が短期間の配信休止を発表していた事から、彼の動きを心配していた御主人候補や、リバユニ箱推しファンからは安堵の声も聞かれた。

ＳＮＳでの発表された記念配信の情報拡散速度はこれまでにない勢いを見せていた。理由は単純で、拡散力のあるVtuber数名が「見に行く」という文言付きで拡散したからである。オーバーズ所属の紅スザク、各務原正蔵、NEXT STREAM所属ライター・玉露屋縁といった廻叉と縁の深い面々を始め、以前に楽曲動画をＳＮＳで紹介しトレンド入りにまで押し上げた立役者、エレメンタル所属の月影オボロも彼の記念配信の視聴を明言していた。

配信当日、二十時半。配信待機所が作成されるとほぼ同時に、同時接続者数が千人を突破、更に解放されていたドネーションが矢継ぎ早に送られる。大半は数百円前後であったが、稀に一万円から限度額である五万円が投げ込まれ、待機所は既に大騒ぎだった。

「はは、君のファンは熱心だね、廻くん」

「ありがたいことです」

リザードテイル事務所、地下配信スタジオ。正時廻叉は、配信用パソコンの前に座りながら背後から声を掛けてきたステラ・フリークスに笑みを浮かべながら返す。スタッフ数名が配信ソフトの最終チェックを行う中、どこか高揚した空気感がスタジオ内に満ちていた。

「この間のような失態はしない、約束するよ」

「大丈夫です。同じ失敗を繰り返す人じゃない事はよく分かっていますから。……むしろ、私のワガママに皆様を付き合わせてしまって申し訳ない気分です」

「何を言っているのさ。君の計画を聞いた時、全員が二つ返事で了承したんだ。君の企みが成功するところを、一番近くで見れるのは——仲間である、私たちの特権だ」

スタジオの隅には、Re:BIRTH UNION所属メンバー全員が揃っていた。リラックスした様子で雑談をする者も居れば、印刷された脚本を何度も読み返す者も居た。

「正時廻叉がVtuberの世界という舞台で、何を見せるのか。収益化や登録者の記念配信としては、例外に例外を重ねたような配信だけど、きっとみんな驚くよ」

「ええ、驚かせましょう」

壁に掛けられた時計は、淡々と秒針を進めていた。

※※※

二十一時。

《キター!!》
《執事おめ！》
【¥300：登録者一万人、収益化達成おめでとうございます】
《タイトルがまた意味深》
【¥10,000：この日を待ってた】
《さっきからドネート止まらねぇ……》
《同接も過去最高レベル》
《朗読配信同接二十人が遠い昔のようだ……》

蓋絵がブラックアウトする。

《始まった！》
《いつもの雑談部屋じゃない》
《ってか何も映ってない？》

時計の秒針が刻まれる音が響く。画面は、白黒にノイズが走ったような映像が浮かぶ。

豪奢な屋敷の一室。高級そうなソファに身なりのよい老夫婦が座っている、俯きながら。

画面は、セピア色のくすんだ映像へと切り替わる。

先程の老夫婦が数十年ほど若返ったような二人の男女が、こちらを見下ろしながら笑みを向ける。

視線が動く、小さな手が大きな手を握っている。更に視線が動く。皺ひとつない、執事服が映る。

《え、何これ》
《なんだ、何のストーリーだ？》

画面は再び白黒とノイズに切り替わる。

固定カメラのように固定された映像。夫婦と、執事と、小さな子供が居た。

執事の顔はピントが合っていないのか、はっきりと映らない。

《え？　これ、どっちが執事だ？》
【¥1,000：なんかすごいの見せてもらってる代】
《月影オボロ from エレメンタル：え、すご》
《無声映画みてぇだ》
《オボロ組長!?》

シャッターが下りるように、一瞬のブラックアウト。

登場人物は変わらない。夫婦と、執事と、子供。

その子供がブラックアウトの度に成長し、大人たちは年老いていく。

再び、セピア色の映像に切り替わる。

鏡の前、真新しい執事服の青年。両隣には老夫婦、背後にはやはり少し年老いた執事の姿があった。

視線が上がる。

仮面を付けていない、正時廻叉が、照れ笑いを浮かべていた。

嬉しそうに微笑む老夫婦、誇らしげに頷く壮年の執事、真剣な表情で鏡の前に立ち、笑みを浮かべる正時廻叉――。

映像は、途絶する。

《執事……？》
《今の、執事だよな……？》
《笑ってた……》
《仮面無かった……》
《これ、執事の過去……？》

コメント欄が騒然とする中、画面はゆっくりと切り替わった。

ファン層が、いつもの雑談部屋と称する背景に、現在の正時廻叉が居た。
執事服、黒髪、そして顔の右半分を隠すファントムマスク。
眼を閉じたまま、黙して語らない。
コメント欄の祝福ムードは既に消え去っていた。ただ、彼の一言目を待っている。

《何を言うんだろう》
《いっそ、このシリアスな空気をぶっ壊してほしい》
《記念配信でストーリー展開してくるなんて思わないじゃん……》

ゆっくりと、目を開く。
感情の一切感じ取れない、機械的な声色で、最初の一言を呟いた。

「今のは、誰だったのでしょうか」

《いやあああああああああ》
《やだああああああ!!!》
《ああああああああああああああ》
《★ラッパーVtuber・MC備前:マイメンの後輩のお祝いに来たらえらい事になってんな……》

《お前だよ、お前なんだよ！！！》
《執事、お前記憶が……!!》
【¥5,000：これで廻叉を治してくれ……！！！】
《★紅スザク@オーバーズ 1801：廻叉くん……？》
《こんな不穏な記念配信、ある？》
数度の瞬き、更に数度首を傾げるような仕草を見せて、正時廻叉は言葉を続ける。
「そうでした。今日は私の収益化と、チャンネル登録者数一万人達成の記念配信でしたね。そろそろ準備を始めなければいけません」
《やってるー!! 今やってるんだよ！！！》
《マジでどういう状態なんだ……？》
《あれ、背景が……》
いつもの、と呼ばれるほど浸透していた背景が消える。真っ白な空間に、正時廻叉の２Ｄモデルだけが浮かぶ。
「ですが、私は、何故ここに居るのでしょうか。御主人様の下を離れるなど、執事として恥ずべき行為――」

《!?》
《Vtuberである事を忘れてる……》
《忘れてるというか混線してる感じ》
《このまま引退とかするんじゃ……》
《やめろ縁起でもねぇな!!》

画面が切り替わる。真っ白な部屋に、正時廻叉と、小泉四谷の2Dモデルがあった。
「おはようございます、廻叉さん。珍しいなぁ、先輩の寝起きなんて」
「……おはようございます」
「ああ、誰だかわかってない顔だ。無表情でもそれくらいわかるようになっちゃいましたよ」
「貴方は？　そして私は？」
「僕の名前は小泉四谷。貴方の名前は正時廻叉。ここは現実と電脳の狭間であり、現実と夢の狭間」
《四谷だ！！！》
《え、これ録音？》
《いや、動画公開じゃなくてライブになってるから配信……配信!?》
【¥2,000：もう引き込まれてる。お前に付いてきて良かった】

「先輩は『胡蝶の夢』って、知ってますか？　男が夢の中で蝶になっていた。人間である自分が蝶になった夢を見ているのか、自分が蝶である事が現実で人間になっている夢を見ているのか。まぁ簡単に言うとそんな感じなんですけどね」

「それが、今、何の関係があるというのですか」

小泉四谷の顔に、狐面を模した化粧が浮かぶ。

「貴方はRe:BIRTH UNIONのVtuber・正時廻叉ですか？　それとも、父の後継として、御主人である夫婦に仕える、執事・正時廻叉ですか？　どちらが、現実で、どちらが、夢？」

《アカン、オカルトが加速した》
《ホラーじゃないのに怖い》
《SAN値が、下がる……！》

「私は――――」

正時廻叉は答えかけて、言葉を止めた。
しばらくの間を開けて、答えた。

「私は、Re:BIRTH UNION二期生、Vtuber正時廻叉です」

「ならば、それが現実です。夢は夢でしかないのだから、引っ張られちゃダメですよ先輩」

四谷の顔から化粧が消えた。いつもの配信で見せるような、笑顔と声色で廻叉へと語り掛ける。

「でも、夢っていうのは自分の頭の中に詰まった過去の記憶を整理するために見るって話もあります。大体は、引き出しを全部引っ繰り返したように支離滅裂になるんですけど……時折、自分でも驚くほど時系列や順序がはっきりした夢を見るんですよね。まぁ、起きてしばらくしたら忘れちゃうんですけどね」

小泉四谷は朗々と語る。しかし、正時廻叉はそれに対して何を答えるでもなく、無言のままだった。配信のコメントの反応は様々だ。四谷の言葉が何かのヒントであると考え、先程の映像の内容を必死で思い出し合う者達も居た。ただ単純に正時廻叉の身に起こった事を心配する声があった。途中から見始めてしまったため、状況が飲み込めないながらもただならぬ空気を感知している者も居た。ついていけず、捨て台詞のような暴言だけ残して去っていく者も、少数ながら存在した。

「……私が見た夢は、私の過去なのは間違いありません。ただ、私が、覚えていない事の方が多かった」

「なら、また次に夢を見た時に、もっとはっきりするかもしれませんよ？　先輩、登録者数、一万人の大台おめでとうございます。僕も、後輩として頑張って追い掛けますから」

「ええ。ありがとうございます、四谷さん」

《よかった、最後は記念配信らしくなった……》

《また夢を見る時がある？》

《これ、廻叉の演劇作品なんじゃ》
《ありえる。執事なら、リバユニならありえる》
《四谷の明るいのに得体が知れない感がめっちゃ出てたな》
小泉四谷の立ち絵が消失する。背景が切り替わる。
波の音がした。窓から海の見える部屋に廻叉は居た。そして、その横には――メイド姿の女性が居た。
「こんばんは、廻叉くん」
「……キンメさん」
「急に現れてびっくりした？　でも、そういう唐突なものだよね、夢ってさ」
《キンメー!!》
《同期来たこれで勝てる》
《おい》
《マママーメイドメイド、お前もか……！》
《夢の迷宮……昔のＲＰＧであったな……トラウマダンジョンだった……》
《どのＲＰＧだよ、結構当て嵌まるぞその条件》

「夢の中でする話かどうかはわからないけど、廻叉くんに今のタイミングだからこそ聞いてみたい事があるんだよね」

「……なんでしょうか」

「廻叉くんの夢は何？」

キンメの問いかけに、廻叉は沈黙する。コメント欄からはお祝いムードは無くなっていた。正時廻叉の仕掛けた『舞台』に飲み込まれつつあった。

《確かに執事の夢とか目標って聞いたっけ？》

《演技に力入れてるのはしってるけど、そこからどうなるまでは言ってなかった気がする》

配信への単純な反応や、たった今配信を見に来た者による祝福の言葉。そんな中で、今までの正時廻叉の配信をよく知る者達が、必死に記憶を漁る。

「私の夢、ですか？」

「そう、廻叉くんの夢。私は、Vtuberのイラストレーター、そういう肩書を堂々と名乗れるようになりたい。支えてくれている旦那や娘に、誇れる自分であるために。君はどうかな？」

「私は」

再び沈黙する。時間にして、およそ数秒。だが、視聴者にとっては長く感じる数秒間だった。

「私は、表現者でありたい。正時廻叉という表現者として、自身の最大値を見てみたい。そう考えています」

「うん、良いと思うよ。それは、やっぱり演劇であったり朗読みたいな感じ？」

「そうですね。何かを演じるという事は、どんな自分にもなれるという事です。キンメさんが人魚で、メイドでありながらイラストレーターでもあるように、私も執事であると同時に役者でもある」

《ブレねぇなぁ執事》

《廻叉、淡々と断言するの強い》

《朗読の時とか本当に別人だからなぁ》

廻叉の決意表明のような言葉に、コメントは好意的な反応を示した。特に、デビュー初期段階から彼を追っているファンは、その回答に納得している様子だった。一方で、キンメは更に問い掛けを続けた。

「少し意地の悪い質問だけど、役者をやるのだとしたら、執事であり続ける必要はあるかな？　まぁ、私にも言える事だけど……私は、人魚姫になりたかったんだ。小さいころにね。だから、この姿も夢を叶えた姿でもある。メイドさんなのも、私がメイドさんの服が好きで、旦那さんのために働いているっていう証でもある」

「……私が執事である理由」

《うわ、踏み込むなぁ……》
《なんとなくそういうモンだって思ってたけど》
《Vtuberにはよくある設定との乖離かー》
《割と有名無実化しつつあるけどな、Vの設定って》
「演技だけしたいのなら、それこそ『現代のオペラ座の怪人』で良かったよね？　マスクもそうだし。でも、君にはちゃんと執事である理由がある……って、お姉さん思うな☆」
「急にテンション上げないでください」
「いやー、私らしからぬ感じだったかなーって思って？　でも廻叉くん、御主人様って言える人が居ないんだよね。それを見付けたいから、執事を名乗り続けてるのかな、って私は思う」
「…………」
シリアスな空気から突然普段の調子で話し始めたキンメに、廻叉のみならずコメント欄すらどこかズッコケたようなリアクションが大量に流れていった。しかし、廻叉自身はツッコミを入れつつも、自身に主が居ないという事実を指摘された事を重く受け止めているように、視聴者側からは見えた。
「まぁ私には素敵な旦那様が居るんだけど☆」
「隙あらば惚気るの、どうにかなりませんか？」
「ふふ、素敵な娘も居るぞ☆」

「……羨ましい限りですよ、本心から」

《突然の既婚者マウントで草》

《キンメの配信にダメージ受ける女性Vだってたくさん居るんですよ！　主にオーバーズに!!》

《人妻子持ちがこの喋り方……ええやん……》

《また一人目覚めてしまったか》

《これには執事も呆れ顔。でも、心なしか優しい声色な気がする》

《無感情にしか聞こえないんだが……》

《そこは、こう、訓練と慣れだ》

緊張感が消え去ると同時に、まるで発言のタイミングを伺っていたかのようにコメントの流れが再加速した。同時接続者数は千五百前後だ。新規流入もあるものの、所謂『記念配信』らしからぬ空気に面を喰らってブラウザを閉じる者も少なからず存在するのか、減りこそしないが、増えもしない状態だった。

「まぁ、私からはこんな感じで。これからもお互い頑張っていこうね」

「はい、ありがとうございます」

配信画面からキンメの姿と、背景が消える。そして一瞬の暗転の後、背景はライブステージとなっていた。そして、隣には丑倉白羽の２Ｄモデルが立っていた。

「やっほー、廻叉くん。丑倉だよ。色々おめでとう」

「色々ありがとうございます、白羽さん」

《なんだこの雑な会話は……》
《この二人の会話って割と想像付かないよな》
《下ネタぶっ放しモードじゃない事を祈れ》

「まぁ丑倉はギタリストで、廻叉くんは役者さんな訳だけど。単刀直入に聞くけど、才能と努力、どっちが大事だと思う？」

丑倉白羽は、最近でこそオブラートという概念の無い無軌道トークが多いが、デビュー当初から一貫したストイックな姿勢は崩していない。週に数回はギター練習配信を数時間続け、最低でも月に一度は楽曲動画を投稿している。

「丑倉はねー……努力すれば、ある程度は出来る。そのある程度を突破するためには、才能か、死ぬほどの努力かのどっちかが必要だって思う。ただ、才能は目に見えない。自分に無かったら怖いから私は練習ばっかりしてるわけだけど」

廻叉の返事を待たずに、持論を滔々と語る白羽。

「廻叉くん。『はい』か、『いいえ』で答えて？　努力してる？」

「……はい」

「その努力で、十分？」

「いいえ」

「自分に『才能がある』と思った事はある？」

「いいえ」

「でも諦める気はないいんだよね？」

「はい」

「よかった、白羽と同じだ。君もやっぱり、こっち側だった。良い機会だから確認しておきたかったんだ」

矢継ぎ早な質問に最初だけ少し考えて答えたが、その後はほぼノータイムで廻叉は返答した。白羽は満足そうに笑っていた。コメント欄は、淡々と繰り返された一問一答の内容に、戦慄を覚えていた。

《なんだろう、心が痛い》
《こいつら怖ぇよ……マジで……》
《そういう風に答えられる事がもう才能なんだよ》
《執事が自分に才能がないって断言してんの、もう恐怖だよ》
《やっぱリバユニってどこかのネジが外れてる奴しか居ないよな……》
【¥500：敵わない】

「丑倉たちは、みーんなそうだよ。何か一つに、死ぬまで努力し続けられる。むしろ、死ぬまで諦める事が出来なくなった壊れた人たち。自覚の有無や、強弱はあるけどね」

「否定はできませんね」

「まぁ誰だってそういうところは大なり小なりあるものじゃない？　人には誰だって、譲れない物と人に言えない秘密がある」

「それはまぁそうでしょうけども」

「本来ならここから性癖トークにシフトするんだけど、今日の主役は廻叉くんだからやめとく。そんじゃね」

「賢明な判断、ありがとうございます」

《おいこら丑倉》
《本当にシリアスがもたないな、リバユニはさぁ!!》
《シリアスの濃度が高いから、こうでもしないと俺らが窒息するまであるからな……》
《でも執事の性癖はちょっと気になる》
《俺も》
《私も》
《拙者も》

《★プラトニコフ・ユリガスキー特務少佐：吾輩も》
《やべぇ魔窟の主三号だ！！》
《草》
《モデレーター貰ってて草》

　丑倉白羽の2Dモデルが消えるが、背景はライブステージのままだった。そして、次に現れたのは三日月龍真だった。ラジオ企画で共演している事もあり、最も付き合いの長い相手とも言える。

龍真はラッパーらしく振舞うでもなく、いつも通りの雰囲気で話し出す。

「よう廻叉。とりあえず、おめでとう。これで二期生も全員が一万までいった訳だ」

「ありがとうございます。なんとか、ここまで来れましたね」

「でも、この後出てくる人には十倍差を付けられてるんだぜ？　俺ら、もっとやれるよな」

《お、龍真だ》
《そりゃ出てくるわな》
《ここまで早かったと見るか、長かったと見るか》
《ステラ様出てくるのか》
《十倍差……》
【￥1,000：次は登録者数十万人目指して頑張れ】

《企業勢としては確かに物足りない数字って思うのもわかるんだよな》

「ぶっちゃけた話するけどな。俺、別に登録者数とか同接とか大した意味なんてねぇって思ってるんだよ。むしろ楽曲の再生回数の方が大事だ。チャンネル登録だとかは、それに付随して増えるだけの話だって思ってる」

「それも一つの考えではありますが、また極端な」

「でも、世間はそうじゃねぇだろ？　一枚看板って言えば聞こえはいいが、実際はワンマンチームだ。俺らもいい加減、追い付いていかないといけねぇよな。それこそ、登録者数っていう分かりやすい指標があるんだからな」

「それは、そうですね。我々が伸びなければ、先細る一方です」

「折角、Re:BIRTHしたのに、このままじゃDEATHまで一直線だ。シビアな話だけどな。夢の裏側には、現実がある」

「現実も夢も、まとめて見据えて行くだけです。既に我々は、虚構と現実の狭間の存在なのですから。それに、我々は一度死んでいる。死ぬ事の怖さを知っている。もう二度と死にたくないのですよ、私は。死の経験は一度で十分です。故に、私は決して引き退がる事はしない」

「相変わらずブレないな。まぁ何にせよ芯があるのは良い事だ。お前の場合、芯が心になって身になってるな。ああ、心と身体って書いてシンな？」

「説明しなきゃわからない韻はライマーとしてどうなんですか？」

「世の中には歌詞カードとかリリックビデオっていう便利なもんがあるだろうが」

「そういうのに頼らず耳と脳だけで捉えられる物が求められるのでは？」

ＢＧＭも無い、ただ二人の会話だけが続いていく。話している内容は、全て現実的な話だった。

Vtuberに限らず、動画や配信で活動する者に付いて回る『数字』に関する話も、何一つ包み隠さない。自分達に悪意を持った見方についても目を逸らさない。

そして、結果を残せなかったVtuberや配信者が至る末路——解散、引退。直接的な言葉にこそしていないが、二人が語った内容はそういう事だ。

《うわぁ……》
《さらっとこういう重い話するよな、こいつら》
《別の箱の推しがこの手の話してたらキツいけど、この二人だとアリなの不思議だわ》
《★ラッパーVtuber・ＭＣ備前：ポエトリーかつリアル志向なんだよな、龍真》
《龍真、実際記念配信一切やらねぇもんな》
《ＶにおけるDEATHって、まぁそういう事だよな》
《そこ突くの怖いって》
《触れない部分だからな、普通は》
《執事が死について語るの怖すぎるわ。感情込められてないのが余計に怖い》
《こう見ると、普段の感情の欠落すらなんらかの伏線なんじゃないかって思うわ》

《龍真がシリアスに耐えきれなくなった……w》
《なんでいつも変な方向に開き直るのか》
《捉えられる、と、求められるで韻踏んでる執事》

そして、廻叉は死という言葉を繰り返した。更に、死の経験という言葉から想起されるのは、『前世』『転生』というVtuber界隈に置いてスラング化しつつある表現である。自身がVtuberになる以前の活動、およびその名義に関する事を『前世』、何かしらの活動歴のある人物がVtuberとしてデビューすることを揶揄して『転生』と呼ばれている。直接的に廻叉が自身の前世について語った訳ではないが、どこか仄めかすような言い方であった事もあり、視聴者も触れるべきか触れざるべきか迷う言い方だった。

「まぁ死なないように頑張ろうぜ」
「ええ、龍真さんこそ」

《謎の相棒感あるよな》
《バディものっぽい二人》
《龍廻てぇてぇ》
《字面が強いな、龍廻》

特別さを感じさせない、別れの言葉を告げて龍真の２Ｄモデルが、足音と共に消えていく。同時に、ライブステージ背景が消失し――。

宇宙空間が広がった。

《きちゃあああああ！》
《ステラ様確定演出!!》
《執事は宇宙に放り出されて平気なのか》
《そこはこうステラ様がなんかするだろ》
《なんかて》

「君の見ていた白昼夢は覚めたかな？　改めて、ここで自己紹介をしてみてよ、廻くん」

「私はVtuber正時廻叉。Re:BIRTH UNIONの二期生。解っていますよ、ステラ様」

正時廻叉とステラ・フリークスが並んだ瞬間、コメント欄で一部の視聴者に緊張感が走った。以前のハロウィン企画での配信において、ステラの失言を廻叉が注意するという一幕があって以来、初めて公の場で二人が揃う。騒動自体は沈静化しており、結果的には大事にはなっていない。だからこそ、二人がどのような会話をするのか注視するような空気がコメント欄には漂っていた。

「既に何度も何度も言われているだろうけど、一つの節目に辿り着いた事をお祝いするよ。おめでとう」

「ありがとうございます。節目ではあっても終着点ではないですが」

「ふふ。私のところに追い付く、って言ってくれて嬉しかったよ。待っているよ」

「ええ、必ず」

《待ってる、の言葉が重い》
《追い付いてほしいのか》
《そりゃ、ステラと対等な位置に居るの最初の七人くらいだもん》
《もうすぐ二十万いきそうだしな、ステラも》

「私は、Re:BIRTH UNIONに君が居てくれてよかったと思っている。私の至らなさを正してくれる存在になってくれた。他のみんなもそうさ。私に無い物を持っているみんなを、私は選んだ」

「…………」

「君の見た夢と、君の見る現実。君は魅力的な存在になった。私の思った通りに」

「貴女が私を選んだのは、貴女自身のためだ、と?」

褒め称える言葉と、自身のエゴをないまぜにしたステラの言葉が、薄い笑いと共に紡がれる。廻叉はそれに対し、疑問に思うでもなく、疑念を抱くでもなく、ただ確認するように尋ねた。

「その通り。……誰かが、私の事を極星と例えた。だけど、私の周りに星々は無かった。私は一人だった……だから、君達を選んだ」

《これ、台本あるんだよな……？》

《執事の「全部分かった上で聞いてる」感よ……》

《全部が全部フィクションではなさそうなのが怖い》

【¥5,000：観劇料】

《そういえば、極星もステラのキャッチフレーズ》

《0期生である理由》

《ステラが怖えよ……》

ステラ・フリークスの姿が、〝傲慢〟の名を冠する姿へと切り替わった。黒い衣装の、逆十字と孔雀の羽がステラの身じろぎに合わせて揺れる。

「星座になってほしいんだ、みんなには」

「……本当に、傲慢な方だ」

「私に、〝憤怒〟を向けるかい？」

ステラは尋ねる。期待するように、或いは怯えるように。

廻叉は答える。当然のように、或いは受け入れるように。

「向けるはずがない。確かに貴女は傲慢で、我儘だ。これからも私が貴女を叱責する事もあるでしょう。だが、それでも貴女が居なければ、私は此処に居ない。貴女を孤独にさせるつもりはありません」

「……嬉しいなぁ。本当に、君を選んで良かったよ」

「なら、同じ質問を他の五人にもしてみてください。あと五回、嬉しくなれますよ」

「……!!　君は、本当に、ズルいな！」

《突然の衣装チェンジ!!》
《これもう執事が座長の公演だ》
《シレっと言えるの強い》
《キザなのに、無感情に言うからキツさが無いよな》
《ステラ本当に嬉しそうなの隠しきれてないカワイイ》
《最近可愛いよな、ステラ》
《リバユニメンバーに滅茶苦茶甘えてる感は分かる》
【¥10,000：ステかわ感謝】
《高額ドネの理由で草》

「まぁ、いいさ……今はその言葉を受け取るよ。撤回したくなっても、させないから」

「……それは、どういう意味ですか？」

「いずれわかるさ……その時に、今日と同じ言葉を聴けたらいいな。さぁ、そろそろ時間だ」

その言葉は、自嘲と諦めの混じるような、不可解な言葉だった。廻叉が更に質問を重ねようとしたタイミングで、背景の宇宙空間が消え去っていく。同時に、ステラの姿も。

「君のお蔭で見つける事ができた子が、君を待っている」

廻叉の返事を待たず、背景が変わる。

学校の音楽室。そこには椅子に腰を下ろした少女と、執事服の青年――小さなピアノの音が、BGMとも言えないような音量で響いている。

「廻叉さん」

少女、石楠花ユリアは彼の名を呼んだ。

《うおおおおおお》
《例のインタビュー読んでからだと、この二人の会話めっちゃ気になる》
《敢えてステラじゃなくてユリアがトリなの、わかってるねぇ!!》
《うっ(尊死)》
《またお嬢のファンが死んでるぞ》
《いつもの事》
《呼びかけがもう清楚》

「ユリアさん?」

「私は、ずっと逃げてきたんです。誰かと関わる事が怖くて」

「……ええ、知っています」

「でも、廻叉さんのおかげで、私は今、ここに居ます」

告解のように、過去を話す。彼女の過去は、開示されている。引きこもりの令嬢。だが、その理由までは開示されていない。だが、石楠花ユリアが逃げたと語ったその場所が学校の音楽室だった。それが暗喩であると、視聴者は気付いていた。

悲鳴のような、いたたまれないようなコメントが流れているが、今この場に居る二人は一切反応しない。

「ですが、踏み出したのはユリアさん自身です」

「でも……でも、踏み出そうと思わせてくれたのは、廻叉さんです……！」

《今日のお嬢はぐいぐい行くな》
《ナイス積極性》
《こんなの表でやっていいの？》
《Vの設定の話なのか、魂の話なのかわからん感じになるな……》
「あの、その……私、Re:BIRTH UNIONのみんなが大好きです。廻叉さん、一万人登録おめでとうございます。なんだか、ええと……自分の事のように、嬉しくて、きっと、他の皆さんの時もこうして嬉しく思えるのが、幸せで……えと、あの……何て言ったらいいのか、わからないんですけど……」

「大丈夫です、落ち着いて」

「は、はい……。あの……」

堂々とした態度は少しの間だけだった。いつも通り、どこか臆病な印象を残す、普段通りの石楠花ユリアの言葉になっていた。だからこそ、その言葉は視聴者にとって、正時廻叉にとって、本心として受け止められた。廻叉は無感情ながらも、彼女への気遣いを見せた。普段であれば多少違和感のある言動であっても、誰もがそれを当然のことのように感じ、見過ごされた。

《てぇてぇ……》

《良い子なんだな、本当に》

《これは角が折れる》

《モデレーターが超仕事してるな》

《消去されたコメントがたまにあって草》

【¥1,000：お嬢の執事になってくれ代】

「あの……お願いがあるんです」

「ユリアさんのお願いなら、きっと大事な事なんでしょうね」

《まるで他のメンバーのお願いはしょうもないみたいな言い方で草》
《でも実際どーでもいい事お願いして来そうな面子しか居ねぇんだなこれが》
《え、今何でもするって（ｒｙ》
《まだ言ってねぇよ馬鹿》

「えっと、私はまだVtuberになったばかりで、自分でもまだどこまで出来るかわからなくて……」

廻叉は急かす事なく、彼女の言葉を待った。

「だから、一年……一年、私が続けたら、私と……」

《一年後に？》
《この子もとんでもない事言いそうで怖い》
《プロポーズだったらどうしよう》
《流石にない》
《ない……よな？》
《そういうのはせめて三年後だ》
《おい》

「私と、歌ってくれませんか……？」

「私で良ければ、喜んで」

「……!! が、頑張ります……絶対、絶対続けます……!!」

ユリアからのお願いは、廻叉が思った以上にささやかな願いだった。断る理由など一つもない、と言わんばかりに即答すると、ユリアはまるで大願が成就したかのように喜び、活動への決意を露わにする。コメント欄も、あまりにあっさりと決まった一年後の楽曲コラボを喜びつつも「別にいつでもやればいいのでは？」という尤もな疑問が浮かんだ。当然、廻叉も同じように考えた。

「それはいいのですが。何故、一年後に？」

「……私は、弱いから。何か、辛い事があったりしたら、また逃げてしまいそうだから……でも、一年続けたら、廻叉さんと歌えるって思うと、きっと頑張れる、って……思って……」

「……仕方のないお嬢さんですね。本当は、リスナーの皆さんを楔にするべきですよ」

「そ、その通りです……」

「分かっているなら宜しい。ファンの皆さんのために、一年続けなさい。そうしたら、ご褒美として私と歌いましょう？」

「……は、はい……!!」

《ああ、逃げないようにするためにか……w》

《どんだけ自分に自信が無いんだ、お嬢は》

《憧れ通り越して依存では？》
《お嬢の背景的に仕方ないとはいえなぁ》
【￥500：執事、お嬢がすまんな】
《流石にこれは執事も苦言》
《やむなし》
《残当》
《飴と鞭の使い方完璧かよ》
《お嬢の声色でわかるテンションのジェットコースター具合よ》
《詫びドネートで草》

「あ……これで、廻叉さんも一年間続けてくれる……？」
「むしろそれが目的だと思っていたのですが、もしかして今お気付きになられましたか」

《草》
《ポンだなぁ》
《執事を縛るための約束じゃなくて、約束で自分を縛る事しか考えてなかったのかw》
《石楠花ユリア緊縛⁉》
《興　味　が　あ　り　ま　す》

《おいモデレーター仕事しろ》
《待て、モデレーターに白羽や少佐が居るんだぞ。敢えて見過ごしている可能性が高い》
《なんて奴らだ》

緊張感が抜けつつあるタイミングで、学校のチャイムが鳴る。音楽室の背景は消えていき、真っ白な何もない背景へと変わっていった。

「廻叉さん……これからも、よろしくお願いします。私も、頑張って追い掛けます」
「貴女なら、私なんてすぐに追い抜いてしまいますよ。登録者数も、或いはSNSのフォロワー数も」
「そうじゃ、ないです。数字じゃないです。自分の道を迷わず歩いている廻叉さん、リバユニの皆さんの背中を、追い掛けたいんです」
「…………」
「だから、どうか、何があっても――迷わない廻叉さんで居てください」

石楠花ユリアの姿が消える。単純に言葉を額面通りに受け取るのならば、今の姿勢のままでいてほしいという願いであり、応援の言葉だ。穿った見方をするのならば、正時廻叉は変わってしまう程の何かが待っている――そう予見しているような言葉でもあった。

一人残された正時廻叉は、言葉を発さない。無音、無言、真っ白な背景。コメント欄もあらゆる種類の不安を煽られたかのように、混乱気味だった。

音が鳴り始める。

時計の秒針が進む音だ。

「チク、タク、チク、タク……」

その音に合わせるように、無表情に、自動的に声を吐き出していく。

「…………私は、正時廻叉…………」

秒針の音が大きくなる。自分に言い聞かせるように、呟いた。

「…………私は、――――――…………」

声は、時計の鐘の音でかき消され、映像は暗転した――。

『Thank you for watching...』

《え、終わり……？》
《てぇてぇからのホラーはアカンよ……》
《時計の音に意味はあるのか？？？》
《考察班ー!!　集合ー！！！》
《執事らしいいっちゃらしい記念配信だった気がする》
《これを考えた執事も、止めないリバユニ運営も、完全協力するメンバーも狂ってるわ……》

※※※

配信終了後、じっと目を閉じたまま正時廻叉は動かなかった。スタッフや、他メンバーの声が随分と遠く感じる。

記念配信という形で描いた、自分自身の、正時廻叉というVtuberの原点《オリジン》。その一端。

自身の姿を描いてくれたイラストレーターのMEMEに、正規の依頼として描いてもらった動画内のイラストも、それぞれのメンバーとの対話も、自分が自分と向き合って創り上げた物だ。

正時廻叉はバーチャルだ。しかし、現実でもある。

正時廻叉はフィクションだ。しかし、ドキュメンタリーでもある。

Vtuberを続ける中で、正時廻叉は配信も動画も全て、自身の舞台とする事にした。

虚構と現実を、全てを綯交ぜにする――正時廻叉の序幕が終わり、第一幕が始まった。

Vtuber全体の流れを後方腕組有識者面で俯瞰するスレPart.88

1：再生回数7743 ID:********
Vtuber界隈全体の動きを眺めつつ語るスレです
出来るだけ現在進行形の話をしましょう
否定意見を出す際は喧嘩腰にならないように注意してください
度を越していると思ったら即通報で
その他ルール、過去スレは>>2以降に。

334：再生回数7743 ID:*******
十一月色々あったなぁ……
335：再生回数7743 ID:*******
先月は大型企画が多くて、今月は小規模コラボやソロで良い企画や配信が多かった印象
336：再生回数7743 ID:*******
個人的にはエレメンタルが歌ってみた多く出してたのが良かった
ちゃんとアイドルしてる
337：再生回数7743 ID:*******
年末のカウントダウンライブ決まってから色んなVが歌動画出してるよな
ライブ三の動画紹介七って明言されたら、そりゃ張り切るわな
338：再生回数7743 ID:*******
アポロとオボロが無名どころもガンガン紹介してくタイプだから、そりゃ伸び悩んでる個人勢には大チャンスよ
339：再生回数7743 ID:*******
年末のライブって言うと去年のは凄かったな、今思うと
最初の七人が揃った最初で最後のライブだったもんな
340：再生回数7743 ID:*******

>>339
わかる。当時は知らなかったけどシエルのチャンネルにアーカイブ残ってて見れるのマジで助かる

341：再生回数7743 ID:********
天堂シエル発案で、にゅーろのスタジオ使ってやったんだっけか
結果『最初の七人』なんて名前まで付いて半ば伝説化してるのやべぇな

342：再生回数7743 ID:********
シエルは楽しい事したいだけの子だから、当時深い事考えずに呼んだ説ある

343：再生回数7743 ID:********
ステラとか当時デビュー三か月だろ？　爆バズりしてたとはいえ、あのタイミングで呼ぶのは慧眼という他無いわ

344：再生回数7743 ID:********
最近ハマったから最初の七人がどう凄いのかよくわからんから是非知識をひけらかしてほしい

345：再生回数7743 ID:********
>>344
微妙にトゲのある言い方で草
マジレスすると「二〇一七年活動開始」で「Vtuber業界に多大な影響を残した」面々の総称
いつの間にかそう呼ばれてた

346：再生回数7743 ID:********

ならばひけらかしてやろうじゃないか
NAYUTA：彼女が居たからVtuberという言葉が生まれたレベルの始祖だが、謎動画を残して消息不明に
願真《ガンマ》：軽量3Dモデルの発明など技術的ブレイクスルーを起こして個人勢を大量に増やした男
天堂シエル：バーチャルアイドルを名乗り、3Dライブの最先端を走っている
七星アリア：2Dモデル配信のパイオニアかつ、雑談配信のハードルを引き上げた張本人
照陽アポロ：Vtuber文化を誰よりも愛していて、コラボ周りに関してはみんなのお手本
月影オボロ：歌動画から一発ネタまでアンテナが異常に高く、彼女に見出された個人勢はかなりの数に上る
ステラ・フリークス：異常に作り込まれたMVと、人間離れした歌唱力でカリスマ化したリバユニの女王
こんな感じかね

347：再生回数7743 ID:********
>>346
助かる

348：再生回数7743 ID:********
>>346
NAYUTAは今現在活動してないのもあってかなり神格化されてるよな

願真の方はたまにSNSで近況報告上げるけどかなり忙しそう

349：再生回数7743 ID:********

2D全盛になっても自作3Dモデルにチャレンジしたりする個人勢が居るのは間違いなく願真の功績よな

350：再生回数7743 ID:********

>>349

割とマジで願真が居なかったらVtuber業界に個人勢は生まれなかったまである

351：再生回数7743 ID:********

今月デビュー組の注目株とか居る？

俺はエレメンタルの風祭《かざまつり》マユナが注目株。低音イケボ女子は正義。

352：再生回数7743 ID:********

個人勢でデビューしてから即Linker'sに入った子も居たような

名前忘れちまった

353：再生回数7743 ID:********

オーバーズは今月は新人無しだったな

1809組で一気に増やし過ぎたか

354：再生回数7743 ID:********

>>351

ＤＪＤのホークアイキッドおすすめ。スナイパーライフルの名手
ＦＰＳのガチファンですら「こんな奴がまだ在野に居たのか」ってビビってて草
なお配信ソフトの動かし方はブロンズ帯ともっぱらの評判

355：再生回数 7743 ID:********
>>352
ナスカ・メサちゃんだな
新人にしては場馴れしてる感じはある

356：再生回数 7743 ID:********
>>354
ＤＪＤって？

357：再生回数 7743 ID:********
>>356
電脳銃撃道場。大会に出るときにアルファベット三文字の略称を求められてから使用中

358：再生回数 7743 ID:********
個人勢のＦＰＳ愛好会みたいなノリだった電銃が立派なＦＰＳチームになって嬉しい
顔出しＮＧの強者がアバターを得て表舞台に出て行くとかロマンしかない

359：再生回数 7743 ID:********
一方で代表者の十宝斎《じゅっぽうさい》が法人化に伴って迷わず本名と顔出ししたの漢度高かったな

360：再生回数7743 ID:********
まぁ法人の代表者が匿名だと信用に関わるし、変なリークみたいな形で出るよりはな
他のメンバーは基本的にVtuberのままだし、十宝斎の株めちゃくちゃ上がった

361：再生回数7743 ID:********
十一月で印象的だったのはリバユニ執事の記念配信
あそこまでストーリー意識した配信は滅多に見ないレベルだった

362：再生回数7743 ID:********
>>361
リバユニ全員で執事のシナリオに付き合ってたのエモかった

363：再生回数7743 ID:********
そもそもステラの箱が記念配信とかあんまりしない印象

364：再生回数7743 ID:********
>>363
今のところ記念配信キチンとやってるの二期生だけだな
一期生が特に無頓着だからなぁ……

365：再生回数7743 ID:********
中堅どころであそこまで登録者とかに拘ってない企業勢ってリバユニくらいだろ
名前は出さないけど登録や高評価をやたら求めてくる箱とかあるし

366：再生回数7743 ID:*******

なんかノルマでもあるのかもな

367：再生回数7743 ID:*******

企業は利益上げないと仕方ないのは分かるけど、露骨だと引くよな

368：再生回数7743 ID:*******

どことは言わんけど露骨なドネート要求してるの見て引いたわ

大喜びで投げてる方も大概だけどさぁ

369：再生回数7743 ID:*******

そういうのをしてないのが最初の七人が居るところってのがまた

本当にいい意味でお手本になってる面々だよな

これでNAYUTAと願真が帰ってくれば最高なんだけど

370：再生回数7743 ID:*******

願真は忙しそうだから当面無理っぽいし、NAYUTAはガチで消息不明だからなぁ……

それこそ当時絡みのあった面々から近況報告も聞こえてこないし

371：再生回数7743 ID:*******

十二月になるとあのイベント思い出すから、どうしてもNAYUTAとか願真に思いを馳せてしまうな

372：再生回数7743 ID:*******

……なぁ、これ……？

ttps://trytube.com/watch?v=********

373：再生回数7743 ID:********

オーバーズゲームリレー二十四時間とかいうトチ狂った企画が検討中らしい

ソースはリブラの配信な

374：再生回数7743 ID:********

>>372

!?

375：再生回数7743 ID:********

え、何、新しい箱の告知？

376：再生回数7743 ID:********

New Dimension X Comming soon……だと？

英語と日本語だから海外発って事か？

概要欄も二か国語になってたし、海外勢の本格進出？

377：再生回数7743 ID:********

>>372

最後に映った二人のシルエット、願真とNAYUTAじゃねぇか！！！

378：再生回数7743 ID:********

王の帰還

379：再生回数7743 ID:********

プレスリリースとか絶対あるだろ！　探せ！！！

380：再生回数7743 ID:********

ＳＮＳの公式アカっぽいの見つけた！

ttps://short-net-sign.com/New_Dimension_X

381：再生回数7743 ID:********

>>380

でかした！

つーかもうトレンド入りしとる!?

382：再生回数7743 ID:********

最初の七人がＳＮＳでそれぞれ反応しとる。以下コピペ

アポロ：待ってたよ!!

オボロ：これから、もっとおもろくなるで

シエル：これはとってもいい知らせ。みんなも楽しみにしててね

アリア：魅せ方、心得てるなぁ……流石です

ステラ：さぁ、盛大に出迎えよう

もうエモ死するわこんなん……

383：再生回数7743 ID:********
【速報】個人勢最古参の志熊《シグマ》、配信中にこの件を知って泣く
ttps://trytube.com/watch?v=********
384：再生回数7743 ID:********
グマちゃんガチ泣きで草。いや、分かるけどさw
385：再生回数7743 ID:********
NAYU願を見てVtuber始めた勢の筆頭だからな、グマちゃんは……
386：再生回数7743 ID:********
マジで世界が変わる瞬間を俺らは目にしたのかもしれん

※※※

ワイヤーフレームで描かれた地球が映っていた。
張り巡らされたネットワークの光が、無数に伸びていく。
パソコン、スマートフォン、タブレット端末でそれを見ている人々。
人種も、国籍も何もかも違う人々が、その画面に映ったロゴを見ている。
【New Virtual Streamers Team】
【New Dimension X】
【Coming Soon.....】

最後に映ったのは、シルエットの３Ｄモデル。

機械の翼を背に広げた少女。

メカニカルバイザーで目元を覆った青年。

その特徴こそが、かつてVtuber界における最初の七人と呼ばれ、今はその姿を消した者達。

電子生命体NAYUTA、そして願真である事を物語っていた。

新次元からの呼び声、迷宮からの呼び声

一本の動画が話題を席巻する事は、Vtuber界隈においては少なからず発生する事例だ。かつてステラ・フリークスが名刺代わりに投稿した最初の楽曲のように、或いはオーバーズ所属リブラによるＦＰＳゲームでの起死回生の逆転劇を記録したクリップのように、或いはエレメンタル所属木蘭カスミによるネットミームコピペの朗読動画であったり、一見して凄さが分かりやすいものはＳＮＳなどを中心に大きく話題になり、再生回数が文字通り桁違いに跳ね上る事は多々あった。

だが、その動画は一見すれば普通だ。技術的には凄い事をしているのもわかるが、極論を言ってしまえばゲームや映画、アニメなどでも見受けられる、いわば「見慣れた演出」に過ぎなかった。

よく出来ては居るが普通のＰＶである、と言えるような動画だ。

だが、動画の最後の十秒間、ノイズ混じりのシルエットに映った機械の翼を持つ少女、そして機

械仕掛けのバイザーゴーグルを付けた青年の姿が映った瞬間、動画の持つ意味が完全に変わった。

『Vtuber最初の七人』と呼ばれ、界隈の最前線を切り開き、そして姿を晦《くら》ました二人の開拓者。

電子生命体NAYUTA――。

電脳技師・願真――。

誰もが待ち望みながら、どこかで諦めていた、二人の帰還に界隈は沸き上がった。

その日、配信中だったVtuberの大半が、その動画について触れた。

堪え切れず泣き出す者も居た。

呆然としたまま声を失った者も居た。

狂を発したかのように叫び続ける者も居た。

訳も分からず笑い続ける者も居た。

そして、誰もが喜んだ。

最前線を切り開き、姿を消した者達の帰還を心から喜んでいた。

※※※

「という訳で時刻は午後九時となりました。久々のお悩み相談放送です。例によって一人で対処できない相談は龍真さんとのラジオに持ち込むのでよろしくお願いいたします」

正時廻叉は平常運転だった。チャンネル登録者数一万人突破記念で行った配信の内容に対しては一切語らず、SNS上で「皆様が感じた事や、考えた事、多様な解釈ありきでの放送でした。私は皆様の感性を信じ、肯定します」という声明文を出して以降、一言も語る事は無かった。

記念配信の翌日には、気が向いたという理由で突如流行のＦＰＳゲームを始めて初心者らしからぬ冷静な立ち回りと初心者丸出しなエイム力を発揮したり、雑談配信で演劇風音楽について語ったりと、ファンが逆に不可解に思う程度には自然体を貫き続けていた。

「それでは最初の質問です。『最近、Vtuber界隈での流行を受けて自分も『ACT HEROES』を始めましたが、人生初ＦＰＳという事もあり中々上達しません。執事さんもこの前やっていましたが、初めて触るゲームに慣れるためにはどうしたらいいでしょうか』との事です。先週始めたのも気が向いたから……とは言いましたが、実際には色んな人に誘われたっていうのがありまして。主にオーバーズの皆様なのですが」

《ACT流行ってるなー》
《初ＦＰＳ勢にはACTはかなりおススメ出来るけどね》
《世界観やウルトの派手さはアメコミ感あって見てる分には好き》
《執事が始めたのはマジで意外》

ＦＰＳゲーム人気は特にVtuber界隈では根強い。個人勢からｅスポーツチームにまでなった『電脳銃撃道場』であったり、オーバーズのリブラを中心とするオーバーズＦＰＳ部によるコラボ配信が人気を博している他、『ACT HEROES』という派手で爽快、かつ見ている側もプレイしている側もわかりやすい、更には三人でチームを組むというコラボ配信映えする作品がリリースされた事の影響が大きい。廻叉がプレイを始めたのも、ほぼ同時期に同業者であるVtuber数名から勧められたからという理由であった。

「上達には練習ありきなのは当然として、何か一つ、簡単に達成できる目標を作ってみるのはどうでしょうか。私の場合は『一キルを取る』『チーム数が半分になるまで生き残る』といったところから始めました。目標を高くするのはいいのですが、いきなり高すぎる目標は挫折に向かって一直線です。跳び箱でいきなり二十段に挑戦するようなものです。まずは三段、四段から始めましょう。初心者である事をまず自分で認める……これが大事かもしれません」

《なるほど》

《跳び箱の例えわかりやすい》

《漫画で似たような格言あったな》

《FPS強者の動きを見過ぎるとあれが基準になるから困る》

《あれ、ドネート使えない？》

「コメントでのご指摘がありましたね、申し上げるのが遅れていました。お悩み相談配信に関してはドネート機能を止めております。居ないとは思いますが、高額ドネートで悩み相談を直接投げる方などが出た場合、対処が難しいという事からです。それに、他人の悩みで金稼ぎというのも、私自身が釈然としないので」

TryTubeのドネート機能を用いると金額に応じてコメントが目立つように装飾される。Vtuberの中でもドネート読みという習慣がある程、ドネートコメントは『拾われる』というふうに認識されている。故に、それを用いて飛び込みの相談などを投げられることを廻叉は警戒していた。仮に読んだとしても正規の手続きで悩み相談を送った側からは不満が出る。読まなくても、今度はドネートを出した側に不満が出る。なので、最初から止めるという判断をしていた。

《意外と気にしいな執事》
《金に困ってるくせに金に対して執着しない執事》
《大丈夫？　ご飯食べてる？》
《真面目やなぁ》
《きれいごと言う偽善者ｗｗｗ》
《まぁ執事のやりたいようにやってくれたまえ（ご主人面）》

流れていくコメントの中に刺々しい物があったが、廻叉はスルーを決め込む。反応してもしなくても、この手のタイプは噛みついてくる、というのを短い配信者生活の中で学んでいた。

「何にせよ『ACT HEROES』は今後も定期的に配信でプレイする予定です。初心者の上達を見たい方は是非どうぞ。上級者のスーパープレイを御期待の方は、私より上手い方はたくさんいらっしゃいますよ、とだけ」

《お前がFPSやってるのを見たいんだよ！》

《言い訳乙ｗｗｗ　予防線必死ｗｗｗｗ》

《執事のゲーム配信、クールな物腰で弾が明後日の方向に飛んでいくから腹筋に悪い》

《接近戦で大体負けてたもんなぁ。撤退しながらの迎撃は妙に上手かったが》

《御主人（と書いてチームメイトと読む）を逃がす執事の鑑》

《さっきから珍しく分かりやすいのが居るな》

チャンネル登録者数一万人を超えて知名度が上がり、配信の同接人数が増えてきた以上、攻撃的なコメントを残す者が増えるのは仕方ないと割り切ってはいるが、視聴者に反応があるのは良くない傾向だ、と廻叉は思う。故に、話を切り替える。

「では次の質問です。『私は大酒呑みなのですが、先日勢いで買った四リットルペットボトルのウイスキーが減りません。どうしましょう』……一言で言うなら、見通しが甘すぎます」

《草》

《草》

《これは草》

《肝臓壊れる》
《居酒屋でバイトしてたから分かるけど、業務用はアカン》
《一人で消費しようとしたのか……w》
《見通しが甘いどころではない気がする》

「処分するのが忍びない気持ちも分かりますが、勢いで業務用を買うのはやめておきましょう。利用法としては料理に使うなりするのが一番良いかと。煮込み料理ならそれなりの量を消費出来るとは思います。ワイン煮込みのような料理がウイスキーにもあるのでしょうか」

コメントからも使えそうな案からネタ回答まであらゆる意見が流れていた。しかし、先程見掛けた妙に攻撃的なアカウントはずっと似たような攻撃を続けていた。途中でモデレーターによってブロックされるまでそれは続いていた。

そのアカウント名が、とあるVtuberのファンを名乗るそれだった事が気に掛かった。

※※※

「という訳で、最後の相談ですが――相談というより、質問、と言った方が良いでしょうか。ここ数日間、この件に関して話してほしいというメールが多数来ていましたので代表してこちらのメールを読ませていただきます。『執事さんこんばんは、先日アメリカ発のVtuber企業が生まれましたね。しかも最初の七人であるNAYUTAさんと願真さんらしき影まであり、Vtuberファンが大騒ぎになっています。視線と感情がフラットな執事さんにこの件の感想とか意見を聞いてみたいです』……との事です。感情がフラット、の部分は必要でしたか？」

《草》

《草》

《必要だろ》

《確かに気になる》

《直近の大ニュースだもんな》

『New Dimension X』、通称NDX設立に関しては、既に多数のVtuberが触れており、その反応をまとめた切り抜き動画も上がっている。Re:BIRTH UNION内でも、ステラ・フリークスがSNS上で歓迎の意を示している他、三日月龍真、魚住キンメが配信中に話題に上げていた。

龍真は「一番のビッグネームが帰って来た事で、引退者や活動休止中の人らがカムバックのしやすい環境になるかもしれない」という見解を示し、キンメは「単純に嬉しい。もう一段階Vtuberという文化が盛り上がる起爆剤になってくれそう」と好意的な反応を見せた。

「私個人としては、文化としても技術としても更に進化する速度が上がる――そう思います。やはりあのお二人が組んだという意味は、私たちが考える以上に大きいような気がするのです。更に言えば、海外に拠点を置いている意味は大きいですね。単純に市場が急拡大する訳ですから。来年以降は、共存共栄と競争激化が同時に起きるような状態になってもおかしくないですね」

廻叉はNAYUTA、願真の事をアーカイブや伝聞でしか知らない。キンメのようにファンとして彼らの動画に触れていた訳でもない。だが、彼らの帰還のニュースがVtuber界隈内を嵐のように駆け抜けた事実を見ている。ただ復活した、活動再開だけで終わるような嵐ではないと感じ取れた。

「あれこれと述べましたが、単純に楽しみでもあるのです。私がこの世界に興味を持った頃には、彼らは既に去った後でした。そんな彼らの新しい活動をリアルタイムで見れる事を喜ばしく思っています」

《市場拡大も結構な人らが言ってたな》
《NDXが連れて来た海外ファンを取り込むチャンス》
《流石にNAYU願がコケるとは思えないしなぁ》
《※このアカウントは管理者により非表示設定されています》
《マジでなんだコイツ》
《よく推しマーク付けたまますういう事言えるよな》
《あ、消された》
《あの箱はなぁ……言い方悪いけど民度がなぁ……》
それぞれに考察を走らせる中、話題に出ていたNDXの二人への暴言を切っ掛けにモデレーターによって一つのアカウントがブロックされていた。普段はスルースキルの高い廻叉のリスナーですら思わず眉を顰《ひそ》める程の内容に、少数ながら荒らしコメントに反応するリスナーも出てしまっていた。廻叉もそれを確認すると、話を切り替えるために別の話題を振る。

「何にせよ、彼らの活動開始は来年以降です。まずは、私たちのやるべきことを一つずつ進めていきましょう。差し当たっては、公式HPもオープンしたVCF……Virtual Countdown FESの話をしましょうか」

単純に年末の大型イベントの名前に反応した者も居れば、廻叉が話題を変えた事に気付き、その流れに乗る者も居た。そこから配信終了までの数十分間は極めて平和な配信となった。

配信終了後、正時廻叉のDirecTalkerに統括マネージャーの佐伯から注意喚起のメッセージが届いていた。

「お疲れ様です。最近、リバユニに限らずどの配信にもやたら攻撃的なコメントを残すアカウントが大量発生しています。極力触れないで無言でブロック対応をお願いします。また、共通して一定の推しマークを付けている事から、過激派ファンによる暴走という事も考えられます。このようなお願いをするのは心苦しいですが、該当するグループを話題に出す行為、コラボ等に関しては、暫くの間は慎重な対応をお願いいたします。該当するグループは『電脳アイドルユニット・ラブラビリンス』です。よろしくお願いします」

※※※

「……ここまでですか」

ディスプレイに表示された『GAME OVER… Your Team…4/20』の表示を見て、正時廻叉が呟いた。トリオ型バトルロイヤルFPSゲーム、『ACT HEROES』で自身の操作するキャラクターが部屋の隅に追い詰められ、対峙した二人からの十字砲火を受けてHPを全損させられた。チームメイト達は中盤に発生した乱戦に巻き込まれ、生き残ったのは廻叉のみとなっていた。ランクマッチモードだったため、少しでも順位を上げるべく出来る限り動かずに身を隠す、所謂ハイド戦術を取ったが敵チームの索敵能力に引っかかった時点で万事休すだった。

『gg』

『gg』

『gg sry』

ランダムで組んだチームメイトからの挨拶に、生き残れなかった謝意を込めて挨拶を返す。リザルト画面はランクポイントが一定値溜まり、ランクが上がった事を告げる。

『Congratulations!! "C-" → "C"』

『ACT HEROES』のランクシステムは下位から順にRookie・D・C・B・A・S・HEROESの順だ。DからSの間にはそれぞれマイナスとプラスがあり、全十七段階に分かれている。基本的にC以下は初心者帯とされている。

廻叉がこのゲームを始めて数週間ではあるが、状況判断の上手さでキルポイントこそ取れないもののの順調にランクを上げる事に成功していた。キーボード・マウスでのゲーム操作にもようやく慣れてきたのか、動作確認をするように立ち止まるという悪癖も大分改善されてきたようだった。

《gg》

《惜しかった》

《バロール入りのパーティに追われたらしゃーない》

《ハイド中のサーチはマジで心臓に悪い》

《gg》

《ブリンクジャック使い始めてから成績安定し始めてるよな》

《BJのウルトでガン逃げは新しい。新し過ぎて誰もやらない》

《何故部屋の中に籠ってしまったのか》

《執事、エイム練習しよ?》

《もうちょい反射で動けないと辛いぞ》

《近距離遭遇戦だとクッソ弱いからな、執事。撤退戦は無駄に上手いけども》

《落ち着いて行動出来てるけど、インファイトでも落ち着き過ぎて良い的なんだよなぁ》

《いっそトリガーハッピーの演技してプレイしてみたら?》

コメント欄は労いの言葉と、褒め言葉、それ以上に問題点の指摘が大量に流れていた。平日深夜にも拘わらず同接人数は二百人近い。以前であれば、この時間に配信を行っても五十人前後だった事を考えれば大きな進歩だった。とはいえ、人気ゲームをやっているから来ている人も居る、と廻叉は理解していた。
「皆様の助言、助かります。何分、この手のゲームは初めてですのでお見苦しい点を多々見せるかと思われますがご了承ください。さて、以前より告知しておりました通り明後日の同じ時間帯、オーバーズのリブラさんのチャンネルにて『ACT HEROES』講座コラボ第七回に参加いたします。生徒は私、正時廻叉とクロム・クリュサオルさんです。基本的には練習場での基礎講座とカジュアルマッチでの実践編ですね。更に、来週の第八回では私の後輩である小泉四谷さんと、オーバーズのエキドナ・エレンシアさんが生徒との事です。お二人とも、これが初FPSだそうですよ」

《おおおおお！》
《見る（確信）》
《学力テスト以来のコラボだ！》
《クロムくんマジ優等生。1809組の星》
《リブラ、ACTにハマり過ぎて講座コラボ乱発してて草》
《本気で布教する気満々なんだよなぁ……》
《七回どころか八回まで決まってるのか……》
《四谷はこれが外部コラボ初かな？》
《クロムが1809組、エキドナは1808組でも下旬デビューだからお嬢・四谷とほぼ同期だな》

《リバユニ外交広げてきてるな》

廻叉からの告知にひときわコメント欄が盛り上がる。幸い、今日はおかしなコメントが居なかった事に安堵しつつ、それを一切表に出すことなく締めの挨拶と共に配信を閉じた。ゲーム実況は苦手な分野だと思っていたが、良い意味で緊張感を保てる上にリスナーからの反応も良い事から『ACT HEROES』に関しては定期配信に格上げする事に決めた。

「時刻は深夜一時四十五分となりました。では、本日の配信はこれまでとなります。先ほど申し上げました通り、次回配信日はACT講座となりますのでよろしくお願いいたします。では、おやすみなさいませ、御主人候補の皆様」

※※※

翌日。廻叉はリザードテイル本社の会議室に居た。全員が東京近郊に集まった事もあり、大きいイベントの前には一度全員で顔を合わせて打ち合わせをするべきだ、というステラからの呼びかけがあった事がきっかけで、Re:BIRTH UNION全体ミーティングが行われる運びとなった。

「あ、珍しい。廻叉くん、ウトウトしてる」

「…………」

「昨日、ＦＰＳ配信で深夜までやってましたからね。俺も練習配信しないとなぁ」

椅子に腰を下ろしたまま船を漕ぐ廻叉を見て、魚住キンメが面白い物を見たかのように言えば小泉四谷が理由を説明した。彼も同じゲームをやっているため、時折練習配信を行っている。やはり人気ゲームの配信という事もあり、普段よりも同接が増えていると四谷は語る。そんな言葉にキンメは興味なさそうに相槌を打った。

「まぁあたしはパズルしかやらない系女子だからいいけど、本当に流行ってるよね、ACTって。最近配信中の子達の半分くらいはやってる気がする」

「流行ってそんなもんですよ。ただ、電脳銃撃道場が主催でVtuberのみの大会開くかもって噂がありますし、それでやってる人が多いのかも」

「大会かー。それなら納得かも」

一方で、石楠花ユリアは居眠り中の廻叉を気にしつつも、年末の大型イベント用の楽曲について三日月龍真、丑倉白羽の一期生コンビと相談中だった。既に龍真は収録を終えており、白羽も今日の打ち合わせ後に収録に入る予定となっていた。また、キンメ、四谷、廻叉も既に何を歌うかまではある程度方針を決めている、とDirecTalkerで宣言していた。一方でユリアは何を歌うかすら決まっていない。

「ピアノ弾き語りで何かをやりたい、とは思ってるんですけど、どんな曲がいいか全くわからなくて……」

「お嬢のファン層的に、可愛い系やれば喜びそうなもんだけど、ピアノと食い合わせ悪そうではあるな」

「逆に怖い系とか情念系やろうとしてもハロウィンと被りそうだしね」

「感情移入できる曲のが良さそうではあるよな。初配信の時みたいに」

「うーん……でも、ボカロ系だと他の人と被ったりしそうですし……」

打ち合わせの開始までまだ時間があるにも拘わらず、三人の相談は終わらない。特に一期生である龍真と白羽にとって、ユリアは初の音楽系の後輩である。配信でのコラボこそないがSNS上で音楽トークをしている事も多々あり、リスナーからもコラボやセッションを待ち望まれている。

「ん、みんな揃ってるね。それじゃ、ミーティングを始めようか」

そんな声と共に、ステラがミーティングルームへとやってきた。手には資料らしきコピー用紙を持っており、テーブルの上にそれを置くとそれぞれの前に滑らせるように渡していく。

「廻叉さん、始まりますよ」

「……はい」

「おや、珍しい。廻くんが眠そうにしてるなんて」

「遅い時間まで配信してたんだって」

四谷に起こされ、半目の仏頂面で資料に目を通す廻叉を見てステラとキンメは苦笑いを浮かべる。

雑談を終えたユリア達も向き直り、資料をそれぞれ手に取った。

「というわけで、今日の議題は来月末のカウントダウンフェスについてだ。十二時間配信という事もあって、三時間ごとに四部に分けての構成になっている。基本的には全てエレメンタルのスタジオで行うので、当日私はそこに缶詰めになるのでよろしく」

「うっわー……こりゃメインＭＣ勢大変だな……」

「流石に持ち回りみたいですけどね。あ、でもアポロさん出番多いなぁ……」

「それに関してはアポロ本人の希望なんだ。彼女のバイタリティには頭が下がるよ、本当に」

資料に乗っているタイムテーブルには時間ごとにライブパートと動画紹介パートに分けられている。その中でMC担当者とライブ出演者などがそれぞれに細かく記載されている。ライブに出演するのは主に3Dモデルを所持している面々ばかりだ。エレメンタルとにゅーろねっとわーくの名前の他、自作3Dモデルを所持している個人勢の名前もいくつかある。

しかし、それ以上に目を惹いたのがオープニングアクトの名前だった。

「このNAYUTA01、GAMMA02っていうのは……」

「そうだよ。電子生命体NAYUTA、電脳技師願真の新しい名前さ。オープニングアクトは、New Dimension Xだ」

「なんでオープニングでハードルブチ上げるような真似するんだよ……!! いや、超楽しみだけども……!!」

ユリアが尋ねた名前の正体を、ステラはあっさりと開示する。海外発のVtuberグループ立ち上げと、ティザームービーに描かれたシルエットで日本のSNSトレンドを席巻した『最初の七人』の中で、活動停止状態だった者達。彼らの初お披露目の場に、この大イベントは選ばれた。全員が絶句する中、龍真が思わず漏らした言葉はある意味で全員の代弁ではあった。

「そんなに気にしなくてもいいよ。僕らは単なるサプライズ枠だ。まぁこの機会に僕らの目指す方向の提示はさせてもらうけどね」

「うん……わたしたちのやりたいこと、みせたい……」

入口の方から、自分達以外の声が聞こえて全員が振り返る。

眼鏡を掛けて柔和そうな笑みを浮かべる理系風の男性と、明るいブラウンの髪と、同様の虹彩を持った小柄な少女がそこに居た。

「紹介しよう、そっちの女の子がNAYUTA01、男の人がGAMMA02だ。年末のイベントの打ち合わせと挨拶回りで来日中の、NDXの二人だよ」

ステラが平然と紹介すると、室内は驚きの絶叫に包まれた。声を上げなかったのは、眠気との戦いの真っ最中だった廻叉と、ファン心理が暴発して失神しそうになっているキンメだけだった。

※※※

「粗茶ですが」

「いえいえお構いなく」

「……おいしい」

会議室の上座に座ってもらったNDXの二人にお茶を出すのは、何故か廻叉だった。ステラは二人と共に座ったままニコニコとしている。NAYUTAは茶菓子の饅頭を齧りながらご満悦だった。

他の面々は椅子に座ったまま、どこか緊張している。特に、キンメは終始落ち着きない様子だった。

既に自己紹介は終えているが、リバユニ所属の面々は完全に浮足立っている。

『最初の七人』と呼ばれているVtuberの中でも、突然の活動停止によって半ば伝説、神格化され

た二人が平然と事務所で茶を飲んでいるという状況に、脳が付いていけていなかった。そして、バーチャルの世界での姿と現実での姿に、殆ど差異がないという事実に、驚愕と感動を覚えてもいた。

「どうだい、私の後輩達は」

「僕らが休みに入る前に募集してたよね。いや、立派に組織の長が出来てるみたいで安心した」

「すてら……〝ぼっち〟じゃ、なくなった……？」

「ははは、NAYUTAは相変わらず淡々と辛辣だね。おかげさまでボッチは脱却さ」

「それは、なにより……おちゃ、おかわり、ください」

「はい、只今」

この中で、彼らと唯一接点があるのはステラだけだ。そのステラは旧友との再会を楽しむだけだったし、GAMMAも同様の態度だ。NAYUTAはお茶と菓子の方が重要らしく、ステラへ無駄にトゲのある質問を飛ばすだけだった。そんな中、平然と給仕をする廻叉の姿に感心すればいいのか、引けばいいのかわからない、という表情を向ける龍真らの姿があった。

「僕らが休んでからも、Vtuberの事はずっと見てたからね。自己紹介はしてもらったけど、みんなの事もよく知ってる」

「がんま、ぶいちゅーばーのおたく……だから」

「言い方が厳しいなぁ。Re:BIRTH UNIONの事は、企画が立ち上がった頃にステラから相談だったりを受けてたからね。確かに、ステラの琴線に触れる面々が集まってるなって思った」

「いやー……恐縮っす……」

「そう言ってもらえると、頑張ってきた甲斐があったなって……」

「みんな、やりたいこと……はっきりしてて、すき」

「ヒャゥ!!」

「キンメさん……!?」

「Vの始祖に好きって言われてクリティカル入りましたね、これ……どうしよう……」

一期生が珍しく殊勝な態度を取る中、たまたま目が合った状態で好きと言われたキンメに大ダメージが入り、三期生がオロオロとした反応を繰り返す。

「お二人の休止と復帰の理由が知りたいのですが、よろしければお聞かせ願えますか？」

しれっと自分の分のお茶を用意した廻叉がそう尋ねると、GAMMAはニコリと微笑む。ステラも同様の反応であり、リバユニの同僚たちも「よく聞いた！」と言わんばかりの態度で聴く体勢に入っていた。

「確か、正時廻叉さん、だよね。執事で、僕が知る限りでも屈指の〝演技派〟だ」

「恐れ入ります」

「まぁ僕が休んでた理由は本当に技術的な勉強のための留学、だね。学生ではなかったんだけど、ちょっとしたツテでアメリカで3D関係の仕事をしてるエンジニアのところに行ったんだ。NAYUTAは……」

「がくぎょう……そつぎょう、ちょくぜん、だったから。ぶじ、こうそつ……」

反応は半々、納得と驚きだった。NAYUTAの年齢については活動当時から様々な意見があったが、比較的若いのではないか、という意見が大半を占めていた。現役高校生、というのは流石に意外だったのか、キンメなどは目を丸くさせていた。

「ふっきしたのは……やくそく、だったから。がんまと、いっしょにあたらしいせかい、つくるって……」

「新しい世界、ですか？」

「うん。たぶん、本当に出来るのは随分先になるだろうけどね」

NAYUTAが視線をGAMMAへと向ける。その表情は信頼する相棒へと向けるものだった。GAMMAも自信があるとは言い難い、困ったような、照れたような表情を浮かべる。

「あ、あの……それって、どんな、世界なんでしょうか……？」

「む、ピアノのおんなのこ……」

「その声、石楠花ユリアさん、だよね。きっと君も、いや、Re:BIRTH UNIONのみんななら気に入ってくれる世界だと思う」

緊張を隠しきれない表情でユリアが尋ねると、二人の視線がそちらへと向く。ユリアは気圧されたように息を呑むが、なんとか視線を外さずに答えを待つ。

「僕は、Vtuber……いや、敢えてバーチャルアバター、と言おうか。その姿で、生きていける世界を作りたい。TryTubeを始めとした動画配信サイトでしか活動できない、という状況に終止符を打ちたい。バーチャルアバターを持った人たちが、自分の好きな事や夢に向き合える場所を作る。二次元でも三次元でもない、新しい次元を作る。僕達の最終目標だ」

「だから、わたしたちは……『未知の新次元』……『New Dimension X』……なんだよ?」

Vtuberとは「バーチャルTryTuber」の略であり、動画配信サイトTryTubeを中心に活動している。他の動画配信サイト等が無い訳ではないが、TryTubeに大きく水を開けられているのが現状だ。機能的な問題もあるが、何よりもユーザー数が文字通りの桁違いであることが原因である。TryTubeでのライブ配信で五千人を集めるTryTuberが、別の配信サイトを利用した結果、同時接続数はおよそ半分になり、その上視聴者数の多さでサーバーに負荷が掛かってしまうといった事もあった。

「現状、僕らが活動を行うのに最も適しているのがTryTubeというだけであって、より良いプラットフォームがあればそれに越した事はないよね。TryTubeは僕達のためだけの場所じゃないんだから」

GAMMAは少しぬるくなったお茶を啜りながら、淡々と語る。Re:BIRTH UNIONの面々は真剣にその話を聞いていた。かつて電脳技師という二つ名で呼ばれ、軽量3Dモデルとそれを動かすためのソフトをフリーソフトとして配布するなど、界隈の技術革新には必ず彼の名がある程の存在だった。そんな彼が見る理想形の未来に、興味がないはずがなかった。ミーティング室は、まるで予備校の講義のような様相だった。

一方で、既にその話を知っているステラとNAYUTAは旧交を温めていた。この一角だけが、女子校の休み時間のような空気感だった。

「ナユ、大分日本語上手くなったね。昔はもっとこう、単語を繋げたような話し方だったのに」

「これが、きこくしじょの、ほんき」

NAYUTAは生まれてから十六年間をアメリカで過ごし、高校二年生からの卒業までの間だけ家族の仕事の都合で日本にやって来た。父はアメリカ人、母は日本人とアメリカ人のハーフであり、当然だが家族間の会話は英語であり、日本語の習得には大分苦労していた。

「日本語発表会のつもりで始めた電子生命体が、今となってはVtuberの始祖。君の人生も波瀾万丈だね」

「ぱぱのおかげ。がんまは、わたしのせんせいで、ありすのうさぎさん」

「ああ、家庭教師にってナユのお父さんが自分の教え子であるガンちゃん連れてきたんだっけ？　そのガンちゃんがアバター配信っていう不思議な世界に連れて行った、と」

自分とNAYUTAとの出会いを再確認するような会話が耳に入るも、GAMMAはなんとか平静を装って話を続ける。不思議の国のアリスに登場する白兎に自分を例えるのは本当に気恥ずかしいのでやめてほしいのだが、彼女が悪意どころか百パーセント褒め言葉として使っているのが分かるため、彼は何も言い返すことが出来なかった。

「ゲームやアニメに出てくるようなフルダイブシステムは流石に来世紀くらいの技術になるだろうけど、HMDを使ってバーチャル空間を体感する事は、もう既に出来ている。あとは、それの敷居をどこまで下げれるか。電車に乗るのと同じくらいの気軽さでVR空間に出入りできるようにしたいんだよね。そして、その中でより自分らしいアバターで生きていけたら……きっと、もっと自分や他人に向き合えるようになるような気がする」

四谷とユリア、キンメが目を輝かせてその話を聞き、龍真と白羽、廻叉は思うところがあるのか沈黙している。複雑な空気を察してか、GAMMAがパンッと手を一回叩く。

「まぁ、でも少し遠い未来の話だよ。今のVtuberの在り方も『自分らしさ』の表現としてはアリだと思うし、そこを否定するつもりもない。僕らがVtuberと呼ばれることに抵抗もない。ただ、ほんの少しだけ先を考えてるってだけの話だよ。まずは年末のフェスで、盛大に復活の狼煙を上げないといけないからね」

「GAMMAさんも、その、歌うんですか……?」

「一応ね。素人のカラオケレベルだけど、演出だけは最上級の物を作り上げるつもりだよ。でも、僕の歌はどちらかといえば前座で、本命は、NAYUTAかな?」

「ん、わたし、うたうよ。たくさん、れんしゅうした」

そう言って、NAYUTAはその場で歌い始める。拙い日本語とは真逆の流暢な英語の歌だった。誰もが知っている世界的なアニメ映画の曲だ。数年前はテレビを点ければこの曲が流れていた、と言ってもいい程に知れ渡った曲である。

「……どう?」

「凄いです……!」

「Vtuberになって、良かった……!!」

「うわぁ、ハードルが上がる音がしたよ……」

「だからこそ、飛ぶんだよ」

「そのとーり」

目を輝かせて素直に称賛するユリア、人生の絶頂期を迎えたかのような表情のキンメ、トップ層のレベルの高さを実感する四谷と、三人がそれぞれの反応を返す中、一期生の二人は拍手を送りつつもむしろ挑戦的な表情を浮かべている。音楽というジャンルで負けたくない、という感情が表情に滲んでいる。

「ステラ、良い仲間を見つけたね」

「だろう？　私の自慢の友達だよ」

「昔の危うさというか、捨て鉢感は大分なくなったよね」

「うん、あの頃の話をされると胃が痛むからやめてくれないかな？」

それぞれの反応を見せるRe:BIRTH UNIONの面々を眺めながらGAMMAがステラへと話しかける。デビュー時期や活動休止のタイミングなどで活動期間は殆ど被っていない二人ではあったが、それなりに接点は持っていた。ソロ活動だったころとの比較を持ち出されれば、ステラは分かりやすく嫌がったが、実際にGAMMAの目から見て、彼女の表情や声色が明るくなっている事が分かった。少なくとも、それだけで日本に来た甲斐があった、と思える表情だった。

「私も早く、何を歌うか決めないと……」

「はやく、きめなくて、いい」

「え？」

独り言のように呟いたユリアの言葉に、NAYUTAが突如横に来てそう言った。目を白黒させたまま、気の抜けた返事をしてしまう。NAYUTAはじっとユリアの目を見つめている。

「きみが、こころからうたいたい、っておもううたを、うたうべき」

「……心から、歌いたい歌」

「そうですね。私としても、ユリアさんが本気で歌いたいと思った曲を聴きたいと思いますから」

湯呑を片付けていた廻叉が不意に口を挟み、ユリアは心臓が跳ねる音を聞いた。

「か、廻叉さん……⁉」

「歌がメインコンテンツでない私が言うのも烏滸《おこ》がましいですが、自分らしい曲である事が一番大事だと思います。勿論、流行の曲を歌う事は悪い事じゃありませんが、私は『その人』らしさが出る選曲の方が印象に残ると思います。私も、以前に出した曲はそれを重視しましたから」

「『Wraith』……しつじさんと、すてらが、うたってた。すごかった」

NAYUTAが頷きながらそう言うと、今度は廻叉の心臓が跳ねた。

「ありがとうございます……まさか見てらっしゃったとは」

「すてらのうた、すきだからぜんぶみてる」

「コラボ企画の曲でしたからね」

「でも、やっぱりそれくらい印象に残ってる、って事ですもんね……」

自分という存在をファンの人や、自分を始めてみる相手に印象付けるにはどうするべきか。今の時点では答えは出なかったが、もっと視野を広げるべきかもしれない。ユリアはそんなふうに考え、小さく頷いた。

「ありがとうございます。その……何か、私らしい曲を妥協せずに見付けたいって、思います」

「ええ、期待してますよ。でも、締め切りには間に合わせましょうね」

「は、はい……！」

「しつじさん、せんせいみたい」

決意の言葉を受け入れつつも、忠告を入れる廻叉。ユリアは、廻叉さんは優しいけど甘やかさない人だ、と改めて実感する。だが、期待してくれている事は素直に嬉しいのか、自然と語気に力が入った。そんなやり取りがNAYUTAには教師と生徒のやり取りのように見えた。

数十分後、NDXの二人は事務所を後にした。次に彼らとRe:BIRTH UNIONが出会うのは、年末のカウントダウンイベント当日だった。その日、日本は『New Dimension X』の衝撃を味わう事になる。新次元の到来は、新時代の到来と同義だった。

※※※

自宅のパソコンに接続された電子ピアノの前で、石楠花ユリアこと三摺木弓奈は今日の出来事を思い返していた。年末のイベントの事で打ち合わせに行き、Vtuberという世界における伝説のような存在に出会った。短い会話の中で、彼らの考え方や感性の一部に触れただけに過ぎないが、それでも収穫は大きかった。

自分が今居る世界を形作った二人は、自然体でありながら理想に燃えているように弓奈には映った。GAMMAの語る未来はスケールが大きく、NAYUTAは誰よりも自由であるように思えた。

既に今から二人がカウントダウンフェスで何を見せるのか、楽しみで仕方なかった。

だからこそ、自分が何を見せるのか悩んだ。

「でも、私にはピアノしか無い……」

自己評価の低さは、一時期に比べれば大分マシになってきた自覚はある。だが、Re:BIRTH UNIONの仲間たちや、同業他社のVtuber達、そして今日出会った二人に比べてしまう。きっと、自分は広いバーチャル世界の中でもちっぽけな存在なのだろう、と考えてしまっている。

TryTubeを開き、片っ端からピアノの楽曲を探していくがこれだという物が見付からない。自分らしさもそうだが、自分が伝えたいものがまだハッキリしていないように思えた。

「……洋楽も、探してみようかな」

洋楽には詳しくないにも拘わらず弓奈がそう考えたのは、NAYUTAが事務所のミーティングルームで歌った姿を思い出したからだった。英語は不得意ではないが得意でもない。だが、日本語の方が伝わるのではないかという考えから、洋楽を検索から除外していた。

「自分から、選択肢狭めてたらダメだよね……」

そう考えるようになったのも今日の出会いが影響しているのだろう、と弓奈は思う。狭い世界に閉じこもっていた時と、今の自分とを比べると、随分と前向きになったな、と思えた。

検索結果の羅列を眺めながら取り留めのない考えばかりが浮かぶ。いくつもの曲を再生し、歌詞の和訳を調べ、手元の電子ピアノで実際に弾いてみる。メロディを口ずさみながら。そんなふうにして、時間は過ぎていく。気が付けば深夜になっていた。

弓奈は考える。こんな時間まで、こうして頑張れるのは誰のためだろうか。

自分のためである事は否定しない。否定できない。

だが、決してそれだけではない。

Re:BIRTH UNIONの仲間たちのため？

Vtuberという世界のため？

ふと、自分の過去の配信アーカイブを開いた。ピアノの弾き語りの練習配信だった。リアルタイムのコメントとは別に、アーカイブ自体へのコメントも沢山ついていた。

《いつも一生懸命なの見てると励まされる》

《時間を忘れて見てた》

《嫌な事があったユリアさんが頑張ってるのを見てると、私も頑張らなきゃなって思う》

自分はちっぽけな存在だと思う。そんな自分でも、自分のピアノと歌で、誰かの励みになれている。そんな大切な人たちのために、歌いたい、と弓奈は思った。涙が零れそうになるのをこらえながら、再びピアノの楽曲を検索していく。

そして、その曲に辿り着いた。自分が産まれるよりずっと前の曲だった。歌詞は分からなかったが、そのミュージックビデオがまるで一本の映画のようで、彼女は瞬きすら惜しむように見つめていた。歌詞の意味は、断片的に聞こえる単語や、サビの分かりやすい部分しか理解できなかったが、それでも伝わってくるものがあった。最後に、和訳の歌詞を見て、とうとう涙が零れた。

自分が歌いたい曲が、見つかった――。

その日、彼女は朝までその曲を弾き続けた。拙い英語で、歌詞を口ずさみながら。

※※※

数日後、イラストレーター・九重ヒカルの下に動画用イラストの依頼があった。依頼人は、自身の『娘』である石楠花ユリアだった。

『バーでピアノを弾いて歌っている私のイラストをお願いします。歌う曲のデモも一緒に添付します。よろしくお願いします』

「未成年なのにバー？」と彼女は訝しんだが、デモとして送られてきたｍｐ３を開き、その曲を聴いた瞬間に彼女はイラストレーションソフトを立ち上げ、ペンを走らせていた。このカバー楽曲は、ユリアの代名詞になるという予感があった。

九重ヒカルが得たその予感は、十二月三十一日に的中する。

そのカバー動画は、Vtuber界隈内外で大きな反響を呼び、後に百万再生を達成する事になるが――。

石楠花ユリアも、九重ヒカルも、今はそれを知らない――。

※※※

二〇一八年十二月はVtuber業界にとって沈黙と激動の月だった。

上旬。企業・個人問わず、全体的に配信頻度が落ちた。一方でSNS等には「作業に集中します」「ちょっと忙しい」といった文言が飛び交っていた。あるいは直接的に「カウントダウンフェス用の動画に集中します」という理由を述べる者も居た。

十二月三十一日に予定されている『Virtual Countdown FES』、通称VCFの詳細が発表されたのは十一月の初頭だった。内容は3Dモデル所持者によるライブ、更にVtuberによる歌動画を紹介する企画がメインである事が発表された。動画編集等の都合で締め切りは十二月十五日となった。当初、応募は想定よりも少なかった。新曲での応募も勿論あったが、既に投稿されている曲での応募なども多かった。潮目が変わったのは、『New Dimension X』設立のニュースとティザームービーの公開とその後の追加情報だった。

『New Dimension X』の公式サイトがオープンし、所属するメンバーとして紹介されていた『NAYUTA01』『GAMMA02』の姿がかつての『電子生命体NAYUTA』『願真』のブラッシュアップモデルである事が判明し、更に復活の舞台としてVCFに出演することについてSNSで情報公開が行われた。一時間もしないうちにトレンドに上ったその情報は、あらゆるVtuberの創作意欲に火を付けた。それはRe:BIRTH UNIONの面々も例外ではなく、全員が自身の作品のために注力し始めた――。

※※※

「という訳で最近多数の方が歌ってみた動画を出されていまして、チェックする時間が足りません。自分の収録は何とか終わらせました。正時廻叉です」

「業務連絡。ダルマリアッチ、この前貰ったファイルにリリック書いたテキストファイルが入ってなかったから送っといて。三日月龍真 a.k.a.LunaDora です」

「タイトルコールもBGMも無く、唐突に雑談が始まる形式でお届けしております、第X回『龍真・廻叉のライトヘビー級ラジオ』のお時間です」

《草》
《いきなりNDXの話始めたから何かと思った》
《X回て》
《回数数える気無しで草》
《自己紹介で業務連絡すな》
《そういえばバーチャルサイファー勢でVCF参加って言ってたな》
《★ダルマリアッチ@Vtuber：あいよー》
《返事すんなw》

「そんな訳でちょっと大きいニュースが立て続けにあった十二月上旬を俺らで振り返りつつ、年末のイベントに関しても触れて行こうじゃねぇかって感じでやる予定」

「具体性に欠ける説明ありがとうございます。実際具体的なプラン皆無で我々は話しております。ご了承ください」

「前回から台本がＰＤＦじゃなくてテキストファイルになったからな」

「しかも二キロバイトでしたね」

《こいつら……w》
《執事、しっかりしたフリして雑に投げる時あるよな》
《初見だけど、いつもこんなノリなの……？》
《二キロバイトは草》
《そんなとこライトにすんなやw》
《初見さん、残念ながらいつもこのノリだ》

「さて、最初のニュースは……『New Dimension X』だよなぁ。まさかの北米発。まさかの復活。去年辺りからこの界隈追ってた人に取っては天地が引っ繰り返るレベルのニュースだったんじゃねぇかな」

「文字通り、界隈に激震が走ったという印象でしたね。無論、影響力の高いお二人だという事は知っていましたが、想像以上でした」

「そりゃそうだろ。あの二人が居たからこそ、Vtuberっていうジャンルが生まれたってレベルだよ。特に十七年デビューの個人勢の面々からしたら、創造神って感じなんじゃねぇかな」

《ほんそれ》
《動画のラスト十秒だけ何度繰り返して見たかわからん》
《NAYUTAに関してはガチの消息不明だったからなぁ……》
《最高のニュースだった》

「その上、自身のチャンネルでの配信より前に『Virtual Countdown FES』への出演が決定しましたからね。今の時点で発表されているのは歌唱動画のお披露目と、MCとしての参加でしたか。つまり、参加者が投稿した歌動画をお二人に見られる、と」
「かなり長丁場なのにフルで参加する気らしいからな……まぁ、あの二人らしいっちゃらしいのかもしれねぇけど」
「影響は既に出ているのか、VCFへの動画投稿表明が増えました。我々、Re:BIRTH UNIONは元々参加予定ではありましたが……VCFのハッシュタグが付いた歌動画、かなり増えましたね。そこで冒頭の話に繋がる訳ですが」

《まさか参加するとは思わなかった》
《去年の年末ライブアーカイブ見て、もう二度とこれは見れないと思ってたからマジで嬉しい》

《正直、アメリカ拠点と知って日本と関わらないと思ってたから意外》
《相変わらず予想を裏切る二人だ……》
《古株個人勢が本気出してるよな、歌動画》
《公式から投稿増えて一本頭の紹介する秒数減るかもって報告あって草》

「TryTube に投稿しておいて、後はアドレスと必要事項書いて送るだけっていうお手軽具合だから参加する気になったら増えるわな。ちなみに締め切り明々後日だから、これ見てる Vtuber 連中で投稿する気がある奴は早くしろよー。TryTube に動画だけ上げて参加申請忘れるポカしないようにな」

「弊社からは……確か、ユリアさん以外は投稿済みですね。ちなみに、私の動画は明後日にプレミア公開予定となっております。待機所は概要欄にございますのでよろしくお願いいたします」

「俺のはバーチャルサイファー勢でオリジナルＭＩＣリレー参加な。動画自体は、ＭＣ備前のチャンネルに上がってるんでよろしく」

「龍真さんの参加した動画、拝見しましたが凄かったですね。迫力と熱量がラップに詳しくない私にも伝わってくる作品でした」

「マジで Vtuber ラップのクラシック作るつもりでやったからな。これが俺らの証言ってな。つーか、執事の選曲も大分珍しいよな。ハロウィンの流れを汲んだダーク路線というか」

「配信で選曲会議を行ったのですが『この曲を朗読モードでやってほしい』というコメントに大量

の賛同がつきまして。私自身も、やりたいけれど需要があるか不安だったところ、需要しかありませんでした」

《周知助かる》
《SNSで歌ってみた上げたって投稿の殆どに「VCFに応募した?」ってリプついてて草なんだ》
《関係ない動画にまで付いててbotかスパムみたいになってるのはダメだけどな》
《執事のサムネ最早ホラーだったな……》
《絵師さんの本気》
《Vサイファー聴いたけど確かに凄かった。気合がヤバい》
《★ラッパーVtuber・MC備前:よければ全員のチャンネル登録してくれ。ワンクリックで救われる個人勢が居ます》
《★ダルマリアッチ@Vtuber:ほんそれ》
《うわ出た》
《しょうがないにゃあ……》
《なるほど、『証言』か》
《需要しかない草》
《意外とダークな曲好きよな、執事》

「とまぁみんな頑張ってんだけど、駆け込み投稿が多過ぎて伸びねぇのなんのってもう！」

「確かに、ステラ様とのコラボ時や七大罪コラボの時と比べると初速の伸びが緩やかではありますが……」

「これもう、VCF当日に紹介してもらったタイミングで不特定多数に盛大に売り込むしかねえな！」

「投稿が増えた結果、サビワンコーラスから三十秒くらいの紹介に切り替わるそうですよ。今SNSで発表がありましたね」

「マージでぇ!?」

《草》
《台パンすなw》
《せめて執事の半分くらいオブラートに包むことを覚えろ龍真》
《ギラギラしてんなぁ》
《イベント前から巻き入ってて草》
《草》
《スマホ見ながらラジオ配信する Vtuber 事務所》
《なんつー声出してんだw》

「まぁぶっちゃけこれまでが俺ら分不相応に伸びすぎてたとこはあるけどな」

「ああ、某所で言うところのステラブーストですか」
《また反応し辛い言い方するわぁ……》
《謙虚っちゃ謙虚なんだろうけども》
《廻叉ァ!!》
《執事ァ！！！》
《お前本当にそういうとこだぞ!?》
《なんでこの二人事務所から怒られないの？》

「まぁアンチスレの連中が思ってるようなブーストじゃねぇけどな」

「牽引車ではありませんからね。具体的に言うと、西部劇で『足をロープで縛られて馬で引きずり回されてる』図を想像していただければ」

「ちなみにリバユニはほぼ全員アンチスレ見てるからな。酒の肴に」

「この話をしてドン引きしてた四谷さんとユリアさんは見ていませんのでご安心ください」

《だから名前を出すんじゃないよ！》
《せめて人並みのメンタルしててくれねぇかな……》
《ファンの俺らのが胃が痛むってどうなの》

《伝統的な拷問で草》
《見てるのかよ!!》
《肴て。酒の肴て……》
《ごめん、俺らもドン引きだわ》
《四谷とユリアを守護らねばならぬ……!!》
《この度し難い異常者どもめ》

「なんか俺ら酷い言われようだぞ、廻叉」
「まぁ当然の反応でしょうね」
「怖くないモン怖がらないだけの話なのにな」
「まぁそれはそうなんですが、いい加減話題も変えましょうか」

《お前らが怖ぇよ》
《わぁ、低評価がうなぎのぼりだぁ(遠い眼)》
《他の箱のヤベー奴らとはベクトルが違うんだよな、こいつら》
《龍真低評価カウントしてゲラゲラ笑うなや》
《淡々と数える執事も怖いからやめてマジで》

「あー笑った笑った。そんじゃ次の話題っつーか、告知行くかー。クリスマス……十二月二十五日に事務所でオフコラボしまーす」

「特に歌とかもなく、普通に食事会オフコラボですけどね。忘年会も兼ねた」

「パーティーゲーム系何か持ってってやる予定だ。チーム戦な」

「個人戦だと龍真さんの最下位は決まってますからね」

「おう、事実だとしてももう少し躊躇《ためら》えや。先輩だぞ、一応」

《やっと明るい話題が！》
《おおおおお!!》
《助かる》
《ようやくドス黒い話題から脱却できる……!!》
《リバユニでここまでユルいコラボは実は初では？》
《ちゃんとVtuberらしい事出来るじゃん》
《草》
《龍真、ゲーム未だに上達してないのか……》
《躊躇しながらだったら許してくれる先輩の鑑》
「日時は先ほども申し上げた通り、十二月二十五日。十八時くらいからの開始予定です。全員が参加予定ではありますが、最初から参加するのはクリスマスだというのに当日特に予定のない龍真さん、白羽さん、私、ユリアさんです」
「自傷行為に巻き込まないでくれねぇかな？」

《草》
《ひでぇ》
《言い方……!!》
《お嬢まで巻き込まれてて草》
《ステラは忙しいだろうし、キンメは家族と過ごすんだろうってのは分かるけど四谷は？》
「四谷さんはオーバーズ所属のパンドラ・ミミックさん主催『聖なる夜だよ！　男女仲がやたらと良いでお馴染みの1809組に独り者の恐怖を与えようDEG大会!!』にハンター側の一人として参加予定です」
「あいつもあいつで地獄みてぇな企画に呼ばれてるな」

《草》
《たぶん活き活きとハンターやるんだろうな、あいつ……》
《DEGってホラー系鬼ごっこゲーか》

《配信でハンター側で何度かやってたし、実際上手かったからコラボ呼ばれたんだろうけど、四谷ファンとして喜んでいいのか気になる》
《オーバーズ1809組が何をしたっていうんだ……！》
《ゴリゴリの嫉妬で草》

「という訳で、一旦曲のお時間です。今回は許可を貰って、音源と画像を頂いております。私も依頼を受けて一部参加しております」
「オーバーズ1804組、フィリップ・ヴァイス＆各務原正蔵＆秤京吾の歌ってみただな。そんじゃ張り切っていってみよう。音量注意」

《おおおお！》
《あ……（察し）》
《総員対ショック姿勢を取れ！》
《え、何何》
《うわあああああああ！！？》
《草》
《草》
《筋骨隆々のフィリップと正蔵おじさんと京吾が!!》

《なんでこれをカバーしたんだアイツら!!》
《執事パートそこなん⁉》
《阿鼻叫喚だぁ……》
《これ挟んで後半に行くのか……》

※※※

「という訳で、フルコーラスで流させていただきました。こちらフィリップ・ヴァイスさんのチャンネルに投稿されておりますので是非」
「さっき開いたらフルコーラスじゃなくて、フルコーラスを六十分耐久にしたやつが上がってたんだけど。何なの、これがデフォなんか?」
《草》
《腹筋に悪い》
《★フィリップ・ヴァイス@OVERS1804:その方が面白いかと思って》
《あいつらも変な方向に思い切りがいいからな》
《正蔵おじがボケに乗ると収拾がつかない》
《おるやんけ》
《何故執事が参加しているのか》

「いきなりニュース原稿送られてきて『動画で使いたいから読んで』と雑に頼まれた時は何事かと。まぁ読みましたが」

「何故かギャラが事務所に現金書留で送られてきたんだよな」

「フィリップさんと秤さんは自由過ぎる節がありますから。我々が言うのもどうかという話ですが」

「俺らはまだ指向性のある狂気だけど、あの二人三百六十度全方位に狂気ぶちまけるからなぁ」

《★フィリップ・ヴァイス@OVERS1804：お褒めに与りまして》

《お前らが言うなw》

《草》

《反応早ぇよフィリップ》

《褒めてねぇよ》

「しかし久々に無感情で台本を読んだ気がします。私が読む朗読作品や、ボイスなどは普段より少し感情を出すように心掛けていますが、ニュース原稿という媒体だとそうもいきません」

「……少し？」

《少し？》

《何を仰る執事殿》
《お前のアレは感情というより激情だろ》
「その辺りは認識の違いでしょう。本気で感情を全て出してしまうと、台本を逸脱してしまいます。それは、脚本家や演出家の意にそぐわない……というのが役者としての建前です」
「建前かい」
「本音を言えば、感情のブレーキが利かなくなるような気がするのです。私は……脚本に入り込み過ぎる悪癖がありますから」

《建前かよ！》
《真顔ですっとぼけた事言うから困る》
《あれでブレーキ掛けてるってマ……？》

「あー……いつぞやの配信でやってた話とかヤバかったもんな……あのセリフでゾッとしたわ」

「皆さんのトラウマを掘り起こす言い方を追求した結果です」

「簡単に言うけど、相当難しいことだろ？」

「そこはまぁ、経験です。本職の俳優・女優の方に比べたら拙いにも程がある演技ですが」

「お前、その辺り謙遜通り越して自虐の域に達してるよな」

「ですが、本音です。いずれは執事としても俳優としても一流になりたいと思っています」

《間違いなく経験者のそれなんだよなぁ》

《マスクも相まって正体不明感が強い》

《最近オペラ座の怪人扱いされてるよな》

《自分に対してなんでこう厳しいんだ、執事は》

《覇道よりも求道か》

《リバユニの人らってなんかこう、突き詰める事に躊躇が無いんだよな……》

「まぁでも俺らは大前提Vtuberだからな。現実と虚構の間に居るからこそできるやり方してかねぇと」

「ふむ……どちらにしても3Dの体を手に入れたいですね。コスト面もあり、弊社ではステラ様のみの実装となっていますが……」

「3D一番多用してるのってエレメンタルとにゅーろだよな。あの辺は、バーチャルアイドル事務所だから歌って踊ってるところ見せてナンボってのもあるし大分力入れてるよな」

「オーバーズさんは棒人間というか……ピクトグラム……？　に近いモデルを作っていて全員が使える共用モデルにしてますね。3Dお披露目に乱入したり、バラエティ企画に使ったりしていましたね。この前見たら、緑と白と黒の三色にまで増えていて驚きましたが」

「あれ、上手いよなぁ。本人の３Ｄモデルが出来るまでに練習出来るし、何なら外部のゲストや、それこそ現実世界の人達をこっちに招くのにも使えるし」

《確かに》
《意外とVtuberとしての自覚が強めのリバユニ》
《３Ｄ見てぇなぁ》
《あの辺は最初から３Ｄあってこそ感がある》
《エレメンタルは実在感強いし、にゅーろは動きの精度がそれぞれヤバい》
《オーバーズの棒人間３Ｄはクッソ笑った》
《エイプリルフールで新人が３Ｄデビューとか言ってあれだからな……w》
《一番酷使されてるモデルでもある》
《誰かの３Ｄモデルお披露目で大体出てきて雑に扱われるピクトくん》
《荒く扱われてる時の中身大体京吾説》

「実際、我々が３Ｄモデルを持ったとしてですが。龍真さん、白羽さん、ユリアさん、あと私は何をするか大体想像がつくと思うのですが」

「まぁ音楽やるか演劇やるかだわな」

「四谷さんとキンメさんが何をやるのか気になりますね」

「……確かに。何でも出来そうだから逆に想像付かねぇわ」
《音楽系はまぁ大体歌うよな》
《執事の一人芝居も見たいけど、執事ムーブしてるとこも見たい》
《四谷とキンメの二人にはＶＲホラゲー同時プレイしてほしいなぁ。ホラー耐性最強と最弱の二人で》
「我々にとって共通の目標ですからね。いつかは全員３Ｄの体でSinを歌いたいですね」
「その場合、俺らの普段着じゃなくて専用衣装の３Ｄモデル錬成する必要あるんだぞ……」
「稼ぎましょう」
「それしかねぇかぁ……」
《いいなぁ、マジで見たいわ》
《むしろ２Ｄでデビューした Vtuber 全員の夢であり目標だよな＞３Ｄ》
《デフォ衣装だとちょっと合わないのは分かる》
《草》
《世知辛ぇなぁ》
《毎度毎度思うけど、本来表立って言わない事全部言うなこいつら》

「ドネートはあくまでチップですからね。会社にお金を落とすにはやはり案件でしょうか」

「正直貰ってもまぁまぁの割合 TryTube に吸われるしなぁ」

「会社が大きくなった方が最終的に私達への収入に繋がりますからね」

「映像制作部がめっちゃ頑張ってるよな……Vtuber 事業部潰さねぇように頑張らねぇと」

「居場所を失う苦しみは一度だけで十分ですから」

「だな……ん？」

《そこまで割り切ってるのか》
《ドネートのお金も個人単位なら大金だけど会社の運転資金にはならん、と》
《TryTube の中抜き、三割だっけか》
《明るい未来と暗い現実を交互にぶつけるのやめよう？》
《執事……？》
《ほらまた過去匂わせるー》

「どうされましたか？」

「いや、お前もかと思って」

《ええぇ……》

《なんか絶対そういうバックボーンあるんだろうなって気はしてた》
《ああ、Re:BIRTHってやっぱそういう……》
《ユリア嬢なんかデビュー配信で言ってたもんな》
《ここにきてリバユニの共通項が見付かったか……》
《嫌だわ、そんな負の繋がり》

「ああ、龍真さんもですか」

「ま、ありふれた挫折とよくある絶望ってやつだな」

「仰る通り。更に言うならつまらない失意と、安い苦悩です」

「で、俺に残ったのがラップで」

「私に残ったのが執事として、役者としての矜持です」

「お前二つも持っててズルくね？」

「一つに絞れなかった半端者ですよ」

《ライトにヘビーな話してる……》
《本当に大したことなさそうに言うのが怖い。ポーズじゃなくてガチだってわかるのがより怖い》
《★フィリップ・ヴァイス@OVERS1804：正気の顔で狂ってるの最高だな》
《今日も健やかにガンギマってる》

《フィリップが楽しそうで草》
《そういえばこいつ芸人だけど愉悦部でもあったな……》
《俺らから見ると二足の草鞋だけど、執事的には半端者になるのか》
「じゃ、半端者と言えなくなるくらい研鑽しとけ。先端走りたきゃ平坦な道歩いてる暇はねぇからな」
「相変わらず熟語で韻を踏むのがお好きなようで……」
「韻の勉強のためだけに同音異義語調べたくて国語辞典買ったからな」
「ラッパーのイメージをどうしたいのですか、龍真さんは」

《おお、流石》
《普通のトークに韻踏み混ぜるの好き》
《ラッパーと勉強って同一線上に存在できるのか……》
《★ラッパーVtuber・MC備前：辞書とかは暇つぶしによく読むぞ。ラッパーは語彙力が命だからな》
《作詞のネタ出しには必要なんだろうなってのは分かるが》
《やんのかい》
《備前ニキの貴重な証言ktkr》
《★ダルマリアッチ@Vtuber：こいつらだけに決まってんだろ》

《反論が速攻で来たw》
《★ラッパーVtuber・MC備前：俺はお前ほどフロウ強くねぇからそういうとこで差ぁ出さな個性が出ねぇんだわ》
《★ダルマリアッチ@Vtuber：急に褒めるな照れるだろコノヤロウ》
《ラッパー共イチャイチャすんな》

「スタイルはそれぞれ、という事ですね」
「そういうことでーす。ダルちゃんの変態フロウも、備前の細かすぎて伝わってるか不安になる韻踏みも俺は大好きだからなー愛してるぜ、マイメン」

《ラップと無関係な執事がまとめるの草》
《恥ずかしげもなく愛してるって言える龍真すげぇってたまに思うわ》
《★ラッパーVtuber・MC備前：俺も龍真しゅき》
《★ダルマリアッチ@Vtuber：パパ……》
《草》
《草》
《こいつら……w》
《ダルさん一番年上だろアンタw》

「それじゃあ、楽曲の方にいきましょうか。ラッパーの皆さんが今日も集まっていますので、龍真さんの曲を掛けましょう」

「ＯＫ、じゃ、先月にソロで出した曲掛けるわ。俺だってトラップ乗れるんだぞってとこを見せ付けたいだけの曲だけど」

「概要欄にそういう事書くの好きですよね、龍真さん」

「誰よりも正直に生きているからな、俺は」

「そんな龍真さんの楽曲です。お聞きください。『Knock On』」

※※※

「……よし」

龍真と廻叉のラジオ番組のアーカイブを作業用のＢＧＭに、石楠花ユリアは動画の投稿を完了する。今までは配信での弾き語りが中心だったため、いわゆる「歌ってみた動画」をアップロードするのはこれが初となる。ピアノと歌を別々に録音するのも、イラストや動画、ＭＩＸの制作依頼を出すのも初めてで戸惑う事も多々あったが、彼女は納得する歌と演奏が出来たと思っている。

そして、実際にそれを動画化されたものを見ると、感謝や敬意が彼女の胸に溢れる。イラストは、自身の『母親』であるイラストレーターに、動画やＭＩＸは事務所の映像制作部や音響部に依頼した。身内ばかりではあるが、コネクションを持たない彼女の精一杯だった事は確かだ。

更に、その動画のＵＲＬと、希望する再生時間を記載し、『Virtual Countdown FES』への参加登録を済ませる。

どれくらい再生されるかは、今のユリアには全くわからない。偉大な楽曲のカバーである以上、原曲のファンからのバッシングという可能性もある。だが、それらすべてを飲み込んで、彼女はこの楽曲を歌い、動画として出すことを決めた。

「どうか、届きますように」

動画概要欄に書いた言葉は、ユリアの決意表明でもあった。その歌が、自分の配信を見に来てくれているリスナーに届けばいいと、そんな願いを込めた。その日、TryTube上に石楠花ユリア初の歌ってみた及び演奏してみた動画がアップされた。


いつも私の配信に来てくださり、ありがとうございます。

未だに、自分に自信が持てない私でも、誰かの支えになれているのかな、って思えるようになりました。

これからも、皆さんのために歌いたい、ピアノを弾きたいと思います。

そう思った自分への、メッセージとして、この素晴らしい曲をカバーしました。

少しでも楽しんでいただければ、幸いです。

石楠花ユリア
https://trytube.com/watch?v=********

歌・ピアノ演奏：石楠花ユリア
ＭＩＸ・動画制作：（株）リザードテイル
イラスト：九重ヒカル

※※※

「どうもー！　オーバーズ1806組のパンドラ・ミミックでーす！　みんな、街を見てごらん！　カップルたちが楽しそうだね！　クソがよ！！！」
中性的な風貌と声を持つ、所謂男の娘系Vtuberであるパンドラ・ミミックが開幕早々、元気よく呪詛を吐き散らかす事でその配信は始まった。画面右端にはバストアップのミニワイプが七つ縦に並べられていた。パンドラ自身の立ち絵は画面左側、ゲスト用の立ち位置も用意してある。そして、全体的に画面デザインが禍々しいもので統一されていた。
《初手から飛ばしてて草》
《ど真ん中ストレートにも程がある》
《勢いだけじゃねぇか！》
「そんな訳で！　昨日もクリスマスパーティー配信で超楽しそうにしてた1809組を先輩権限で呼び出しました！　はい、チャキチャキ自己紹介する！　まずはクロム！」

「は、はい……あ、1809組、クロム・クリュサオルです。最近ユニット名が『League of Poseidon』に決まりました。略して『L.O.P』と呼んでください！」

ファンタジー世界の戦士風の青年、クロム・クリュサオルが狼狽えつつもしっかりとした挨拶を行い、自身らのユニット名も紹介していく。界隈最大の人数を抱える事務所であるオーバーズは同月デビュー組としての括り以外にも、定期コラボをする面子をユニットとしてまとめる習慣があった。結果的に『オーバーズの○○は見てるけど××は知らない』という視聴者も多くなり箱推しのファンが少ないという弊害が出ているが、何十人ものVtuberがそれぞれに固定のファンを掴む方が、結果的に推進力になるという運営の考えからユニット売りは推奨されていた。

なお、一部コミュニケーション能力に難があるとされる所属者も同期ユニットには配属されるため、完全孤立している者は一人を除いて存在していない。

《クロムくん巻き込まれ方主人公よなぁ》

《見た目は立派な戦士なのに先輩に逆らえない好青年》

《あー、クリュサオルってポセイドンの子供か》

《インド神話じゃなかったっけ》

《漫画由来の知識って役に立つな。あとインドの神話に出てくるのはクリシュナだ》

「はい、という訳でクロムと愉快な仲間たちでーす！」

「いや待ってぇ⁉　個別に自己紹介させてくれよ‼」

「えー……あと六人同じテンションでやるの、辛い」

「それ、ドラちゃん先輩の都合じゃんか‼」

「横暴ですー！　横暴ー‼」

「さいてー」

「酷いわぁ、パンドラはん……うち、泣いてまうかも」

「俺らにもアピールの機会をー‼」

「ええいやかましい！　雛壇最後方の若手芸人かお前ら‼」

《草》
《うるせぇw》
《最低の理由で草》
《なんだかんだで声質が違うから聴き分けできるだけマシだと思おう》
《弁天ちゃんの自称インチキ京都訛りはクセになるな……》
《え⁉　オーバーズは若手芸人の事務所じゃないんですか⁉》
「じゃあ、一人ずつ名前と！　ワイプのどこにいるどういう見た目の奴か順番に言いなさい！　はい、整列！」

「「「うぃーっす！」」」

《息ピッタリで草》

《ノリが芸人なんよ》

「じゃあ最初が一番上のクロムからだったから、その下の俺様から名乗りを上げるぜ。俺様が海賊ブラックセイル。バーチャル世界という大海原に打って出た、人生博打の航海者だ」

「その下のアリアード・ネメシス。よろしく。蜘蛛の巣デザインのパンクファッションの、見た目だけ派手で中身は地味な女だよ」

「その下、式夢弁天《しきゆめべんてん》と申します。水色の着物がうちのトレードマークやさかい、よろしゅう？」

「ど真ん中の白いのが俺！　王海天馬《おうみてんま》！　ペガサスから人間に転生したけど前世の名残出まくってる系男子でーす」

「みんなー、波に乗ってるかい？　天馬の下の、自他ともに認めるチャラいサーファーが俺、鳥飼《とりかい》クリフトンでーす」

「こーんばーんはー!!　一番下の女子高生、日本語しか喋れないハーフの星狩《ほしかり》ロエンだよー！　いえーい！」

収拾がつかない状態を一度作ってから、改めて自己紹介を促すパンドラ・ミミックの声に、散々文句を言っておきながらも忠実に従うL.O.Pの面々。いざ自己紹介が始まると、まるで最初から台本通りだったかのようなテンポの良さで自己紹介をしてみせた。ゲストとして呼ばれて現在待機中の小泉四谷はあっけにとられ、個人勢にして『バ美肉開拓団』の一員でもあるリリアム・ノヴェンバーは大爆笑していた。

「いやー、やっぱりオーバーズの子達は面白いね！　集団芸が確立されてるVの箱はここくらいじゃないかな？」

「ウチの先輩方も大概濃いとは思っていましたが、オーバーズさんはまた違った濃さがありますねー……」

「まぁ四谷くんのところも大概だよね。炎上してるのに、平然としてる執事さんとか。芸人さんの下ネタ曲を朗々と弾き語る白羽ちゃんとか」

「全員が一度は狂人呼ばわりされている箱はウチだけですねたしかに……」

四谷とリリアムは初対面ながらも、古参個人勢であるリリアムが話題を振る事で四谷も自然と話せている。初の外部ゲスト、ゲームではハンター側、ホラーゲーム配信で一度だけコラボを行ったパンドラ以外は全員初対面というプレッシャーの掛かる状況下に四谷は置かれていたが、事前打ち合わせや待機所で気さくに話しかけてくれるリリアムのお蔭で緊張は大分和らいでいた。

「ではそんな仲良しなL.O.Pを『Dead End Garden』で僕とゲストさんが狩り尽くすという企画となっております。では、ゲストのお二人、どうぞー！」

「はーい、皆さんこんにちはー！　魔法少女リリアム・ノヴェンバーだよー！　今日は独り身のみんなの思いを背負ってL.O.Pを潰すよ！　先輩の圧を、見せるよ★」

《リリアムー！》
《今日も可愛い》
《圧て》
《一七年デビュー組でそこそこ売れてる奴らみんな圧がある気がする》
《流石リリアム、オファーの意図を汲んでる》

テンションはいつも通りのまま、一年近く後輩のユニットを相手取るに相応しい圧力を掛けていく。その『分かっている』言動にコメント欄は称賛するようなコメントが多い。
「僕の名前は小泉四谷。Re:BIRTH UNIONの三期生で、L.O.Pのみんなとはほぼ同期。今日、僕が呼ばれた理由は——君達を狩る事で、親睦を深めるため。さぁ、相互理解のお時間です——」

《ひぇ》
《完全にハンターモードやんけ》
《実際ソロでも上手いからな、四谷》
《こういうタイプ、結構好き》
《流石リバユニ、負けず劣らずの濃さ》

「ってなわけで改めまして、リバユニ三期の小泉四谷です。外部コラボも大人数も初めてなので、ちょっと緊張してますが、こういう茶番が出来るくらいにはリラックスしています。よろしくお願いします」

四谷は自身の初配信の時に行ったような、意味深なモノローグを最初に挟み込むことによって視聴者の心を掴むことに成功する。一方でコラボ相手であるL.O.Pの一部からは悲鳴とブーイングが飛んでいるが、今日の自分がやや悪役寄りの立ち位置だと把握しているためか、特に動揺はしなかった。

「お二人ともありがとうございましたー！　という訳で、DEGをやっていくんだけど、このゲームはハンター一人に対してエスケイパー五人なので、全員一度に参加が出来ないから都度交代しながらやっていくよ。さぁ、クリスマスの夜に仲良しリア充グループを叩き潰すぞー！」

「「おー！」」

「完全な逆恨みじゃないですか……」

《草》

《行けー!!　潰せー!!　処せー!!》

《クロム頑張れ、現時点でツッコミがほぼお前の手腕に掛かっているぞ》

※※※

「皆様こんばんは。Re:BIRTH UNIONの正時廻叉です。お集まりの七百人前後の皆様、クリスマスの夜だというのに何をしてらっしゃるのですか？」

《おいやめろ》
《コノヤロウ》
《お前らもだよ！》
《　平　常　運　転　》
《マジで何なんだコイツ……》

Re:BIRTH UNIONメンバーによるクリスマス会オフコラボは正時廻叉による盛大な煽りで幕を開けた。

「マジで精神が鋼というかタングステンだな。あ、彼女いない歴が六年でお馴染みの三日月龍真でーす」
「同じく八年、ユニコーンにぶっ殺される系Vtuber丑倉白羽だよー」
「さ、三期生の石楠花ユリアです……あの、私も言うべきですか？」
「言わなくていいです」

《この後輩にしてこの先輩ありって感じだな》

《一番遊んでそうなのにな》
《白羽ァ!!　お前も大概だな！！！》
《【悲報】ギタリスト丑倉、失踪。エロリスト丑倉、顕現》
《エロの方向性がオッサンのそれなのよ……》
《乗るなユリア！》
《執事ナイスブレーキ》
《まぁでもガチ引きこもりだったなら=年齢だろうなぁ》

現時点で集まっている面々がそれぞれに自己紹介をするが、一期生の二人はどこかやけっぱちな空気を出していた。唯一、常人に近いユリアだけが狼狽えている。

「御覧の有様な四人でお送りしておりますが、現在オーバーズ1809組の皆様を元気に追い回している四谷さんと、別件の取材中のステラ様は後ほど参加予定です。私の同期であるキンメさんは御家族でクリスマスを過ごされるため欠席となっております。皆様、これが正しいクリスマスの過ごし方ですよ？」

「やめろ廻叉、俺らにも刺さる」

「ダメだ、今日の廻叉くん絶好調だ」

「廻叉さん……折角見に来てくれている方にそういう事を言うのはよくない、です……」

《追い回すってなんだよ》
《あー、そういえばDEGコラボかw》
《ヨッツがハンターやってる配信、めっちゃ強くてビビったわ》
《新人はオーバーズの地獄企画に駆り出され、ステラは取材……これが、格差……!!》
《キンメは旦那も子供も居るからしゃーなし。むしろ来たらダメだろ》
《やめろぉ!!》
《悔しい……!　でも正論……!》
《案の定フレンドリーファイアしてて草》
《ユリアはリバユニの良心》
《お嬢は救い、お嬢は癒し》

「ユリアさんの仰る通りなのですが、数日前に御主人候補の皆様にクリスマスプレゼントになるような何かを、という事でコメントからランダムに抽出した願い事が『甘口ボイスは出してくれたから、暫く俺達を罵ったり詰ったりしてほしい』という度し難いものでして」

「……し、白羽さん、どうしよう……こんな時、どんな顔をしたらいいの?」

「笑えばいいと思うよ?」

「キヒ、キヒヒヒ……!!」

「龍真くんのは人の笑い方じゃないから参考にしなくていいけど、基本的にはこんな感じで」

「ええ……」

《草》

《自　業　自　得　》

《御主人候補の性癖が日に日に歪んでいく》

《お嬢が困っとるw》

《狼狽お嬢可愛い》

《そして定番の返しをする白羽。本当に大爆笑してる龍真》

《あーリバユニのコラボだなぁ……》

《自業自得だけど業が深すぎない？》

「まぁ何にしてもさ、廻叉くんのその暗殺剣みたいな刃で一度燃えかけた訳だし、心配してるユリアちゃんの顔を立てる意味でもさ。今日はマイルド廻叉くんで行こうよ」

「そうですね。しかし、舌禍《ぜっか》具合で言うと白羽さんも大概では？」

「何を言うんだ、クリスマスだよ？　丑倉が本気出したらとっくに配信がＢＡＮされてる」

「お前最悪だな!!」

「白羽さんも女の子なんだから、あんまり、こう……そういうの、そういうのは良くないです……！」

「謝っておいてなんですが、言葉の鉄球振り回してる人に言われるのは釈然としません」

クリスマス配信だというのに、未だに『メリークリスマス』の一言もなく無秩序な雑談が繰り広げられるだけのオフコラボではあったが、こういう混沌とした状況にこそ真っ当な感性をまだ持っているユリアの存在が目立つようになる。

「あの、とりあえずお料理とかケーキとか、あと飲み物とか用意しませんか……？」

「……いや、全くもってその通りです」

「うん、流石に俺らも平常運転過ぎたな」

「そうだぞ反省しろよ二人とも」

「お前もだよ」

2Dアバター越しに聴こえてくる丁々発止《ちょうちょうはっし》のやり取りと、皿やグラスなどを準備する物音が響く中、ようやくクリスマスらしい配信が始まった。リスナー達は総じてユリアへの感謝のコメントと、求婚の言葉が大量に流れていたが、最も積極的に準備に動いていたユリアがそのコメントを目にする事は無かった。

※※※

【同時刻　清川家】

魚住キンメこと、清川芽衣の一人娘である清川亜依がRe:BIRTH UNIONクリスマス配信をタブレット端末で見ながら、母へとこう尋ねた。

「お母さん、なんで白羽ちゃんユニコーンに殺されるの？　悪い事したの……？」

清川芽衣は激怒した。必ず、かの誨淫導欲《かいいんどうよく》のギタリストをシバかねばならぬと決意した。

※※※

「いやあああ！　ごめんなさいごめんなさいごめんなさい！！！」

「階段で上に逃げても、追い付かれたら逃げ場がないんだよね」

「ひゃあああああああ飛んできたあああああああ！！！！」

「イナゴベースの改造人間キラーだから、そりゃ飛ぶよ」

「お願い許して許して、箱は違えど同期じゃん！！」

「そうだね、同期だね。でもここで逃げると恐怖が長引くだけだから終わらせるのが星狩さんのためなんじゃないかな。という訳でおやすみなさい」

「きゃあああああああああああ！！！！」

《草》
《大騒ぎw》
《キャラコン難しいロウカストを使いこなしてるのすごい》
《ロエンちゃん、俺らの鼓膜の在庫を減らすのやめよ？》
小泉四谷が操るイナゴ怪人『ロウカスト』が星狩ロエンの操るエスケイパーを襲撃。最後の一人が全滅し、配信画面にはハンターの勝利画面が大写しになる。移動能力が低く歩行が遅いため、メインスキルであるハイジャンプに移動の大半を依存しているロウカストを使い、的確な距離に飛び込んでエスケイパーを駆逐していく様には、メイン視点であるパンドラ・ミミックの配信枠だけでなく、オーバーズ1809組・L.O.Pメンバーでの各配信でも恐怖と驚嘆が渦巻いていた。

「小回りが利かないロウカストなら逃げきれると思ったんだけどなぁ……」

「飛び過ぎて壁にぶつかるのすら利用してくるの怖すぎるって！」

「いやいや、お見事お見事！　四谷くん誘って良かった！」

「ははは、でも正直緊張しましたし、途中負けるかなと思ったんですけどね」

《Tier下位のハンターも強い人が使えば強いんだな……》

《ジャンプ角度の調整精度がかなり高かったよな。ミスっても変な方向に飛んだりしなかったし》

《野良エスケイパーやってる時にロウカスト来ると「ガハハ勝ったな」ってなるくらいには弱キャラだぞ》

《シンプルに四谷さんが上手いだけでは》

《それな》

「さて、これでキラー側が一周して二勝一敗だが、まだやるかい？」

「その一敗、ドラちゃん先輩だぞ」

「俺は四っちゃんともう一回やりてぇかな。実質同期に負けるのは悔しいし」

「よ、四っちゃん？」

「私もそれに賛成。覚悟しろ四っちゃん」

数か月後、小泉四谷が『実質L.O.P』『オーバーズ1809組外部顧問』と呼ばれることになる事を彼は未だ知らない。今は、やたらと自分にライバル心を燃やしつつも当たり前のように渾名で呼んでくる他箱の同期達の猛攻に耐えていた。

なお、再戦の結果、四谷が見事な完封勝利を決めた。

※※※

「いやー……各自持ち寄り、とはいえ思った以上に豪華だな」

「スタッフの人に写真撮って貰おう。飯テロ飯テロー」

テーブルの上に並べ終わった料理やドリンク類を見て、龍真が感嘆の声を上げた。スタジオからの配信である事を活かし、白羽がスタッフに撮影を求めて席を立った。実際、テーブルにはマイクなどの機材を除けば料理で埋め尽くされていた。特に、中央に鎮座する巨大なホールケーキの存在感が凄まじい事になっていた。

「わ、私……八号のケーキなんて初めて見ました……」

「しかもそれが二つですからね。今日の参加者、最大で五人なんですが……ああ、普段は事務所でしかお見掛けしない方もスタジオに詰めてるという事はそういう事ですか」

「イチゴショート……フルーツタルト……イチゴショート……フルーツタルト……」

「ユリアさん？」

配信参加者の人数から考えれば、明らかにオーバーサイズのホールケーキ二種。王道スタンダードなイチゴショートに、フルーツを美しく整然と並べられたタルト、どちらも非常に美味しそうな見た目ではあるが、サイズという名のインパクトがそれを凌駕していた。外見に惑わされていないのは、この場においては石楠花ユリアただ一人だった。

《持ち込みかぁ。それぞれの食の性癖が見れるな》
《龍真がたじろいどる》
《サンキュー白羽。リバユニ公式アカでアップされてるぞ》
《うわ、すっげぇ》
《ケーキでけぇ!?》
《後でスタッフが美味しく頂きます（予告）》
《普通のご家庭なら五号サイズしか見ないもんなぁ》
《アカン、お嬢がバグった》
《かわいい》
《かわいい》
《ユリアさん？》

「豪華だけどシャンパンもデカいチキンもねぇよな。まぁ俺らしいっちゃらしいけど」

「失礼な、チキンならば私が用意しました」

「手羽先じゃねぇか。胡椒の量がとんでもねぇけど」

「胡椒少な目の方もあります。ですが、お酒飲む方にはこちらの方がいいかと」

「分かってるなぁ、おい。流石だぜ廻叉」

《こいつら楽しそうだな》
《クリスマスパーティという名の家呑みじゃねぇか！》
《安ワイン買っておいてよかったー》
《チクショウ、作り置きの麦茶しかねぇ！》
《ビール持ったし乾杯待ち》
《コンビニチキンだってチキンだからセーフ》
《冷蔵庫開けたらサラダチキンとプロテインしかない》
《お前らも十分楽しそうだぞ》

雑談の流れからおざなりな乾杯の挨拶があり、コメント欄に総ツッコミをされながらクリスマスパーティーは始まった。なお、十数分もしないうちにケーキのサイズがスタッフを含めても食べきれるか怪しい、という流れになった。龍真は酒飲みであり、廻叉は一般に比べればやや小食気味。大きな誤算だったのは、白羽も甘味より酒に走ったことだった。結果、ケーキの消費はユリアに任されることになるのだが。

「んー…………幸せ…………」

一口ずつ、じっくり味わうタイプの甘党だった。ショートケーキとタルトを各二ピースずつ自分の取り分として確保しているが、今のペースではユリアが完食するのは当分先になりそうだった。

※※※

「ありがとうございました。申し訳ありません、こんな日にこんな時間まで……」

「いや、この時間にしか開けられなかった私の都合に合わせてもらったんだ。むしろ謝るのは私の方だよ」

最近になり肩書をVtuber関連の専属記者と改めた玉露屋縁が申し訳なさそうに頭を下げた。取材対象であるステラ・フリークスが困ったように笑い、玉露屋へ顔を上げるように促す。彼の所属するWebメディア『NEXT STREAM』で年末の大型イベント『Virtual Countdown FES』に関する記事が連日のようにアップされ、SNS上のトレンドにも何度か表示されるなど、大きな話題になっていた。

「どうせならお詫びも兼ねて……下のスタジオに来るかい？　丁度、クリスマス会配信をやっているところでね」

「お誘いはありがたいのですが、今日のインタビューを記事にまとめなければいけないので……それに、私のような部外者が配信にお邪魔する訳にはいきませんよ」

「残念。でも、その仕事に真摯な姿勢がどの箱のファンからも信頼される理由なのかもね」

「ははは、好きだからこそ出来る事ですよ。TryTubeでデビュー直後のNAYUTAを見付けた時には、ここまで大きなムーブメントになるとは思いませんでしたけどね」

ステラの誘いを丁重に断る玉露屋の言葉に、心から残念そうに言いながらも納得するような表情を彼女は浮かべる。実際、玉露屋縁という存在は『Vtuberの記事で一番信頼できる記者』という界隈からの評価を得ている。更に言えば二〇一七年当初、人知れずデビューした電子生命体NAYUTAを発見し、新しい形のTryTuberとして紹介したのが玉露屋縁だった。

「そのNAYUTAが帰ってくるって知った時、どう思ったのかな?」

「……恥ずかしながら、泣いてしまいましたね。最後に残した動画の隠しメッセージの事は知っていましたが、それでもどこか諦めていましたから。それが帰ってきてくれて、しかも願真くんと組んでアメリカから新しい、そして巨大なムーブメントを起こそうとしている――彼女を見つけて本当に良かった、と思いましたね」

「恥ずかしくなんかないさ。なんせ、『NAYU願の帰還を知ったVtuberの反応まとめ』なんて切り抜きが出来て、しかもかなりの速度で再生回数を伸ばしているんだから。切り抜き師さんもテンション上がったのか、今じゃパート4まで出てるからね。ちなみに、パート4では玉露屋さんの『泣いた』っていうSNSの呟きも拾われてるよ」

「え……？」

まだ件の動画を見ていないのか、それとも動画を見た上で見逃したのか、どちらかは窺い知る事は出来ないが、玉露屋が固まったのは事実だ。ステラから見て、彼は自分のネームバリューを過小評価しているようにすら見える。

「各事務所の表に出てるスタッフや公式アカウント、果ては事務所の社長の反応もまとめられていたからね。玉露屋さんもそういう『関係者』として見られてるって事だよ」

「畏れ多いですよ。俺なんて、一介の記者に過ぎませんから」

「そうかな？　玉露屋さんのVtuber業界に対する貢献度で言えば、そう見られて当然だと思うよ。……これは個人的な意見だから、気に入らなければ聞き流してくれて構わないんだけど」

姿勢を正し、真っ直ぐに玉露屋へと視線を向けてステラが笑う。

「私は、君こそVtuberになるべき人材だと思うけどね」

玉露屋は驚いたように目を丸くしたまま、暫く押し黙る。彼の頭の中では、仮に自分がVtuberとしてデビューした場合のメリットやデメリット、あるいは客観的な視線と主観的な想いとが混ざり合っているのだろう、とステラは推測する。急かす事もなく、答えを待った。

「アバターを持つだけで、Vtuberという肩書は名乗らない、という形ならば」

「なるほど。その心は？」

「仮に私がVtuberとして今の仕事を継続した場合、取材対象と距離が近付き過ぎてしまう気がするんです。読者の方からすれば、身内の提灯記事を書いてるように思われると……私の評判はさておき、界隈の評判が下がるのは許容できませんから」

「……そのセリフ、NAYUTAやGAMMAの前で言ってごらん。秒で引き抜かれて、翌日にはVtuberデビューしてるよ？」

「あの二人ならやりかねないのでオフレコでお願いしますね」

自分の名誉よりも取材対象への配慮を優先する姿は、NDXの二人からすれば喉から手が出る程欲しい人材だろう。Vtuberという存在を新次元へと押し上げる事を本気で考えているNDXの理念からすれば、玉露屋ほど界隈への愛情を持つ人物を傍に置きたいと思うはずだ、とステラは推測する。あの二人であれば、NAYUTA01、GAMMA02に並ぶ『03』のナンバーを彼に用意するくらいの事は平然と行うはずだ。

人気絶頂期に、理由はある程度違えどほぼ同じタイミングで休止という判断を取る思い切りの良さ。そして目的のためにならばいくらでも貪欲になれる無限のモチベーションこそが、あの二人を『最初の七人』にした最大の理由だった。

「さて、それじゃあそろそろ私も、後輩達のところに顔を出すかな。玉露屋さんも、スタッフに挨拶がてら少しだけスタジオに寄りなよ。手土産のお礼に、ケーキくらいは渡せるからさ」

「いや、悪いですよ。リバユニの皆さんや、リザードテイルの皆さんの分でしょう？」

「そのリザードテイルの皆さんから『調子に乗って八号のケーキ二つも買ってしまった。消化しきれるか怪しい、想像以上にデカかった……』ってさっき私のスマホに連絡が来たんだ」

「……消費のお手伝いになるなら、頂きます」

「助かるよ、いや本当に……」

退出の準備をしながら玉露屋は苦笑いを浮かべる。いつ来ても、規格外で何が起こるか分からない事務所だなぁ、と思いながらステラに先導されながら玉露屋は地下スタジオへと向かった。

なお、スタッフやリバユニメンバーが調子に乗って大量購入していたのがケーキだけではなかったため、彼は持ってきた手土産のおよそ二・五倍近い料理や酒類を持って帰る羽目になる。

「というわけで、開始から一時間経過しましてステラ・フリークス様ご到着です。お疲れ様です」

「やぁ、遅くなって申し訳ないね。玉露屋縁氏のインタビューがあってね。例の年末イベント記事だよ」

「あー、3Dで参加する人らが受けてたやつね。って、玉露屋さんブースの外に居るな」

「ここから見ても分かる『社会人同士の年末の御挨拶』だあ……」

《来たー!!》
《ステラ様ー!》
《あの記事か。一年振り返りつつ年末イベントへの期待度煽ってくれてたな》
《玉ニキ居るんだw》
《目に浮かぶようだ∨社会人同士の年末の挨拶》
《大事な取引先だからなw》

スタジオ内にステラが登場し、一言発しただけでコメント欄の加速した。更には玉露屋縁の存在が示唆されると更に盛り上がる。本人はスタジオ内に入る気は一切なく、ブース外でリザードティルスタッフと年末の挨拶に勤しんでいた。

「ところで、四谷くんはまだ来ないのかな？　確かオーバーズの子達と胡乱なタイトルのコラボ企画に出てたはずだけど」

「オーバーズ胡乱なタイトルしかねぇんだよなぁ」

「先ほど連絡がありました。『これから泣きの四戦目が始まるのでもうちょっと遅れそうです』との事です」

「あ、似てる……」

《草》

《オーバーズって大体変なタイトル付けるよな……》

《無駄に長いサブタイトル付きの配信があったら大体オーバーズ》

《似てて草》

《声色というか、喋りのクセの掴み方が異様に上手い》

《泣きで貰えるチャンスは基本一発勝負だけなんだよ》

《四戦は草》

《ガチ泣きしてそう。してたわ（二窓勢）》

《お嬢久々に喋ったな》
《さてはずっとケーキ喰ってたな？》

※※※

「えー、では最後の試合でギリギリまで逃げたけども、結果四谷くんに五連敗を喫したL.O.P の皆さん。泣きの一戦目の時に約束した一言をどうぞ」

『我々は小泉四谷さんに完全敗北した事をここに認めます!!』

「あはははは！！！　練習したかのように息ピッタリなの笑うんだけど！」

「えー……あ、うん。恐縮です。はい」

七人による高らかな敗北宣言に、リリアムが爆笑し、四谷は苦笑を浮かべていた。泣きの一戦が何度も続く、場合によっては視聴者のフラストレーションが溜まる展開にはなったが、徐々にチームワークを上げていき上級者である四谷に肉薄し、四谷もそれに付随するようにプレイの精度が上がっていった。

「いや、本当にありがとうね。この後リバユニさんのクリスマス会でしょ？」

「まぁ実質忘年会ですけどね。あ、今リバユニ公式チャンネルで配信中なので見てくださると嬉しいです。この後、僕が何分で事務所に着くかも注目してくれると嬉しいですね」

「サラッと告知入れる辺り、初外部コラボとは思えないんだけど……オーバーズの子達もすぐに打ち解ける子ばっかりだし、九月デビュー組みんな地力あるねぇ……」

《面白かった》
《四谷チャンネル登録してきた》
《リバユニ忘年会と二窓してたわ》
《この後スタジオ行くのか……》
《リリアムが新人の力量に慄いておられる》
《一七年デビュー特有のベテランムーブ》

「という訳で、本日のコラボはここまで！　いやー、後輩わからせるの気持ちいいね」

「一番酷い負け方した癖に……」

「ネメシス、ダメだって！　事実は人を傷付けるんだから……！」

「クロム！　お前もだよチクショウ!!」

「良い性格してるなぁ、みんな」

企画者であるパンドラ・ミミックだけが後輩にやや舐められて終わるという大団円で、オーバーズによる大人数コラボは無事終了となった。なお、小泉四谷によるスタジオ到着ＲＴＡが同タイミングで始まりＳＮＳ上で若干の盛り上がりがあったが、特にフォロワー数やチャンネル登録者数には影響しなかった。

※※※

「……お、お疲れ、様です……」

「業務連絡、小泉四谷さん到着しました」

「小泉さん、お疲れ様です……あの、大丈夫ですか？」

「まわりに、人のいないところ、全部走った、から……キツい……かも……」

「大丈夫？　ビール飲む？」

「レモンサワーもあるぞ」

「やめなさい」

《四谷到着!!》
《息切れしてて草》
《人の居るところでは走らない常識人》
《なおさっきまで飛び回りながらオーバーズを狩ってた模様》
《今疲れてるのもスキルとウルトの使い過ぎ……？》
《事務所ダッシュＲＴＡは二十五分か。勿論世界記録》
《疲れてる奴に酒を勧めるなｗ》
《これだから一期生は》

見るからに疲労困憊《ひろうこんぱい》という様子だが、実際には会社近くのマンションに住んでいるため、十分程前には到着していた。だが、あまりに早く到着した場合、彼の住所をある程度絞られる可能性がある事を危惧したスタッフの提案で登場を遅らせる事になった。更に、ある程度の部分を走った事にして事務所への所要時間を更に分からなくしよう、という提案が四谷本人から出され、先程までブース外でスクワットを延々続けていた。

なお、最初は腹筋や腕立て伏せという案も出たが「走ってきたんだから脚を使う事をするべきでは？」というツッコミが廻叉から入った。その会議の一部始終を見ていた玉露屋縁は、身バレ・住所バレといった情報漏洩対策がしっかりしている事に感心しつつも、そのためにスクワットをするという発想に関しては「どこかズレてるな」という感想を持ったが、口には出さずにスタッフとの談笑を続けていた。

「とりあえず、四谷さんの呼吸が落ち着くまでは待つとしましょうか」

「そうだね。それじゃあキンメちゃん以外の全員揃った事だし、今年一年の振り返りと来年に向けての抱負でもそれぞれ語ってもらおうかな。ちなみにキンメちゃんの分は事前に動画で貰ってるからそれを流す事にするよ」

《年末らしい企画だな》

《そういえば、ステラ以外は全員今年デビューか》

《長い一年だったなぁ……》

「じゃ、一期生から順番で行こうぜ。トリがステラ様って事で」

龍真が咳ばらいを一つし、マイクの前に。

「まぁ今年一年、Vtuberとしてデビューして思ったのが、思った以上にラッパー多いなって事で。バトルスタイルも歌ってる内容も全然違う中で、Vtuber業界自体が好きだって共通項はあって。バトルはしても本格的なビーフやディスり合いは無い。俺みたいな新興企業の新人も歓迎してくれて、良いところに来れたって本気で思った」

三日月龍真は元々、リアルの世界でHｉｐＨｏｐミュージシャンをしていた。紆余曲折を経てRe:BIRTH UNION所属一期生としてデビューしたが、最初は自分一人だけで細々とラップをやるつもりだった。しかし、デビューしてすぐに『バーチャルサイファー』というVtuber内のラッパーコミュニティに誘われ、今では中心人物の一人としてラップ普及活動に勤しむ日々を過ごしている。

「来年は、Vtuberのラップシーンをより盛り上げつつ、一大勢力にしたいって思ってる。そのために、バーチャルサイファーで楽曲を出した。『宣誓』って曲だな。俺のチャンネルに上がってるけど、この面子での曲は参加者のチャンネル持ち回りでアップしていくからチェックしといてくれ。俺からは以上」

《ネタ一切なしのガチな振り返りと抱負だったな》
《宣誓はマジで名曲》
《個人勢ラッパー増えたよなぁ》
《今日は珍しくラッパーが来ないな》

「それじゃあ、次は丑倉だね。丑倉的には、Vtuberとしてデビューして何か変わったかって言うとそうでもなくて、ギター練習してギター弾いて歌って……って生活は変わってなかった。ただ、人に見られる機会が増えたからこそ、モチベーションに繋がったって感じかな。それに、まだ丑倉は上手くなれるなって思った」

クールなギタリスト、という印象はやや変わったものの、丑倉白羽の一年は極めてマイペースに過ぎていったという印象を界隈に与えていた。個人Vtuberで楽器演奏をメインとしている者達からは、練習量やストイックな姿勢にリスペクトを送る者も少なくない。行動によって自分自身の評価を高めた事に自信を持っているのか、白羽の語る言葉は口調こそ普段通りだが、迷いがない。

「来年も変わらず……と言いたいところだけど、もっと積極性持って動こうかなと。歌の方もちゃんと習おうと思ってる。ギターボーカルとして、色んなセッション……早い話が歌ってみたコラボに打って出たいね」

《確かに良い意味で変わってない、というかブレない白羽》

《単純に上手くなってるのは素人目に見ても分かるからなぁ》
《コラボは期待》
《あとは下ネタを自重してくれれば……》
《執事とは別の理由で舌禍が怖い人》

「じゃあ、先にキンメちゃんに撮ってもらった動画を流そうか。準備は……ＯＫみたいだね、ではどうぞ」

ステラが合図を出すと、画面が切り替わり魚住キンメの姿が映る。背景が彼女の雑談配信等で使用しているものと同じためか、良くも悪くも特別感は一切無かった。そして、彼女自身もいつも通りに話し始める。

「ざっぱーん！　魚住キンメです！　今日は参加出来なくてごめんね！　ほら、旦那と子供と過ごすクリスマスって大事だと思うから！」

《グサッ……》
《やめてくれキンメ、その言葉は独身の俺に効く》
《大事なのはガチだから文句も言えねぇのがもう……》

「今年デビューして、いきなりかつての名前がバレて色々大変だったけど、魚住キンメって名前により愛着を持てるようになったし、万事ＯＫって感じかな。変な渾名が出来たのは喜んでいいのか何なのかって感じだけど」

デビュー時に前名義、所謂前世バレというトラブルが起きたキンメであったが、一切否定せずに認め、その上で前名義での活動を完全に終了すると宣言した事で覚悟と決意を示した。その結果、前名義からのファンにもVtuberファンにも受け入れられてスタートダッシュに成功した。なお、『ママーメイドメイド』なる渾名が独り歩きしている現状は、当人的に微妙ではあるらしい。

「そうだねー、来年はイラスト仕事も沢山受けたいね。歌ってみたサムネとか、依頼お待ちしてまーす！　あと、私が活躍することで『結婚』や『出産』に対して前向きになってくれる人が増えたらなって思うんだ。それは視聴者のみんなに対してもそうだし、Vtuberの人達にもね。いつかはバーチャルＰＴＡとか出来たら面白そうだよね。やる事は、たぶんゲームとかだろうけど！　それじゃあ、皆さん良いお年を！　ぶくぶくぶく……」

《イラストレーターの仕事伸びるといいよなぁ》
《あー……これはキンメならではの目標だわ》
《ここに斬り込めるのは確かに既婚者しかいねぇわ》
《ＶＰＴＡとか新し過ぎない？》
《教育に悪いゲームとか煽りとかしてそうで草Ｖバーチャルｐｔａ》

「では次は私ですね。今年デビューして以来良くも悪くも話題に出していただく事も多く、自分自身執事としても役者としても幅が広がった、というふうに感じています。正直に言えば、チャンネル登録者数が一万人を突破するとは思っていませんでした。本当にありがとうございます」

相変わらずの鉄面皮と無感情を貫きながらも、正時廻叉は素直に感謝の意を視聴者に伝える。Re:BIRTH UNIONで唯一、炎上らしい炎上を起こした身ではあるが、悪影響は殆ど出ることはなかった。彼自身は知る由も無いが、業界視聴率の高さがチャンネル登録者数の増加に繋がっており、業界全体の有望株の一人として見られている。

「来年以降は、執事としての技量も磨きたいと思い……紅茶とコーヒーに関しては専門書と器材を購入しました。今日も実際に私が淹れたものを未成年であるユリアさんや、お酒の飲めないスタッフの皆様にお出ししました。更に、役者としても――私の舞台を、より多くの方に見ていただければ、と思っております。来年も何卒よろしくお願いいたします」

《草》
《紅茶を高いところから注いでる姿、3Dで見たいわw》
《相変わらず無駄に思い切りの良い買い物っぷり》
《一万人記念みたいなのまた見たい》

「えーっと、じゃあようやく疲れも抜けてきたので僕から。改めましてこんばんは、小泉四谷です。

デビューしてまだ三か月ちょっとなんですけど、ホラー系やオカルトが好きだって人が僕の配信や動画を見に来てくれるようになって、やっぱり好きな物をちゃんとアピールするのは大事だなって思ったのが一番かな。あと、同期のユリアさんやオーバーズの1809組のみんなとはこれからも仲良くやれそうで、友達もたくさん増えたし、Vtuberになって良かった、って本当に思います」

疲労回復に専念していた四谷の順番が回ってくると、途中参加だった事やこれまで疲れで話せていなかった事から勢いよく喋り始める。オカルトを前面に押し出した姿勢は、同様の趣味を持つ視聴者を集めて更にそこから一般の視聴者へと知名度が広がる、という専門系のお手本のような伸び方を見せた事で一躍有望新人の一角になった。

「来年も良いペースで、オカルトマニア御用達Vtuberとして、さらに活躍できればな、と。後は、他箱も含めた同期で業界をどんどん盛り上げていきたいと思ってます……と、こんな感じで！」

《マシンガントークだ……》
《じわじわ登録者伸びてるよな》
《今日のコラボで知ったけど面白かった。チャンネル登録します》
《LOPともまた遊んでくれ》

「え、じゃあ、次は……えと、石楠花ユリアです。その、Vtuberになれた事が、未だに夢みたいで……でも、私のピアノを聞いてくれる人が、こんなにたくさん居るんだって……それが、嬉しくて、楽しかったです。それに、私も小泉さんと同じで、他の事務所の……同期の、人。友達になりました」

自己評価の低さと、ピアノへの熱情だけで三か月を走り抜けた彼女にとっては、『自分が必要とされている』という事実こそが、彼女の心の奥に残った傷を癒す薬となっていた。更に、にゅーろねっとわーく所属で同時期にデビューした如月シャロンと知り合った事で、ほぼ同年代の友人を得た事は、彼女の精神的成長に大きく寄与したと言える。

「来年も、またピアノと歌で、皆さんの心に何かを届けられたら、って思います。この前出した、洋楽のカバーは……そんな私の気持ちです」

「きっとその気持ちは、君のファンにも伝わっているよ。では、最後に私から簡単に。今年、Re:BIRTH UNIONを私の希望で立ち上げて――私の望む、私と同じ道を歩んでくれる友達がこんなにもできた。何より、私自身が本当に楽しく過ごせた一年だった。一生忘れない一年になったと思う」

短いながらも、ステラ・フリークスの感慨深さが伝わる回顧だった。超然とした存在から、少しずつ親しみやすさを覚える存在になったのは、間違いなくRe:BIRTH UNIONのメンバーによる影響だった。

「来年は、更に私たちの名が広まるように、その上で私を含めたみんなの願いが叶うように――全身全霊でRe:BIRTH UNIONを盛り上げていきたい。今年最後の大イベントはあるし、まだ一年終わった訳じゃないけど。本当にありがとう」

《88888888》
《ステラ嬉しそうだ》
《来年一番伸びる箱であってほしい》
《なんか泣ける》
《後輩じゃなくて友達ってのがまた》

「さて、それじゃあパーティの続きと行こうか。特に、途中参加の四谷くんには盛り上げと……まだ大量に残っている料理の消化という大仕事があるからね」

「え……?」

Re:BIRTH UNIONのクリスマス会は、日付が変わるまで続いた。良くも悪くも普段通りな姿ではあったが、よく言われる『常人離れした精神性の集まり』『ヤベー奴ら』という姿はこの日に限っては表に出ず、同じ夢を追う仲間として楽しむ姿を、視聴者に見せた。

そして、更に時間は進む。

二〇一八年十二月三十一日。


『Virtual Countdown FES』が始まった。

魚住キンメのデビュー配信

書き下ろし短編

魚住キンメのデビュー配信は、同期である正時廻叉よりも注目を集めていた。当時のVtuber界隈は女性Vtuberの人気が高く、男性Vtuberは苦戦を強いられていた。後に「最初の七人」と呼ばれる黎明期から人気を集めたVtuberも、そのうちの六人が女性であることからも女性優位が見て取れた。

そういう点からも魚住キンメのデビューはファンからの期待も大きかった。メイドであり人魚でもあるという外見は「メイドとマーメイドの駄洒落では？」とネタ的な部分からも話題になっていた。Re:BIRTH UNIONがステラ・フリークスの後輩という立場であり、既にデビューしていた一期生の三日月龍真と丑倉白羽が音楽活動をメインとしている中で、少なくとも外見や紹介文からは音楽的な要素が少ない廻叉とキンメがどのようなスタイルのVtuberになるのか注目もされていた。

前半戦を務めた正時廻叉が見た目通りの折り目正しさと朗読で見せた演技力、そしてやる事を終えたら潔く配信を終える思い切りの良さが話題になっている頃。いよいよ魚住キンメのデビュー配信が始まった。

「ざっぱーん！　水の中から初めまして！　人魚のメイドさんVtuber、魚住キンメの登場だよー！　さっきは同期の廻叉くんの初配信だったね！　引き続きよろしくね！」

《可愛い》

《明るい子だ！》

《ふわふわ系かと思ったら、予想以上にハイテンションだった》

《リバユニでは新しいタイプの子だな》

「それじゃあ早速、自己紹介から！　……ふう、ちょっと落ち着いて喋っていこうかな。いやー、挨拶は元気よくって決めてたんだけど、練習してて思ったのが『この勢いでやると五分で息切れする』って事だったね。という訳で、プロフィール表がこちらー」

《草》

《おい！ｗ》

《なんか急に落ち着いた大人の女性になってビックリした》

《プロフィール表、手描きで可愛い》

《気のせいかな……俺、この絵柄見た事ある。ってか、キンメちゃん自体もそうだよね、これ》

最初の挨拶から突然トーンとテンションを落とした事で、視聴者が落差で振り回されたりする一幕こそあったが初配信は淀みなく進んでいった。そして、自らの特技であるとするリアルタイムでイラストを描くコーナーで事件は起こった。

「こういうデフォルメ絵柄が結構好きで書いてるんだけど、今度はちゃんとしたイラストを一から完成させるまでやってみたいよね。実は、今日の私の衣装や髪型も私が自分でスタイリングしたんだよ……っと、ちょっと待ってね」

コメント欄にその名前を見た時に、キンメの脳裏に過ぎったのは「あー、知ってる人は知ってるかぁ」という冷めたものだった。コメント欄にVtuberになる以前のイラストレーターとしての名義が飛び交い、それを諫めるコメントと事実だから良いだろうと開き直るコメント。転生、前世、炎上という熟語がマシンガンのごとく飛び散り、高速で流れていくコメントを追うことをキンメは諦めた。

キンメ自身が絵柄を大きく変えたわけではないため、分かる人には分かるだろうという認識で居たがその認識以上に自分の知名度が高かった。もはや配信を見ないでコメント欄と睨み合いをしている視聴者の方が多いのではないか、とすらキンメは思った。故に、事前に用意しておいた短いメッセージをスタッフに送る。

『バレました。バラします。いいですか？』

そのメッセージはすぐに既読のチェックマークが付いた。しかし、返信が返ってくるまでに数分ほどの間があった。後にキンメは初配信で最も長く感じた数分間だったと語っている。

『大丈夫です。アフターフォローにも全力を務めます』

※※※

前世バレを聞きつけた野次馬も視聴者としてカウントするのならば、キンメはRe:BIRTH UNIONのデビュー配信として現時点で最大の人数を集めた。そして、それだけの人数の前で自身の過去を認め、そして過去を過去として埋葬した。

「以前の私による現在進行形の仕事が一切ないため、旧PNでの活動を半恒久的に停止いたします。早い話、前世の私は死んでいます。今の私はVtuber魚住キンメです」

《!?》

《マジか》

《そこまでするのかよ》

《なんでリバユニでデビューする人たち、覚悟が決まり過ぎてるの？　Vtuberってそこまで人生背負えるほどのものじゃないぞ》

《ってか、前のアカウントで結婚と出産の報告してたけど、そういう意味でも大丈夫？》

「とはいえ、死んだって言い方は語弊があるなぁ……なので敢えてこういう言い方をします。私はPNを魚住キンメに、そして自画像をこの姿にしました。今後、イラストレーターとしての御依頼はRe:BIRTH UNIONの魚住キンメにお願いしますねー。それと、旦那と娘がいます。お陰様でラブラブですし、Vtuberとして生きていくことを了承済みなので安心してくださいね。……まぁ私の自画像を見て一目惚れガチ恋勢……が、居るのかどうかはわからないけど、その人たちには、うん、ごめんね。旦那と娘より好きな人はいないし、旦那と娘より愛せる人はいないから」

人の口には戸が立てられない。そして、ここまで話した以上は隠したところでいずれどこかから噂が回り、それが悪質なまとめサイトの記事になるだろう。既に、SNS上では騒然となっているらしい。コメントから拾い上げた情報なので、真偽は定かではないが配信終了後には確認できるだろう。
「それにね、ママがマーメイドになったって喜んでる娘を見たら、どんな荒波でも平気で泳げる気がするんだよね。娘が好きな人魚のお姫様じゃなくてメイドさんだけど」
《俺たちが今までママと呼んでいたVtuberはママじゃなかった……本当のママはここに居たんだ》
《これが、母性……？》
《あ、声色が優しい……》
《おいお前ら》
《今日から血の繋がりはなくとも母と、そしてご家族を父と姉と呼ばせてください》
《なんかすごい勢いで風向き変わってて草》
《姉て。キンメママの年齢はわからんが、話を聞くに娘さんはどう考えても女児だろう。そしてお前はおそらく、いや絶対におじさんだ》
《おじさんが女児を姉と呼ぶ地獄と、母の優しさを感じる天国を交互に浴びる。なるほど、サウナと水風呂だな！》
《ママでマーメイドでメイド……マママーメイドメイド》
キンメからすれば、娘の期待に応えたいという素直な感情を吐露しただけのちょっとした一幕だった。しかし、そこからコメント欄の空気感が明確に変わった。あからさまな野次馬や、男女関係を極端に嫌うアンチコメントが、キンメの見せた母としての顔に過剰反応したコメント群に押し流されていった。

「まぁねえ、開き直りじゃないけど事実は事実として認めた上で、私はこれからも頑張っていきます。Vtuber、そしてイラストレーターの魚住キンメをよろしくお願いいたします。……さ！　イラストの続き描こうか！」

パン、と一回手を叩いて仕切り直すかのように声を張り上げた。この後に描かれたキンメ自身と娘のツーショットイラストは、現在もSNSのヘッダー画像に使われている。以前の名義及び既婚の発覚という、場合によっては命取りになりかねない問題が起こったにも拘わらず、彼女は全ての問題を初配信の中で収めてみせた。同期である正時廻叉以上のインパクトを残すデビューであったことは間違いない。実際に配信終了後のSNSでは僅かに騒動の火種がくすぶっているような状態ではあったが、後から何があったのかを知ったVtuberファンが初配信のアーカイブを見に行き彼女の評判が広まった一助でもあった。

Re:BIRTH UNIONの二期生。執事とメイド。職業で合わせたと思われた二人の新人は、どちらもその精神力の強さこそが真の共通点だった。

※※※

「そういえば、あの後スタッフさんやマネージャーさんに叱られたり注意を受けたりはされましたか？」

初配信から数日後。正時廻叉からのそんな質問のメッセージが届いていた。たくさんの出来事が起きた、あるいは軽度の炎上を起こしていたキンメの方にも注意を受けていないか確認するような内容だった。キンメは、まだ付き合いの短い同期が彼なりに心配した上でメッセージを送ってきたのだろう、と察しがついていた。

「娘さんの話は貴女以上に身バレへのリスクが高いので、話す時は慎重にお願いしますって言われたくらいかな」

「過去の話をすること自体は、大丈夫でしたか？」

「そこはなんとか、ね。元々バレたりするかも、くらいには思ってて対策しておいてよかったよ」

「そうですか、安心しました」

「心配してくれてありがとうね。むしろ、勝手に配信の時間短縮した廻叉くんのが叱られてるんじゃないかって思ったけど……短くなるにしても五分とか十分くらいって思ってたから、こっちも少しビックリしたよ」

「あ、はい。ＳＮＳにキンメさんの初配信の開始時刻情報などを投稿するタイミングなどもあるので、短くなりそうなら配信を閉じる前に連絡が欲しいと叱られました。その節は本当に申し訳ありませんでした……」

「いえいえ。気にするなとは言わないけど、気にしすぎないでね」

泰然自若とした印象を持っていた同期が、若干気落ちしていた。気難しい青年かもしれない、と

いう印象は既に吹き飛んでいた。むしろ、本来は礼儀正しい好青年ではないかとキンメは考える。少なくとも、仲良くやっていけそうな同期が居る事に、魚住キンメは心から安心した。

その後、旦那との会話で「そんなに好青年なら、ウチの子の初恋の相手になったりするかもね」という軽口で、僅かな不安が残ったのも、また事実であった。

あとがき

初めに、この本をお手に取っていただいた皆様に、御礼申し上げます。一巻の発売後、出来る限り平静を装って今日まで生活してきましたが、書店を見つけては自分の本が置いてあるのを見てはマスクの下で含み笑いをするという趣味が出来ました。拙作の著者、犬童灰舎です。『やさぐれ執事Vtuberとネガティブポンコツ令嬢Vtuberの虚実混在な配信生活』二巻、お楽しみ頂けましたでしょうか？　小説家になろうで、ちょうどこの二巻に収録される部分を描いている辺りから、少しずつ感想を頂くようになりました。作中の登場人物にとっても、そして私自身にとってもターニングポイントになったように思います。

現実世界でのVtuberの世界も、作中世界でのVtuberの世界も大きく動いていますが、私自身は今まで通りの生活を続けています。ただ、いつも通りの生活の中に書籍化に伴う作業がある事で、自分が改めて商業作家になったのだと自覚するようになりました。とはいえ兼業での作家業でもあり、仕事での忙しさから編集部の皆様に御迷惑をお掛けすることも多々あり、日々反省の繰り返しでもあります。自分がどれほど恵まれているのかを、失敗する度に思い返しては同じことを繰り返さないように自戒するようにしています。こうして少しずつでも作家として成長できれば、とは思っていますが実際に成長できているのでしょうか？　石楠花ユリアのネガティブさ、自己評価の低さはこうした私自身の持つ自信の無さに由来する部分も少なからずあるような気がします。一方で、正時廻叉を始めとするRe:BIRTH UNIONに所属する他のVtuber達の自信と自覚に溢れた姿が、私の理想の投影になるのでしょう。

趣味として書いていた頃に気付かなかったことを、こうして物理的な書籍となった本文を読み返すことで知る事ができました。そしてもう一つ気付いたのは、やはり自分は自分が読んで面白いと思えるものを書いていたのだと。ともすれば自己満足になりかねない話ではありますが、たくさんの方に愛読していただき感謝の念しかありません。小説家になろうの感想欄を始め、XやYouTubeで一巻の感想を書いたり、配信で語ってくださった方もいらっしゃいました。この場をお借りして、御礼申し上げます。本当にありがとうございます。特に、Vtuberの方々がこの作品を褒めてくださった事が何よりも嬉しかったです。

改めまして、いつも至らぬ私をフォローしてくださる担当編集様、今回も美麗なイラストを描いてくださいました駒木日々様、本当にありがとうございます。Xでお相手してくださるフォロワーの皆様、いつもありがとうございます。そして、かつてナレーターを目指していたころに私を指導してくださったU先生、机を並べた養成所の学友の皆様。志半ばで退所した事を責めもせず書籍発売を心から喜んでくださり、本当にありがとうございます。

これからも皆様の期待に応えられるように、努力して参ります。三巻以降もまたよろしくお願いいたします。

犬童灰舎

出来損ないと
呼ばれた元英雄は、
実家から追放されたので
好き勝手に生きることにした
THE BANISHED FORMER HERO LIVES AS HE PLEASES
テレ東・BSテレ東・AT-Xにて
TVアニメ絶賛放送中！

［NOVELS］

原作小説

第⑦巻

2024年
5/20
発売！

［著］紅月シン
［イラスト］ちょこ庵

［COMICS］

※8巻書影

コミックス

第⑨巻

2024年
6/15
発売！

［原作］紅月シン ［漫画］烏間ル
［構成］和久ゆみ
［キャラクター原案］ちょこ庵

［TO JUNIOR-BUNKO］

TOジュニア文庫

第③巻

2024年
6/1
発売！

［作］紅月シン ［絵］柚希きひろ
［キャラクター原案］ちょこ庵

［放送情報］

※放送日時は予告なく変更となる場合がございます。

テレ東

毎週月曜 深夜26時00分〜

BSテレ東

毎週水曜 深夜24時30分〜

AT-X

毎週火曜 21時30分〜
（リピート放送 毎週木曜9時30分〜／
毎週月曜15時30分〜）

U-NEXT・アニメ放題では
最新話が地上波より1週間早くみられる！
ほか各配信サービスでも絶賛配信中！

STAFF

原作：紅月シン『出来損ないと呼ばれた
元英雄は、実家から追放されたので
好き勝手に生きることにした』（TOブックス刊）
原作イラスト：ちょこ庵
漫画：烏間ル
監督：古賀一臣
シリーズ構成：池田臨太郎
脚本：大草芳樹
キャラクターデザイン・総作画監督：細田沙織
美術監督：渡辺 紳
撮影監督：武原健二 坂井慎太郎
色彩設計：のぼりはるこ
編集：大岩根力斗
音響監督：高桑 一
音響効果：和田俊也（スワラ・プロ）
音響制作：TOブックス
音楽：羽岡 佳
音楽制作：キングレコード
アニメーション制作：
スタジオディーン×マーヴィージャック
オープニング主題歌：蒼井翔太「EVOLVE」
エンディング主題歌：愛美「メリトクラシー」

CAST

アレン：蒼井翔太
リーズ：栗坂南美
アンリエット：鬼頭明里
ノエル：雨宮 天
ミレーヌ：愛美
ベアトリス：潘めぐみ
アキラ：伊瀬茉莉也
クレイグ：子安武人
ブレット：逢坂良太
カーティス：子安光樹

TVアニメ
公式サイトはコチラ！
dekisoko-anime.com

シリーズ累計90万部突破!!（紙＋電子）

累計45万部突破!!

(紙+電子)

COMICS

第5巻好評発売中!

漫画:よこわけ

コミカライズ大好評・連載中!

CORONA EX
コロナEX
TObooks

https://to-corona-ex.com/

白豚貴族ですが前世の記憶が生えたのでひよこな弟育てます

shirobuta
kizokudesuga
zensenokiokuga
haetanode
hiyokonaotoutosodatemasu

詳しくは公式HPへ!

ドラマCD制作進行中!

TOブックス
コミカライズ
連載最新話が
読める!!!!
「本好きの下剋上」をはじめとする
TVアニメ化作品盛りだくさん!!

漫画配信サイト
CORONA EX
コロナEX
TObooks
2nd Anniversary
詳しくはこちら!!
https://to-corona-ex.com/
2周年!!

やさぐれ執事Vtuberと
ネガティブポンコツ令嬢Vtuberの
虚実混在な配信生活2

2024年5月1日　第1刷発行

著　者　犬童灰舎

発行者　本田武市

発行所　TOブックス
〒150-0002
東京都渋谷区渋谷三丁目1番1号　PMO渋谷Ⅱ　11階
TEL 0120-933-772（営業フリーダイヤル）
FAX 050-3156-0508

印刷・製本　中央精版印刷株式会社

ISBN978-4-86794-156-0